哀愁的東京

重松 清

角川文庫 14509

哀愁的東京　目次

哀愁的東京

第一章　マジックミラーの国のアリス

1

時代のヒーローと呼ばれた男は、少し疲れているように見えた。「意地悪なツッコミ、なしにしてくださいよ」と笑ってソファーに座る、その顔や声やしぐさはヒーローの名にふさわしい活力に満ちていたが、名刺の交換を終えてコーヒーを啜《すす》るときには表情が消えていた。ごくん、と喉《のど》が動く。首筋の肌がひどく荒れているのが、わかる。

インタビューはすんなりと始まり、スムーズに終盤まで来た。ひっかかるようなものはなにもない。ヒーローを——田上幸司を怒らせたり絶句させたりするような質問は、あらかじめ広報部から禁じられていた。つまらない記事になる。無理に面白くする必要はない、と取材に立ち会った編集部の中村くんには言われていた。田上さんが出てる、それだけでいいんです、ウチとしては。中村くんの編集する若者向けの月刊誌は、田上幸司が社長をつとめるネット証券会社に大きな広告を出してもらっている。敵に回すことは、できない。田上はほとんど一方的に、淀《よど》みなく話した。質問をするのではなく、相槌《あいづち》を打つことが、インタビュアーとしての僕の仕事だった。

話に一区切りつくと、田上は、ふーう、と深い息をついて、ソファーの背に体を預けた。

「まとまりのない話になっちゃったけど……いけますか？」

中村くんがすばやく「もう、ばっちりですよ」と大げさにうなずいた。「お忙しいところ、ほんとうにありがとうございます」

田上は、いえいえ、と苦笑して、撮影をつづけるカメラマンに「写真、もういいでしょう」と声をかけた。録音ボタンを押したままだったテープレコーダーにも顎《あご》をしゃくって、「ここからはオフレコにしませんか」と言う。

中村くんは恐縮してテープレコーダーのスイッチを切った。仕事はこれで終わった。結局、田上が話したいことを話すだけのインタビューだった。意地悪な読者が知りたいことは、なにひとつ訊《き》けていない。いいんですよ、ウチは新聞じゃないんだから、と中村くんは言うだろう。それとも、素直な読者の夢を壊しちゃいけませんよ、と笑うだろうか。

確かに、田上幸司はヒーローなのだ。アメリカの証券会社の先物取引マネージャーとして三十代にして年収一億円を稼ぎながら、二年前に退職して、インターネットビジネスに乗り出した。五年後に約束されていた東アジア統括の地位をあっさり棄てた決断は、当時大きな話題を呼び、田上はネット起業を目指す若者たちのカリスマ的な存在になった。紛れもなくヒーローなのだ――たとえ、その神話に翳《かげ》りが忍び寄りつつあっても。

田上は僕に向き直った。

「ライターさん、同世代ですかね、私と」

「ええ」――名刺を渡しても名前では呼ばれない、その程度のことで鼻白んでいては、フリーライターの仕事はつづけられない。

うなずくだけの僕に代わって、中村くんが「同い歳じゃないですか？　お二人」と話を先に進めた。如才のない男だ。そのぶん、ちょっと口数が多い。

「ライターさん、四十ぐらいですか」

「そうです。このまえ、四十になりました」

「じゃあ、ほんとに同級生なんだ」

田上は眼鏡の奥で目を見開き、「こういうのをいきなり訊くのって不作法だと思うけど」と前置きして、僕の出身大学を尋ねてきた。

「同じですよ、田上さんと。学部は違いますけど」

「あ、そう、すごい偶然だなあ」嬉《うれ》しそうに言う。「じゃあ、学生時代にどこかですれ違ってた可能性もあるんだ」

インタビューのあとの、軽い世間話――だと思っていた。

だが、田上は内線電話で秘書にコーヒーのお代わりを頼み、ネクタイをゆるめてソファーに座り直した。

「ねえ、ライターさん。学生時代はどんなところで遊んでました？　やっぱり、新宿？」

「そうですね……新宿もありましたけど……」

大学の最寄り駅の名前を口にした。良く言えば庶民的な、身も蓋《ふた》もない言い方をするなら場末の盛り場だ。

「そうかあ、じゃあ、ほんと、どこかですれ違ってたかもしれないなあ」

田上は満足げにうなずいて、「社長、そんな街で遊んでたんですか？」と意外そうに口を挟む中村くんにかまわず、僕につづけて訊いた。

「『アリスの部屋』って、覚えてます？」

すぐには思い当たらなかったが、記憶をたどると、おぼろげに名前が浮かんでくる。

「それ……覗《のぞ》き部屋ですか？」

「覚えてる？　行ったことあるの？」

「名前だけしか知らないんですけど」

「いや、でも、名前覚えてるだけでもすごいよ、うん、同世代だなあ」

まだ二十代後半の中村くんは、きょとんとした顔で「覗き部屋ってなんですか？」と言う。似たような年恰好《かっこう》のカメラマンも覗き部屋のことは知らない様子だった。

だが、田上は説明するのももどかしいというふうに、「若い奴にはわからないよ」と切り捨てて、身を前に乗り出した。

「ライターさん、どうですか、四十になって」

「こんなこと言うのってアレだけど、フリーライターなんて大変でしょ、生活。若い頃ならともかく、この歳でフリーでがんばるのってキツくないですか」

「……いや、まあ、ぼちぼちやってますけど」

「帰りたくならない？」

「え？」

「帰る、って？」

「学生時代に」

話がまったく見えない。インタビュー中の理路整然とした話し方が嘘のようだ。

困惑する僕に、田上は「私は帰りたいですよ」と言った。「帰りたくないけど、帰りたい」

どう応《こた》えていいかわからないまま、話が途切れた。

中村くんがあわてて言った。

「あ、でも、社長、じつは進藤さんってすごいんですよ。ウチの雑誌ではペンネームでライターの仕事をお願いしてるんですけど、ちゃんと本業があるんです」

口数の多すぎる奴だ、ほんとうに。

やめとけよ、と目で制したが、その前に田上が「本業って、なに？」と食いついてしまった。

「絵本です」中村くんは得意そうに言う。「進藤さんって、絵本作家なんですよ。去年、賞もとったんです」

口数の多すぎる中村くんは、話がいいかげんな男でもある。僕が賞をとったのは二年前のことで、その作品を最後に新しいものは書いていない——だから、「絵本作家だった」のほうが正しい。

田上は中村くんから僕に目を移し、「読んでみますよ、その本」と言った。「本の名前、教えてください」

しかたなく、伝えた。『パパといっしょに』——小学校の入学式を間近に控えたヒロイン・あかねちゃんが、ちょっとさえないパパと二人で時空を超えた世界を旅する冒険物語だった。選考委員をはじめ、さまざまなひとに「さわやかだ」と評されて、結局実現はしなかったもののアニメ化の話も持ち込まれて……。

「読んでみますよ、ほんとうに」と田上は言った。

コーヒーが運ばれてきた。田上はきょとんとして「誰か頼んだのか？」と女性秘書に訊き、彼女の答えを待つ間もなく、「すみません、次の予定がありますので」と席を立ってしまった。

応接室に残された僕たちは呆然《ぼうぜん》と顔を見合わせる。

カメラマンが声をひそめて、「ちょっと精神的に不安定になってるみたいですね」と言った。ファインダーを覗いていると、ときどき目の焦点が合っていないことがあったらしい。

「まあ……正念場ですもんね」中村くんも小声で言う。「ヤバいですよ、マジ」

華々しくスタートした田上の会社は、業績が伸び悩んでいる。他の大手ネット証券が軒並み黒字を計上するなか、田上の会社だけはまだ赤字から抜け出せない。創業当時から資金や人脈で支えてきた大物財界人も取締役を退いて、田上と距離を置くようになった。最大手のネット証券会社との合併も噂され、もしも合併が成立したら、田上が経営陣からはずされることは明らかだった。そんな風評を打ち消すために広告部経由で持ち込まれた今回のインタビューも、どこまでの効果があるかは、わからない。

「強気なことばかり言ってたけど、本音はどうなんでしょうね、かなり追い込まれてるんじゃないのかなあ。再建策の具体的な話はなにも出てこなかったし」

中村くんは帰り支度をしながら言って、「学生時代に帰りたいなんて、広告部がからんでなかったら、一発でタイトルにしちゃうんだけどなあ」と苦笑した。

もちろん、それは決してできない。僕のまとめた原稿は、すぐに田上の会社の広報部に送られてチェックを受ける。書き直しの要求があれば応じる。掲載を許さないと言われたら、従うしかない。文章を書いて、売る。僕が生きているのは、そういう世界だ。

本業——フリーライター。

絵本の新作の予定——なし。

学生時代に戻りたいとは、いまのところ、思っていない。

田上から電話がかかってきたのは、三日後の夜遅くだった。

「あんたの絵本、読んだよ」酔った声で言う。「よかったよ、すごく」

感想を言いたいから、いまから出てこないか――。

翌朝までに仕上げなければならない原稿が、一本あった。それに、なにより、『パパといっしょに』の話は誰ともするつもりはなかった。

「申し訳ありませんが……」と断ろうとしたら、田上は急に声を震わせて「来てくれよ」と言った。「金なら出す、払うから、頼む、いますぐ来てほしいんだ」

黙り込む僕に、さらにつづける。

「『アリスの部屋』の話をしたいんだ、聞いてほしいんだ」

そして、もう一言――「俺たちは、どこかですれ違ってる、絶対に、そうだろう?」

仕事が残っているのでお酒は飲めませんけど、と僕は言い直した。

田上がいる場所は、大学のある街だった。店の名前はない。田上は「その番地に来ればわかる」とだけ言った。

住所をメモに書き取って電話を切り、身支度を整えた。仕事机の上に置いてあったICレコーダーをジャケットのポケットに入れて、少し迷ってから、また机の上に戻した。僕はジャーナリストには向いていない男なのだ。

車の中で、『アリスの部屋』について思いだせるだけ思いだしてみた。

あの頃はまだ「国鉄」と呼ばれていたＪＲの駅の裏手に、風俗店の並ぶ一角があった。『アリスの部屋』は、そのいっとう奥まった場所。雑居ビルの地下だった。入ったことはない。道路に立つピンク色の看板だけ、アルバイトの行き帰りに目にしていた。風俗の世界ではそこそこ有名な店だったらしく、看板には店を紹介した雑誌の切り抜きも貼ってあった。アリスという女の子がいた。「看板女優」と銘打たれていた。テレビに出演したとか、雑誌のグラビアに出たとか、そんな切り抜きもあった、ような気がする。

店に入ったことはなくても、仕組みはわかる。女優が立つ舞台は、鏡に囲まれたベッドの上だった。観客の姿を見ることはできない。マジックミラー越しに一方的に見つめられるだけだ。ストリップとは違う。女の子の部屋を覗き見するという趣向なので、たとえばセーラー服姿の女子高生が帰宅して部屋に入ってきたときから、ストーリーが始まる。服を着替え、音楽を聴き、宿題をして、友だちと長電話しながら、最後はオナニーになる。客はマジックミラー越しにそれを見て、店によっては女の子に小窓からペニスを愛撫《あいぶ》してもらうサービスもあったらしい。

覗き部屋――横文字を使って「ピーピング・ルーム」と称していた店もあった。

一九八〇年代前半に流行《はや》って、あっという間に消えた。

僕たちの学生時代に咲いた性風俗産業のあだ花の、ひとつだ。

カーナビの指示に従って交差点を何度も曲がった。曲がるたびに表通りから離れていく。

大学のキャンパスが間近に見える。昔は、このあたりは学生相手のアパートや下宿屋が建ち並んでいたはずだが、いまはずいぶんこざっぱりした街になった。僕たちが卒業したあと、バブル景気の頃に地上げが盛んに進められた一角だ。

到着しました、とカーナビがアナウンスする。車を停めた。入力した住所を確認したが、間違いはなかった。ここ——時間貸しの駐車場に左右を挟まれて、まるでモノポリーのコマのようにぽつんとたたずむ古びたアパートに、田上がいる。

車から降りると、二階の窓が開いた。

逆光で、半ばシルエットになった田上が、よお、と手を挙げた。

「上がって来いよ、鍵は開いてるから」

2

田上は学生時代、この部屋に住んでいた。

「四畳半だよ。風呂《ふろ》なし、トイレも流し台も共同、玄関だって共同、電話はピンクの公衆電話……でも、あの頃はこういうの、けっこう普通だったよなあ」

僕は黙ってうなずき、部屋を見まわした。懐かしい——ほんとうに、僕自身の学生時代までよみがえってくるようなたたずまいだった。ロッドアンテナのついたテレビも、冷蔵庫も、ラジカセも、デニム地のファンシーケースも、すべてあの頃と同じ。壁には、ヘッドフォンをつけた薬師丸ひろ子が涙を流すポスターまで貼られていた。すべて、その当時のものを手を尽くして集めたのだという。

「いまも借りてるんですか、この部屋」

「買った」

「え？」

「いい大家だったんだよ、ここのばあさんは。地上げの頃もずっと突っぱねてきて、そのうちにバブルがはじけて、こんなふうにぽつんと残ったんだ。でも、四、五年前にばあさんが死んじゃって、息子は端《はな》からアパートを継ぐ気なんかなくて、部屋を借りてた連中もみんな追い出しちゃって……売り払おうとしてたんだよ。それで、俺が買った。相場の倍を出して、アパートごと、どーん、とな」

なんのために、と訊《き》く前に、田上は畳にごろんと寝ころんでつづけた。

「安らぐんだよ、ここにいると。学生時代に一人暮らしをしてた部屋なんて、究極の隠れ家だと思わないか？」

その気持ちは、なんとなく、わかる。

「俺の原点なんだもんな、ここ。すべてはここから始まったんだよ」

「ときどき来るんですか」

「しょっちゅうだな」頬づえをついて、自嘲《じちよう》するように笑う。「最近は、特に」

僕は黙り込む。こういうときにうまい話の継ぎ方ができるようなら、いまとは違う人生があっただろう。

田上は寝ころんで頬づえをついたまま、ウイスキーをストレートで啜《すす》った。サントリーホワイト――この部屋でしか飲まないんだろうな、と思う。

「懐かしいわけじゃないんだよ。もう一回あの頃をやり直せって言われたら、絶対にお断りだ」

「そうなんですか？」

「暗い学生だったんだよ、俺。団体行動が苦手なんでサークルにも入ってなかったし、学部のクラスでも友だちがほとんどできなかったし……あの頃、インターネットがあったら、俺、絶対にハマってたな」

田上は「暗かったんだ、ほんとに」と繰り返して、目を瞬いた。

ふるさとの話をしてくれた。田上は青森県の出身だった。津軽《つがる》半島の端のほう。方言のきつい地域だ。「ズーズー弁なんてもんじゃないよ、ほとんど日本語じゃないもんな、津軽弁じゃなくて、津軽語だ」――それが、東京に出てきてからコンプレックスになった。

「株は数字だ。英語に日本語の訛《なま》りは関係ない。わかるだろう？　俺が外資で株や先物取引をやってた理由が」

「でも……いまは全然訛ってないですよね」

「あたりまえだろ。俺は四十だぜ？　もう、人生の半分以上、東京で過ごしてるんだから」

あんただってそうだろう、と言われた。そのとおりだ。瀬戸内海に面したふるさとの訛りは、年老いた両親とたまに電話で話すとき以外には出てこない。

「とにかく」田上は話を戻した。「暗かったんだ、ほんとに、どうしようもないほど寂しい大学生だったんだよ……」

大学とアパートの往復だけで毎日が過ぎていた。特に一年生の頃は、一日中誰とも口をきかないこともしばしばだった。

そんな頃、『アリスの部屋』を知った。

「たまたま通りかかって、学割サービスがあるっていうから、ふらふらって入ったんだ」

「覗《のぞ》き部屋には、それまで……」

「初めてだよ。あたりまえだろ。ビニ本も買ったことなかったよ。ノーパン喫茶とか、そんなの、遠い世界だ」

「でも、なんであの店だったんですか？」

「わかんない。ほんと、嘘じゃなくて、いまでもよくわかんないんだ。スケベな気持ちがなかったとは思わないけど……それよりも、なんていうか……寂しかったのかなあ……」

目をまた瞬き、洟《はな》を啜る。

前金を払って、個室に通された。電話ボックスよりも手狭な、薄暗い空間だった。正面にマジックミラーのガラス窓、小さな机と椅子――机の上にはティッシュペーパーの箱があった。

「こっちは女の子を遠慮なしに見ることができるけど、向こうには俺たちのことはわからない。そういうのって、ずるいけど、いいよな。性的に興奮するっていうより、その前に、ほっとするんだ、安らぐんだよなあ」

女の子が何人か、お芝居をした。オナニーがあったり、レズビアンがあったり、マジックミラーのすぐ前まで来て股間《こかん》を広げて見せたり……。

「男の入る部屋は、ぜんぶで十六あった。だから、マジックミラーも十六枚。内側は鏡になってるから、角度によっては、女の子が十六人いるようにも見えるんだ。それが、なんていうか、きれいだったんだ、幻想的で、頭がぼーっとなっちゃうような感じで、最高だった」

看板女優のアリスは、プログラムの最後に部屋に入ってきた。紫色の照明の下、セーラー服を着たアリスが学校から帰ってきたところから、ストーリーは始まる。

「一人芝居っていうのかな、俺、演劇のことなんか全然知らないんだけど、いいんだよ、すごく。かわいかったし、服を着替えたり、友だちと電話したり、そういうのが全部、他の子とは違うんだ。リアルっていうか、生々しいっていうか……」

マジックミラー越しに食い入るように見つめた。アリスはベッドに寝ころんで、友だちに電話をかけていた。朝の電車で痴漢に遭ったことを、詳しく、執拗《しつよう》に、ねばっこく話していく。

「でも、話の内容は全然覚えてないんだ。声しか聞いてなかった」

「なんで？」

「訛ってたんだよ、アリスも」

津軽弁ほどきつくはなかったが、アリスの訛りも同じ東北のものだった。

「福島とか仙台とか、そんな感じだったと思うんだけど、それがもう、たまらなく懐かしくて……聞いてるうちに、涙が出てきちゃったんだよ、俺」

田上は起き上がって、ウイスキーを勢いよく呷《あお》った。目が赤い。目の下の隈《くま》は、体を起こしたときのほうがくっきりとして見える。

「電話がかかってきたんだ」

「電話、ですか？」

「ああ、インターフォンみたいな電話が壁に掛かってた。それが、いきなり鳴ったんだ」

マジックミラーの向こう側では、友だちとの電話を終えたアリスが、別の誰かに電話をかけているところだった。

「俺だったんだよ、その相手」

覗き部屋にはそういうサービスもあった。客と電話でおしゃべりをして、テレフォンセックスをする——それを別の客はペニスを握りしめながら見つめる。

「なにもわからないから、あわてて受話器を取ったら、アリスの声が聞こえたんだ。わたし、いま、寂しいの……って、訛ってるんだよ、やっぱり」

田上は新しい紙コップにウイスキーを注ぎ、僕にも酒を勧めた。「帰りはウチの会社の奴に送らせるから」と言って、「ひとは使えるうちに使っとかなきゃな」とつまらなそうに笑う。

僕は黙ってウイスキーを啜る。喉《のど》が灼《や》ける。ホワイトを飲むのはひさしぶり――それこそ、学生時代以来かもしれない。

「運が良かったんだ。一日に一人しか電話で話ができないのに、俺、最初に来て一発で当たっちゃったんだから。それとも、その日は俺しか客がいなかったのかなあ、よくわかんないけどなあ」

覗き部屋の客は、他の客の姿を見ることはできない。女優たちも同じだ。十六枚のマジックミラーの向こう側で、どんな男が、どんなまなざしで自分の裸を見つめているのか、なにもわからない。

「電話で、どんな話をしたんですか？」

「しゃべれなかったよ。とにかくびっくりしてるし、他人とほとんどしゃべらない毎日だったし……でも、アリスが一人でどんどん話を先に進めてくれて、パンティーの色とか、おまんこがうずいてるのとか、あなたの太いのちょうだいとか……訛ってるんだよ、ほんと、微妙に訛ってたんだよなあ、あいつ」

「最後は……」

「オナニーだよ、俺もあいつも。ストリップみたいにステージに上がれるわけでもない。マジックミラーのこっち側とあっち側で、自分で自分のをいじり合って、それだけだ。むなしいっていうか、みじめっていうか、寂しいもんだろう？」

口ではそう言いながら、田上の顔は懐かしそうで、嬉《うれ》しそうだった。

その後、田上は『アリスの部屋』に通い詰めた。仕送りだけでは金が足りなくなって、アルバイトも始めた。仕事先でぽつりぽつりと話すようになって、友だちも少しずつ増えてきた。

「でも……結局、電話でアリスと話せたのは、最初のときの、あの一回きりだったんだ」

ぽつりと言って、「皮肉だよな」と笑う。

『アリスの部屋』が店じまいしたのは、二年後だった。覗き部屋のブームはとうに去っていた。最後の頃は出演する女優たちも見るからにレベルが落ちて、だからこそ、アリスの美しさは際立っていたという。

「でも、訛りは抜けなかったな、あいつ、最後まで」

「そこがよかったんでしょう？」

「まあな……ほら、石川啄木だっけ、短歌でそういうのがあるだろ」

「ふるさとの訛り懐かし、ですか？」

「そうそう。『ふるさとの訛なつかし停車場の人ごみの中にそを聴きにゆく』だっけ。『アリスの部屋』に通うときって、そんな気持ちだったと思うんだ」

田上は脱ぎ捨ててあったジャケットを手に取って、膝《ひざ》の上に載せた。

ポケットを探りながら、ようやく話は本題に入る。

「会いたいんだ、アリスにもう一度」

「……会って、どうするんですか？」

「会うだけでいい、話をするだけでもいいし、俺と直接顔を合わせなくてもかまわない、服なんて脱がなくてもいいし、お芝居もしなくていい、とにかく顔を見て、声を聞ければ、それだけでいいんだ」

一息に言って、ポケットからメモを取り出す。

興信所を何社も使って、アリスの居場所は突き止めた。あとは彼女に連絡をとるだけ、の段階だった。

メモを僕に差し出して、田上は言った。

「ここから先は、あんたに頼みたい。俺の名前は出さないようにして、なんとか会えるように段取りをつけてほしいんだ」

金は出す——と言った。アリスにはもちろん、僕にも十分な額の報酬は支払う。「どうだ？　悪い話じゃないだろ？」と笑う。成功者ならではの傲慢《ごうまん》な笑い方のようにも、成功者の座から滑り落ちつつある男ならではの媚《こ》びた笑みのようにも、見える。どちらにしても、それはひどく寂しい笑顔だった。

「なぜ、僕なんですか？」

「あんたの絵本を読んで、決めたんだ」

ほんとだぞ、ほんとに読んだんだ、俺は約束は守る男なんだから、と念を押して、「いい本だった」とうなずいた。

そこまでは聞き流していた。作品の感想を聞くのが好きな作家がいれば、嫌いな作家もいる。僕は紛れもなく後者で、そして『パパといっしょに』は、十冊近くある僕の作品の中で最も感想を聞きたくない――できれば思いだしたくない作品だった。

だが、田上は「明るい話だったけど……」と言いかけて言葉を切り、少し考えてから、「寂しい話だったな」と言った。「ストーリーがどうこうじゃなくて、ヒロインの女の子の絵を見てると、なんだかむしょうに寂しくなるんだ」

僕の沈黙を勘違いして、「失礼なこと言っちゃったかな」と訊《き》く。「素人が勝手なこと言っちゃって、悪い」

僕はかぶりを振った。ウイスキーを、さっきより勢いをつけて啜《すす》った。熱いかたまりが喉を灼き、みぞおちに落ちて、胸の奥に広がっていく。

「あの女の子……あかねちゃんって、モデルはいるの？」

なにも応《こた》えずにいたら、田上も「まあいいや」と話を切り上げて、メモをあらためて僕に差し出した。

「あんな絵本を書く進藤さんなら、昔の俺の寂しさをわかってくれると思って」

言い方が違う、と思う。「いまの俺の寂しさ」と言うべきだ。それなら僕も――たぶん他の連中よりは、わかるだろう。

手を伸ばして、メモを受け取った。

田上はほっとした顔になり、それでいっぺんに酔いが回ってしまったのだろう、つづく言葉は急に腰の砕けた口調になった。

「なんで新しい絵本書かないんだ？」

「フリーライターのほうの仕事が忙しくて……」

「注文は来てるんだろ？　書きゃいいじゃないか、みんながこっちを向いてくれてるうちが華だぜ、人間って」

僕は黙って苦笑する。明日、出版社の編集者と会うことになっていた。『パパといっしょに』が受けた賞を主催する、大手の出版社だ。ひさしぶりに連絡が来た。受賞以来二年間、最初は熱心な、途中からはかたちだけの担当編集をつづけていた部長は、「若いのを新しく担当につけますから」と電話で言った。結局、部長とはまったく仕事をしなかったことになる。ただの一行も書けなかった。新作の催促もずっと途絶えていた。「引き継ぎなんですけど、明日は私、出張なんですよ。新しい担当者をお仕事場のほうに一人で行かせますので、よろしく」――それがつまり、いまの僕に対する編集部の期待度だった。

田上は据わった目でしゃっくりをして、言った。

「ほんと、みんなに見られてるうちが華だよ、人間は」

自分自身のことを言っている、のだろう。

「でもな、注目浴びてるときって、こっちからはなにも見えないんだ。ほんとだぞ。マジックミラーと同じだよ、鏡張りなんだよ、俺のほうから見ると。自分しか見えない。で、落ち目になるとな、そのマジックミラーがだんだん透けて見えるようになるんだ。そうしたら、みんなが俺にそっぽを向いてるのがわかるんだ。空っぽになった部屋もある。見えちゃうんだよな、くっきり……」

田上のその言葉の意味がわかったのは、翌朝だった。朝刊の経済面に、田上の会社のことが出ていた。創業以来の腹心だった常務が退任した、と報じられていた。

ゆうべ僕がアパートの部屋をひきあげたあとも、田上は一人で居残った。「ときどき泊まるんだ」と笑って、ウイスキーを呷《あお》っていた。十八歳の孤独を嚙《か》みしめることで、四十歳の孤独をやり過ごす──それはとびきり贅沢《ぜいたく》なことなのか、とびきり不幸せなことなのか、僕にはわからない。

3

仕事場を訪ねてきたのは、ぷくぷくと太った女の子だった。

ぎごちない手つきで名刺を差し出して、緊張でうわずった声で「よろしくお願いします」と挨拶《あいさつ》する。入社二年目の、まだ女子大生の殻をしっぽにくっつけたような若手だ。

この秋──十月の人事異動で、宣伝部から児童書のセクションに異動してきた。

「念願だったんです。だから、もう、部長に直訴して移ってきたんです」

社内的には、決して得な人事異動ではない。

だが、彼女――島本さんは、「絵本をつくってるから、この会社に入ったんです」と言う。

僕は島本さんにコーヒーを勧め、名刺にあらためて目をやって、首をかしげる。

「絵本を編集したかったわけ？」

「そうです」

きっぱりとうなずき、息を大きく吸い込んで、つづける。

「わたし、進藤さんの絵本をつくるのが夢だったんです」

一瞬唖然《あぜん》として、思わず苦笑して、それから少しむっとした。

「無理しなくていいよ」

「え？」

「だから……お世辞とか、そういうのは言わなくてもいいって」

「違います、お世辞なんかじゃないです」

島本さんはあわててバッグを探った。「だって、ほら、これ」――取り出したのは、『パパといっしょに』だった。

「わたし、学生時代にこの本、もう何百回と読み返したんです。絵も文章も、ぜんぶ覚えてます。嘘じゃないです」

目をつぶって、書き出しから諳《そら》んじた。確かに、驚くほどよく覚えている。途中で「シマちゃん」という脇役の少女が登場したとき、目を開けて、「わたしのあだ名もシマちゃんなんです」と笑う。まんまるな体つき、まんまるな顔、まんまるな鼻や口、まんまるな目は笑うと『不思議の国のアリス』のチェシャ猫のような曲線を描く。

「わかったよ、すごいな」

放っておけばラストシーンまで行ってしまいそうな暗誦《あんしょう》を押しとどめて、素直に「嬉《うれ》しいよ」と言った。

「感動したんです」

「……そう」

「もう、読み返すたびに泣けちゃいます。お父さんとあかねちゃんの、なんか、友情っていうか、言葉ではすれ違いながら、心の根っこがつながってるところ、すごくいいじゃないですか。最高ですよ、あかねちゃん」

寂しい女の子だった――とは思わなかったのだろう、シマちゃんは。

僕も寂しい少女を書いたつもりはなかった。元気で、明るくて、さわやかで、おてんばで、世界中の「幸せ」を一身に集めたような少女を書いた、と思っていた。

「進藤さん、ひとつ質問してもいいですか」

「ああ……」

「あかねちゃんのモデルって、いるんですか？」

苦笑いでごまかした。

「企業秘密、ですか？」

「まあな」

「あの、こういうのって怒られちゃうかもしれないんですけど、わたし勝手に推理してたんですよ、あかねちゃんのモデル」

嫌な予感がした。

そういう予感は、たいがい当たってしまう。

あんのじょう、シマちゃんは「部長もきっとそうだろうって言ってたんですけど」と前置きして、「進藤さんの娘さんでしょ？」と言った。

「……部長さんもそう言ってたの？」

「ええ。ちょうどアレですよね、奥さんがアメリカで仕事を始めて、娘さんも一緒に向こうに行っちゃったときでしょ？　あの本を書いたのって。進藤さん、遠く離れた娘さんにプレゼントするつもりで書いたんじゃないか、って」

勝手なことばかり話している。部長の脂ぎった顔をひさしぶりに思いだして、つい舌打ちしそうになるのをこらえた。おせっかいな同業者がいつだったか教えてくれたのだ。部長はどこかのパーティーで「進藤宏は、もうおしまいだよ」と言っていたらしい。

『パパといっしょに』を書いたのは三年前の春から夏にかけて――三十六歳のとき。秋に出版されて、翌年、賞をもらった。銀行のローン審査には役立たないが、児童文学の世界ではそれなりに伝統と権威のある賞だ。

受賞パーティーで初めて会ったときの部長は、進藤宏の熱烈なファンだと言っていた。作家としても、人間的にも。若手になんか担当を任せられない、私があなたを日本のサン＝テグジュペリにしてみせます。年下の僕を相手に、そんなことも熱い口調でまくしたてていたのだ。

パーティーのあとの二次会で、部長は僕の肩を叩《たた》きながら何度も「進藤さん、あなたは偉いよ」と言った。「奥さんの夢をかなえるために別居を受け容《い》れるなんて、できませんよ、ふつうは」——部長は知らないのだ。僕も肝心なところを端折《はしょ》って伝えてしまったのだ。ほんとうは「奥さんの夢」の前に、もう一言、言葉が必要だった。「気持ちの離れてしまった奥さんの夢」にすれば、部長は僕になんと声をかけただろう。

「残念だけど」僕はシマちゃんに言った。「娘はモデルじゃないよ」

「でも、名前は同じでしょ？」

「同じでも、モデルにしたわけじゃない」

「じゃあ……」

「想像するのは自由だから、好きに考えてればいい」

ぴしゃりと言った。シマちゃんの身がすくんだのがわかったが、頰はゆるめずにおいた。悪い子ではない。それはだいじょうぶだ。僕の大ファンだというのも嘘ではなさそうだし、ぜひ新作を担当したいという強い思いも伝わった。

だが、僕はもう絵本作家ではない。

気を取り直して「それでですね、来年の出版計画なんですけど……」とファイルを取り出したシマちゃんに、僕は言った。

「書けないよ」

シマちゃんはさほど驚かなかった。「部長から聞いてます」とファイルをめくりながら応《こた》え、顔を上げて「でも、書いてほしいんです」と言う。

「だから……無理だって」

「お願いします」

「書けないんだ」

「そんなことないです」

「書けないのはどうしようもないだろ」

「でも、書けます。進藤さんなら書けるし、書いてほしいんです、わたし」

「……自分のことは自分がいちばんよくわかるんだ」

「わかってません！」

まんまるな目が、じっと僕を射すくめる。

沈黙がしばらくつづいた。

目をそらしたのは、僕のほうだった。

チャイムが鳴った。逃げるように壁のインターフォンに向かった。バイク便のライダーがモニターに映し出される。レギュラーでつづけている女性週刊誌の読み物記事の資料が届けられたのだった。救われた気持ちでオートロックを解除し、シマちゃんに「悪いけど、いまから仕事なんだ」と言い捨てて、玄関で資料を受け取った。明日中に、十三文字の五百六十行。大物女優と離婚したばかりの元マネージャーの、独占インタビュー——要するに、暴露話。

部屋に戻ると、シマちゃんはファイルをバッグにしまっているところだった。怒っている。ふくれつらになると、顔の形は満月そっくりだ。

申し訳なさは、ある。シマちゃんに見限られたら、これでもう、ほんとうに絵本作家は廃業なんだな、とも思う。

それでも、どうしようもない。僕は「書かない」ではなく、「書けない」と言った。本音だ。真っ白なスケッチブックは、『パパといっしょに』を書き終えた三年前の秋からずっと目の前にある。だが、手元には色鉛筆も絵の具もポスターカラーもない。

シマちゃんはバッグを肩に掛け、席を立ちながら言った。

「部長から伝言です」

「……なに？」

「フリーライターの仕事、少し減らしたほうがいいんじゃないか、って。生活のこともあるでしょうけど、いろんな面で消耗しちゃうんじゃないか、って」

「だいじょうぶですよ、って言っといてくれ」

「もうひとつ、伝言です。来年の出版計画には進藤さんの名前も入れてあるから、って」

消しといてくれ――とわざわざ言うほど、僕もひねくれてはいない。がんばります、と応えるほど無邪気で無責任でもないけれど。

「また連絡させてください」

「……ああ」

「書いてほしいんです、ほんとうに」

今度も目をそらしてしまった。

苦手なタイプかもしれない。それは、つまり……なんというか、一回り以上歳の離れたシマちゃんを、僕はわりと気に入ってしまった、ということでもあるのだろう。


その夜は、かつての妻の悪口を並べ立てる元マネージャーの身勝手な理屈に、一晩中付き合った。途中で、ビジネス雑誌からの仕事の注文が入った。経営評論家の匿名座談会の原稿まとめ。十六文字の三百八十行。小見出し三行どりで四本、込み。テープ起こしは金曜日の深夜にバイク便で届く予定で、原稿の締切は来週の月曜日の朝イチ。昨日発注された女性ファッション誌のインタビュー記事のまとめと、完全にスケジュールがバッティングしていた。カレンダーで確かめると、連続テレビドラマのノベライズも土曜日あたりから取りかかっておかないとキツいことがわかった。

これで週末がつぶれた。代わりに、土日の二日間でＯＬの初任給ぐらいのギャラが入る。コンビニの弁当とビタミン剤の夜食、ソファーでの十五分間の仮眠、熱いシャワーを浴びて、かすみ目用の目薬をさし、ポットのコーヒーを入れ替えて、また原稿のつづきに取りかかる。

いつもの夜だ。日付が変わってから朝になるまでの時間は、流れるように過ぎていく。締切がたてこんだ夜は、時計の秒針を追い越して生きているような気がするときもある。

空が白みかける頃——午前五時過ぎ、原稿を書き終えた。四百字詰めの原稿用紙に換算すると二十枚近く、ギャラにすれば十万円ぶんの言葉を吐き出したことになる。

文章は、書いたそばから忘れる。一週間後までにはすべて雑誌の記事になって全国の書店やコンビニエンスストアに散らばり、読んだそばから忘れられていく。

大学を卒業して以来、ずっとこの仕事をつづけてきた。絵本の仕事だけで生計を立てることは最初からあきらめていたし、サラリーマンになって安定した生活を確保して、そのうえで絵本を書くということは、もっと以前から無理だと思っていた。

時間の融通が利き、多少なりとも文章のトレーニングになり、人間関係のわずらわしさを必要最小限にとどめられる仕事——副業としてなら悪くない。本業になったいまも、後悔はしていない。けれど、ひとには勧めない。

ミニサイズの缶ビールを啜《すす》りながら、メールをチェックした。

深夜に、シマちゃんからメールが来ていた。

〈進藤宏さま@今日はお忙しいところ、ほんとうにありがとうございました。憧《あこが》れの進藤さんにお目にかかれた嬉《うれ》しさのあまり、よけいなことをべらべらしゃべって、すみませんでした@でも、新作をぜひ書いてもらいたいという気持ちは本気です。ぜひ前向きにご検討ください@『パパといっしょに』を初めて読んだときの感動はいまも忘れていません。今日はそのときの気持ちに戻って、感想を言わせてもらいました@でも、最近はちょっと違う種類の感動を感じています@あかねちゃんの笑顔はとってもかわいらしくて魅力的なのですが、じーっと見つめていると、しだいに不安になってくるんです（理由はわかりません。もちろん、批判なんかじゃありません）@また変なこと言ってしまいました。ご気分を害されてしまったら心よりお詫《わ》び申し上げます@とにかく、またご連絡させてください@部長の伝言、フリーライターの件、生意気ながら、わたしも部長と同じ意見です。ウチの会社でも週刊誌を出しているので天にツバするみたいですが、週刊誌の仕事は、なにか、世の中をイヤなふうに見ないとやっていけないような気がしています。それをつづけるのは、ほんとうに消耗することではありませんか？@よけいなお世話でしたね、ごめんなさい。とにかく、なにとぞ、なにとぞ、新作のほうよろしくお願いいたします〉

　返信は送らずに、パソコンの電源を落とした。エアコンを切り、窓を開けて、部屋の空気を入れ換える。マンションの六階とはいえ、周囲にはもっと背の高いビルがいくらでもあるので、眺望はほとんどきかない。それでも、背丈よりはるかに高い位置から街を眺める気分は、特に仕事のあとには、悪くない。

　ベランダに出て、煙草を一本吸った。シマちゃんのメールの文面をぼんやり思いだして、半分笑って、半分ため息をついた。

ベランダから部屋に戻り、仕事部屋の隣の寝室に入る。パジャマに着替えるとベッドに倒れ込むように横たわり、今夜書いた文章はすっかり忘れ去って、泥のように眠る。

4

アリスは二十年の年月をまるごと、肌の下に溜《た》め込んでいた。

電話で事情を話してから新宿のホテルのラウンジで会うまで、さんざん渋っていた理由が、一目見てわかった。

「まいっちゃったねえ、昔の夢を壊すだけだもんねえ、こんなおばちゃんになっちゃって」

へへっ、と笑う。その笑い方にも、しわがれた声にも、べたべたと塗りたくった厚化粧の顔にも——もはや、「看板女優」の名残はどこにもなかった。

「どんなひとなのよ、わたしに会いたいっての」

田上の名前は出せない。

「お電話でも申し上げたとおり、あの頃、大学生だったひとです」

「じゃあ、わたしとあんまり歳は変わらないんだ」

アリスは四十歳だと言っていた。僕たちと同い歳だ。

「四十歳でこれだもん、金持ちなんだろうねえ、こんな、すごいもんねえ……」

アリスは小切手を透かして、「嘘みたいだよねえ」と首をかしげた。三百万円——確かに、嘘みたいな話だ。

「ヤバいお金じゃないよね？　だいじょうぶだよね？」

「ええ、まっとうなお金です。もしもアリスさんが、あの頃のことを思いだしたくなかったとしたら、そこを無理を言ってお願いするわけなので……」

「思いだしたくない、って？　なんで？」

「ですから……」

たとえば、結婚をして子どもがいることだってありえた。性風俗の世界から引退して、過去を誰にも語らずに、幸せな日々を過ごしている、という可能性だってあった。

だが、アリスはあっさりと笑い飛ばした。

「あの頃はよかったよねえ、うん、まだ若かったし。『アリスの部屋』がつぶれたあとは、ほんとに、もう、人生こうだもん、こう」

下り坂を手でつくって、「たまんないよ」と吐き捨てる。

覗《のぞ》き部屋のブームが去ったあと、アリスがどこでどんな仕事をしていたのかは知らない。いまの暮らしもわからない。ただ、下り坂をつくる手の甲は、上には向かなかった。派手な色遣いの服は、間近に見ると、いかにも安物然としていた。

「『アリスの部屋』かあ……懐かしいなあ……もう二十年以上も前の話だもんねえ」

「訛《なま》ってないんですね」

「うん？」

「そのお客さん、アリスさんが東北の訛りでしゃべるのが好きだったんです」

ああ、そうなの、とアリスは笑った。

「わたしも東京に出てきたばかりだったからね、あの頃は。田舎は郡山《こおりやま》なのよ、あのあたりって、けっこう訛ってるんだよね」

「もう、訛りは消えちゃったんですね」

「そりゃそうよ、こっちに出てきてからのほうが長いんだから」

田上と同じことを言う。僕だって、同じことを訊《き》かれたら、同じように答える。

ウエイターがコーヒーとビールを運んできた。アリスは小切手を伏せてテーブルに置き、小ぶりのブーツジョッキに入ったビールを美味《おい》しそうに飲んだ。昼間から酒を飲むのがあたりまえの、そういう日々を生きているのだろう。

「女優になりたかったんだよね、最初は。それで東京に出てきて、全然食えるわけなくて、まあ、一人芝居みたいなもんでしょ、覗き部屋って。触られたりするわけじゃないし、客の顔も見えないし、これもお芝居の修業だなって思ってたんだけどね……」

「すごくリアルだったって言ってました、そのひと」

「あ、そう。嬉しいよね、二十年たっても覚えててくれるだけでも、うん、あの仕事にも意味があったのかね、あったんだろうね、ちょっとは」

「お客さんの姿は、まったく見えないんですか」

「だって、マジックミラーだもん」

「気配とか……」

「わかんないよ、そんなの」

苦笑してビールを飲む。ジョッキを口から離し、鼻の下についた泡を手の甲で拭《ぬぐ》って、

「ああ、でもね」と言う。「なんか、感じることはあったよね」

「どんなことですか」

「だって、ほら、覗き部屋に来る男なんて、カノジョもいないし、ソープだのなんだので遊ぶ金もないし、寂しいよね、やっぱり。なんか、そういう、暗ーい感じが伝わるとき、あったよ」

田上はそれを聞いて喜ぶだろうか。悲しむだろうか。

「で、わたし、なにすればいいの？　昔みたく脱いで、あそこ見せてればいいわけ？」

「脱がなくてもいいんです」

「じゃあ、なにするの」

「アリスさんを見たい、ただそれだけなんです」

「そんなので……これ？」

小切手を指差して、少し険のある目で僕を見る。

「ややこしい話に巻き込むんだったら、こっちもスジのひとに話通してもいいんだよ」

「そうじゃないんです」

「だって、おかしいじゃない、理屈合わないじゃない」

「アリスさんは憧《あこが》れのひとだったんです。青春時代の、ヒロインなんですよ」

青春時代——そんな照れくさい言葉を口にするとは、自分でも思わなかった。「お願いします、願いをかなえてあげてください」と頭を深々と下げることも。

昨日、田上の会社の合併話がまとまった。実質的には、大手に吸収されてしまった。新体制での田上の居場所はない。社長時代の経営責任を問う声も挙がっている。

アリスはビールを飲み干した。

「思い出、壊しちゃうかもよ」

「……それでもいい、と思います」

「脱いだら、もっと壊しちゃうか」ふふっと肩をすくめる。「だね、脱いだら、もう、思い出まで粉々に壊れちゃうね」

僕はなにも応《こた》えない。近くを通りかかったウェイターを呼び止めて、ビールをジョッキで二つ、オーダーした。

「あなたも飲むの?」

「急に飲みたくなったんですよ」

ふうん、とうなずいたアリスは、小切手をまた手に取った。

「ねえ……このお金、わたしが好きにつかってもいいんだよね」

「ええ」

「どうせだったら、『アリスの部屋』、再現しちゃおうか」

　上目遣いに、いたずらっぽく僕を見る。

　一瞬——ほんの一瞬だけ、顎《あご》が二重になったアリスの顔が、「看板女優」にふさわしく輝いた。

「リハーサルに付き合ってくれない？」

　僕は黙ってうなずいた。ビールではなくウイスキーをオンザロックで頼めばよかった、と少し悔やみながら。

「デイユースで取ったツインルームに入ると、アリスは「ほんとに太っちゃったから、もう、ひどいんだから」と言い訳を並べ立てながら、シャワーを浴びた。

　僕は窓際の椅子に座り、いまはまだヒロインの登場していないベッドをぼんやりと見つめる。

　懐かしい。覗き部屋には一度も入ったことはないし、もちろんアリスのことなんて知らなかった。それでも、いま胸の中にあるのは、懐かしさとしか呼べない温もりと、そして寂しさだった。

　十八歳——大学一年生の頃の僕は、なにをやっていたのだろう。好きな女の子ができてはふられ、失恋の傷が癒《い》えた頃にはまた別の女の子に夢中になっていた。セックスと、ファッションと、ギターと、車のことばかり考えていた。たいした青春ではない。時間と体力のむだ遣いばかりしてきたような気がする。

絵はその頃から好きだった。子どもがクレヨンで殴り書きしたような、へたくそだけどあたたかい絵が、特に。いつか絵本をつくりたいと夢見ていた。シェル・シルヴァスタインの『ぼくを探しに』のような絵本をつくりたかった。絵本作家なんて大それたことは思わない、ただ一冊だけ、たとえば恋人の誕生日にプレゼントするための僕だけの一冊があれば、それでよかった。

窓の外に目をやった。東京の街が広がる。街路樹のイチョウが色づいていた。葉が落ちはじめるのも、もうじきだろう。アリスの、そして田上のふるさとは、すでに冬支度を始めているだろうか。

浴室のドアが開いた。アリスがはにかんだ顔で部屋に入ってくる。「キツいかもしれないけど、女子高生ってことでよろしく」と言って、お芝居を始めた。

「レポート書いてるところね」とライティングデスクに向かい、備え付けのボールペンの先で服の上から乳首をつつき、椅子に座ったまま大きく開いた両脚の真ん中をつつく。

「お店の椅子は回転するから、グルッと回って、みんなに見せてあげるわけ」。乳房を手で揉《も》みながら、ボールペンをスティック付きのキャンディーのようにしゃぶる。

ベッドに移ると、枕元の電話を取って、受話器を股間《こかん》に押し当てて上下させる。「まだパンツは脱がないの、じらせるの」。友だちとの電話。友だちは男たち三人に輪姦《りんかん》されたという設定で、相談に乗るアリスはそのときの様子を事細かに聞きだして、いちいち復唱する。

「電車で痴漢に遭ったこともあったし、あと、演劇部の稽古《けいこ》ってことにして、ポルノ小説をえんえん朗読したりね。笑っちゃうよね」

「客に声は聞こえるんですか？」

「うん、マイクがあって、スピーカーもあるから」

友だちとの電話を終えて受話器を置き、店に来ている客に電話をかける。「ノリの悪いひとには、こっちからテレフォンセックスを仕掛けていくんだけど、慣れてるお客さんは、どんどんエッチなこと言ってくるの。わたしもすぐに切り替えて、ワイセツ電話を受けちゃった純情な女の子、になるわけ。そのほうがウケるの」。ひわいな言葉を次々にぶつけられ、最初はいやがっている彼女も、やがて服を脱ぎ捨てて、全裸でオナニーを始める。

「仰向けに寝ころんで、片手で受話器持って片手であそこ触りながら、ブリッジみたいにお尻《しり》をグイッと上げて、脚だけで一回転するわけ……ほら、こんな感じ」

アリスはベッドの上で体を動かしたが、尻はほとんど持ち上がらない。乳房はだらんと横にひしゃげ、おなかは何段にも分かれて、重たげに揺れる。

黒い茂みが、僕の正面に来た。顎を引き、目を見開いて、じっと見つめた。興奮はしない。ただ、むしょうにものがなしい。

四十歳の現実が、ここにあった。十八歳の頃にはもう戻れないんだという現実が、確かに、どうしようもなく、あった。

「昔はね……けっこう本気で感じちゃって、すぐにびしょびしょになってたんだけど……いま、もうだめだね、使いすぎっていうか……なんかね……」

息が荒い。だが、それは快感にあえいでいるのではなかった。尻がどすんと落ちる。「やっぱり、無理かな。せっかくお金持ちになったひとの、青春の夢、壊しちゃうよね……」

「あーあ、腰がもう痛くて痛くて」と決まり悪そうに笑う。

僕は椅子に座ったまま、訊《き》いた。

「女優になれなくて、後悔してませんか？」

ベッドの縁に腰かけたアリスは、紫色のショーツを穿《は》きながら「さあ……」と首をかしげた。「もう昔のことだし」

「アリスさんに会いたがってるひとのこと、ひとつだけ伝えておきます」

「なに？」

「もうすぐ、そのひと、すべてを失います。お金も、地位も、名誉も……ぜんぶなくしてしまうと思います」

ふうん、とアリスは軽くうなずいて、ベッドに背中から倒れ込む。天井を見上げて、くすぐったそうに笑う。

「よくわかんないけど、面白いね、人生ってね」

「ええ……」

「マジックミラーの向こう側には、いろんなひとがいたんだね。あの頃はそんなの考えたこともなかったけど」

「寂しいひとなんです、そのひと」

「いまでも？」

「いまのほうが、ずっと」

アリスは天井を見上げたまま、「みんな寂しかったんだろうなあ」と言った。「寂しいんなら、もっとさあ、女のひととしゃべったり、さわったり、セックスしたり、手や口で抜いてもらったり、そういう店に行けばよかったのにね」

寂しさでしか埋められない寂しさは——きっと、ある。上京したての十八歳の青年にも、ヒーローの座から転げ落ちた四十歳の男にも。

「進藤さんは入ったことないんでしょ？　覗き部屋なんて」

「……いまなら、通うかもしれない」

少し間をおいて、アリスは「やっぱり十八歳の女の子がいい？」と訊いた。

「四十歳のおばさんのほうが、いいな」と僕は言う。

アリスは信じてくれずに笑うだけだった。

田上は約束の時間どおりに時間貸しスタジオの玄関に姿を見せた。「何年ぶりかで地下鉄に乗ったよ」と笑う。このまえ会ったときよりも目の下の隈《くま》が濃くなっていた。顔色も悪い。思ったほどにはやつれていなかったが、それは、無精髭《ぶしょうひげ》が頬の輪郭を少しふくらませていたせいかもしれない。

「あんたにはほんとに世話になったな。感謝するよ、一生忘れない」

ジャケットの内ポケットから、白い封筒を取り出した。

五十万円入っている、という。

「尻に火が点《つ》いちゃったけど、腐っても田上幸司だよ、これくらいのことはさせてくれ」

僕は黙って封筒を受け取った。

今日発売された週刊誌に、社長時代の田上の乱脈経営を示す内部資料がスクープされていた。株主代表訴訟の動きもあるらしい。

封筒をバッグに入れ、すぐに別の、もっと分厚い封筒と一緒に出した。

「お返しします」

僕の報酬の五十万円プラス、アリスからの二百五十万円――「わたし要らないからさあ、そのひとに返しといてよ」と言われたのだった。

「五十万円で、ここのスタジオを借りて、あと、いろんな小道具を揃えたんです。思ったより安くあがったので、なんていうか、これ、お釣りなんです」

「……どういうことだ」

「お金、僕もアリスさんも要らないってことですよ」

田上の顔が険しくなった。

「同情じゃありません」――ここを勘違いしてほしくなかった。

「お金を受け取ったら、なんか、ちょっと違うよな、と思っただけです。タダ働きじゃないと、この話は嘘になっちゃうと思うんですよ」

「……なんでだよ」

「僕の絵本を読んで『寂しい』って言ってくれたひとは、田上さんが初めてでした。アリスさんに『会いたい』って言ってくれたひとも、田上さんだけです。それだけでいいんです、僕も彼女も」

封筒を差し出した。

田上は険しい顔のまま、僕の手からむしるように封筒を取った。

「新しい会社を立ち上げたら、またインタビューさせてください」

田上はそっぽを向いて、「あんたが新しい本を書くほうが先だろ」と怒った声で言った。

僕のバッグの中には、スケッチブックと鉛筆が入っている。どんな絵になるかはわからないが、今日の、この光景をスケッチしておきたかった。そんなふうに思うことはひさしぶりだった。

なにかが始められるかもしれない。ここではないどこかへ歩きだせるかもしれない。シマちゃんに伝えたら、彼女はどんな顔をするだろう。

「行きましょうか」

「ああ……」

歩きだしてすぐ、田上は足を止めた。

「アリス……あの頃とは全然変わっちゃってるだろうな」

振り向いた僕は、「ええ」とうなずく。「二十年、ですから」

「脱がなくてもいいんだから、べつに顔を合わせなくてもいいし」

「思い出が壊れるのが怖いですか」

「そういうわけじゃないけど……」

「ぜんぶアリスさんに任せてます。どんなことをするのか、僕にもわかりません」

僕はまた歩きだす。玄関ホールを抜け、エレベータの前に立って、もう一度田上を振り向いた。

「ただ、四十歳のアリスさん、素敵ですよ」

田上は黙って、初めて笑った。

ベッドの回りに十六枚のマジックミラーを、衝立《ついたて》のように並べた。ふだんは雑誌のグラビア撮影に使う手狭なスタジオでは『アリスの部屋』のすべてを再現するわけにはいかなかったが、田上の入る小部屋だけは、あの頃と同じにした。

「内線電話でつなぎたかったんですけど、いまはこっちのほうが便利でしょう」

プリペイド式の携帯電話を田上に渡した。

「そうか、あの頃はケータイなんてなかったもんな……」

「いろんなことが変わったんですよ」

「ああ、そうだな……そうだよな……」

田上は携帯電話を手に、小部屋に入った。僕はマジックミラーの外側に立ち、スケッチブックを広げる。

部屋に音楽が流れる。あの頃流行《はや》っていたデュラン・デュランだった。

アリスが部屋に入ってきた。普段着を着ていた。四十歳の日常を背負って、ベッドに腰かける。十六枚の鏡に、十六人のアリスが、少しずつ角度を変えて映る。田上がどこにいるかはアリスは知らない。教えないでほしい、とアリス本人に言われた。

アリスはゆっくりと服を脱ぎはじめる。ブラジャーをつけていない乳房が、ぶるんと揺れた。スカートを脱ぐと、黒い茂みがあらわになる。

僕はスケッチブックに鉛筆を走らせる。

アリスはベッドの上に「気をつけ」の姿勢で立って、鏡の一枚一枚に挨拶するようにゆっくりと小刻みに一回転した。

だらんと垂れ下がった乳房も、腹に浮き出た横皺《よこじわ》も、張りのない尻《しり》も、すべてさらした。美しくはない。けれど、それは、たまらなく気高い姿のように見える。

アリスはベッドの枕元の携帯電話を取って、プッシュボタンを押した。電話はすぐにつながり、アリスは話しはじめた。デュラン・デュランの歌にかき消されて、声は聞こえない。それでいい。僕は何枚も何枚もアリスをスケッチした。

アリスがしゃべる、うなずく、笑う、違う違うとかぶりを振って、そうなのお？　と驚いた顔になって、また笑って、しゃべって、うなずいて、笑う。

ありがとう、の形に口が動いた。

涙が頰を伝い落ちた。

ありがとう、ありがとう、ありがとう、と泣きじゃくりながら繰り返した。

僕はスケッチブックを閉じて、部屋を出た。


シマちゃんは突然の電話に驚き、僕の言葉にもっと驚いた声をあげた。

寂しい絵本を書いてみたい――と言ったのだ。

哀しい絵本にも仕上げてみたい――とつづけた。

「寂しくて哀しい、ですか……ちょっと、それ、暗くないですか?」

僕もそう思う。だが、うんと寂しくて哀しい物語は、時として滑稽《こっけい》でもあるだろうし、時としてささやかな幸福の光も放つかもしれない。

「書けるかどうかわからないけど、いつか、書いてみたい。それだけ、君に伝えたくて」

シマちゃんは「『いつか』じゃなくて、『いまから』にしてほしいんですけど」と笑って、「でも、一歩前進ですよね」と嬉《うれ》しそうに言った。

「ねえ、進藤さん、いまどちらにいらっしゃるんですか?」

「仕事場」

「めちゃくちゃ急ぎの仕事って、あります?　もし余裕があるようだったら、これから前祝いで食事でもいかがですか。部長も進藤さんに会いたがってますし……」

「せっかくだけど、スケジュール、ぎりぎりなんだ」

今度また、と電話を切った。

スタンディングバーのカウンターに頬づえをつき、飲みかけだったハーパー・ソーダを啜《すす》る。

一人で飲むつもりだった、今夜は。

ひさしぶりに酔いつぶれてみたい、とも思う。

四十歳の孤独を肴《さかな》に。ヒーローの座から転げ落ちた男と、女優ではなくなった女のことを思いながら。

寂しくて哀しい酒に一晩中ひたったあと、宿酔《ふつかよ》いの朝に力なく笑えれば――そんな絵本が書ければ、とても、嬉しい。

第二章　遊園地円舞曲

1

出版社気付で懐かしいひとから届いた葉書は、まるでメモ書きのように挨拶《あいさつ》抜きで書き起こされていた。

〈来る一月三十一日、武蔵野《むさしの》ランドが閉園致します。老いぼれのピエロは二十六日に最後のお務めをすることになりました。進藤先生にも宜《よろ》しければご高覧を戴《いただ》ければ幸甚に存じます。取り急ぎ御連絡迄《まで》ノッポ氏〉

そっけないと言えば、そっけない。だが、ノッポ氏らしいと言えば、いかにもノッポ氏らしい。

葉書を手に思いだし笑いを浮かべていたら、仕事場まで葉書を届けてくれたシマちゃんが、「ノッポ氏って誰なんですか？」と訊《き》いてきた。

「古い知り合いなんだ」

「どういう知り合いで、どの程度古い知り合いなんですか？」

僕は葉書を仕事机に置き、入れ替わりにスケッチブックをテーブルに広げた。

「ノッポ氏ってのは、ピエロなんだ」

「ええ」

「イベント会社っていうのかな、何人かでピエロの楽隊を組んでて、武蔵野ランドで毎週仕事してたんだ」

「あ、それ、大学生の頃に情報誌で読んだことあります」

「ビア樽《だる》氏と、いいコンビだったんだ」

「ビアダル、ってビールの樽のビア樽のことですか？」

「そう。こんな感じの体形」

スケッチブックにデッサン用の4Bの鉛筆を走らせた。寸詰まりの円筒の、おなかの部分がぷくんとふくれたビア樽の絵。鋼《はがね》のタガも描いたし、継ぎ合わせた板の木目も、さらさらと描き込んだ。

つづけて、ビア樽の絵の隣に電信柱を描く。

「こっちがノッポ氏。ひょろひょろの背高ノッポで、オーバーに言うと、背丈はノッポ氏がビア樽氏の倍で、体の横幅はビア樽氏のほうがノッポ氏の倍なんだ」

二人と知り合ったのは四年前の春だった。その年の秋に会ったのが最後。長い付き合いではなかったし、あの頃すでに五十歳を超えていた二人を「友人」とは呼べない。だが、僕たちは――会っていた頃よりも、会えなくなってしまったいまのほうが、特別な仲間になっているのだと思う。

「こういうときには、すぐに絵が描けるのに、なんで仕事になるとできなくなっちゃうんですか？」

おどけて唇をとがらせたシマちゃんは、次の瞬間、はっとしてスケッチブックから顔を上げた。僕と目が合うと、また絵を見つめ、さらにまた顔を、今度はゆっくりと探るように上げる。

「進藤さん、このコンビって……ひょっとして『パパといっしょに』の……」

言葉の途中で、僕はうなずいた。シマちゃんは、なかなか勘が鋭い。いや、勘の鋭さを称《たた》えるよりも、『パパといっしょに』への思い入れの深さにたじろぐべきだろうか。

「遊園地の場面、でしたよね」

「ああ……」

「あかねちゃんがお父さんに肩車されてる絵の、隅っこのほう……ですよね？」

正解。『パパといっしょに』の作者として素直に嬉《うれ》しかったが、引退同然の絵本作家としては、いたたまれない気分にもなってしまう。

シマちゃんは大ぶりのショルダーバッグから一冊の本を取り出した。カバーの絵、というより色遣いを一瞬見ただけで、わかった。

「えへへーっ」と子どもが自慢するみたいに笑う。

背表紙が色褪《いろあ》せて、カバーのところどころに破れ目のある、古びた『パパといっしょに』だった。大学生の頃にこの本に出会って、出版社で児童書を編集する夢を持った。もっともっと素晴らしい作品を生み出すはずの進藤宏という書き手の伴走者になりたかった。だから――「いつも持ち歩いてるんです、これ」

ページをめくっていったシマちゃんは、「あ、ここだ、ここ」と、五十ページほどの本の真ん中あたりを開いた。

冒険の世界でパパとはぐれたヒロインのあかねちゃんが、寂しさと不安を紛らすために、パパと遊園地に出かけた日曜日を思いだしている場面だった。

コーヒーカップやメリーゴーラウンドのある広場で、あかねちゃんはお父さんに肩車されている。その広場で、数人のピエロの楽隊が愉快な曲を演奏しながら、集まってきた子どもたちに風船を配っている。バイオリンを弾いているのがノッポ氏で、クラリネットを吹いているのがビア樽氏だ。

「こんなチョイ役にもモデルがいるとは思わなかったなあ……」

シマちゃんは感心した顔でつぶやき、「そういうディテールのこだわりっていうのがいいんですよねえ、この本は」と絵の部分をいとおしそうに指で撫《な》でた。

僕はそっぽを向いて、煙草をふかす。

ぼんやりと思いだす。ノッポ氏とビア樽氏がそれぞれの楽器を奏でながら遊園地の広場を練り歩く姿を。

あかねちゃんのために泣いてくれた二人の、白塗りの化粧を伝う涙を。できあがったばかりの『パパといっしょに』をビア樽氏が足元に叩《たた》きつけたときの音を。ビア樽氏に頬を殴られたときの痛みと、頬を押さえてうずくまる僕を見つめる、ノッポ氏の悲しそうなまなざしも。

「どうしたんですか？　進藤さん。なんか暗くなってません？」

僕は黙って、仕事机の上の葉書を見つめる。シマちゃんは勘の鋭い編集者だが、肝心なところの観察眼が意外と鈍い。葉書を読んだときの思いだし笑いに溶けていた苦みには、気づいてくれなかったようだ。

僕はビア樽氏に殴られて、絵本を書けなくなった。

僕を殴ったビア樽氏は、ピエロの楽隊を一人で辞めてしまった。

コンビの片割れをうしなったノッポ氏は、長い背丈を窮屈そうに折り曲げながら遊園地でバイオリンを弾きつづけた。

その遊園地も、月末――あと十日たらずで閉園してしまう。

壁のカレンダーに目を移した。二十六日は日曜日だった。特に予定は入っていない。原稿の締切も、前の日に片づけてもいいし、翌朝回しにしてもなんとかなるものばかりだった。

休日を返上して働かなければならないほど売れっ子ではないし、休日のスケジュールを空けておかないと恨まれるような私生活でもない。

寂しい中年男なのだ、要するに。

今年は春の訪れが早そうだ、というニュースをカーラジオで聴きながら、車を郊外に走らせた。

2

武蔵野ランドは桜の名所だった。たしか、ジェットコースター乗り場から観覧車のある丘に向かう坂道。いや、あそこはイチョウ並木で、桜はボート池のまわりに植えられていたんだっけ。

ビア樽氏に殴られて以来初めて——ということになる。

ノッポ氏とビア樽氏をスケッチしていたときは一週間通い詰めた。季節は春、ちょうど『桜まつり』の準備が進められていた頃。学校は春休みだったのに、すでに当時から経営危機がささやかれていた武蔵野ランドは、いつも閑散としていた。レンガ敷きの広場で演奏するピエロの楽隊は、誰が聴いているわけでもないディキシーやワルツやカントリーを繰り返し繰り返し、笑顔以外につくれない表情で演奏していたのだった。

都心から車で約一時間半、多摩川《たま》を渡って神奈川県に入り、少し走って、武蔵野ランドに着いた。

開園は朝九時。だが、十時半のいまも、まだ第一駐車場に空きがあった。私鉄の駅から直通のモノレールは二、三年前に廃止され、錆《さ》びた鉄路だけが、まるで恐竜の骨格標本のように街の頭上をよぎっている。ここ数年間は最盛期の十分の一ほどの入場者しかなかった、と閉園を伝える新聞記事には書いてあった。

入場券を買って、園内に入る。二百メートル近くをいっぺんに登るエスカレーターで、遊具の並ぶプレイゾーンへ向かう。

途中で振り返って、街を見渡した。多摩川の広い河川敷を挟んで住宅地が広がり、その先に新宿の超高層ビル街が小さく見える。武蔵野ランドの開園は昭和四十年代の初めだった。「あの頃は、まわりは梨畑しかなかったんだけどなあ……」と、いつかノッポ氏は言っていた。いや、それはビア樽氏の言葉だっただろうか。いずれにしても、二人とも、武蔵野ランドのオープンからずっと広場で演奏してきたのだ。

何万人……何十万人、もしかしたら何百万人もの子どもたちが、二人のまわりに集まり、二人の前を通り過ぎていった。

そのなかに、あかねちゃんも、いた——。

ノッポ氏は、たった一人で広場に立っていた。色とりどりの風船を両手に持って、昔と同じピエロの衣装とメイクで、ぽつんと。

ときどき通りかかった子どもが風船を受け取るが、ノッポ氏のまわりに群がるほどではなく、たったいま、駆け寄ろうとした男の子が母親に「風船なんて持って帰っても邪魔になるだけでしょ」とたしなめられたところだった。

僕に気づくと、ノッポ氏は、やあ、と手を軽く挙げた。暇でしょうがないよ、というふうに肩をすくめ、足をおどけて交差させる。

どんな表情やしぐさを返せばいいのか、よくわからない。

「……楽隊、今日は休みなんですか」

かすれた声で訊《き》くと、ノッポ氏は風船の紐《ひも》を花壇のフェンスに結びながら「契約、切られちゃったんだ、武蔵野ランドから」と言った。「おととし、ほら、リストラってやつでさ、俺たちみーんなクビ」

サクランボやスイカの種をプッと吹くようなそっけない口調は、昔と変わらない。

「武蔵野ランドの仕事なくなっちゃったら、今度は去年、会社までつぶれちゃってさ、もうまいっちゃったよ、ほんと」

フェンスに〈風船　ご自由にどうぞ〉と描いた段ボール紙を立てかけて、近くのベンチに顎《あご》をしゃくる。

「座ってしゃべろうや」

「ええ……」

「俺たちの仕事って、立ち通しの歩き通しだろ、現役の頃はなんともなかったんだけど、引退してからガクーッと来ちゃってさ、三十分も立ってると腰や膝《ひざ》が痛くてしょうがないんだ」

「ノッポさん、いま、お仕事は……」

「ビルの掃除だよ。還暦近くなっても、楽隠居できるような身分じゃないからな。ゆうべも一晩中、神田《かんだ》のビルでワックス掛けだった」

ベンチに座って一息つくしぐさは、確かにかなり疲れているように見えた。白塗りのメイクで隠された顔の皺《しわ》は、四年ぶん深くなり、数も増えているのだろう。

「ほんとに来てくれるとは思わなかったよ、あんたが」

「僕も……ノッポさんから葉書をもらうとは思ってませんでした」

「最後だからな、この遊園地も」

契約を打ち切られ、会社がつぶれてからも、ノッポ氏は毎月最後の日曜日には武蔵野ランドに来て、ピエロになった。ボランティアだった。風船も、ヘリウムガスも、衣装も自前。今月は広場に特設ステージをつくって、連日お別れイベントをおこなうので、ボランティアはかえって邪魔になる、と言われた。古い付き合いの副園長が間に入ってくれなければ、最後のささやかな恩返しすらやらせてもらえなかっただろう、と寂しそうに言う。

「そりゃあ、俺たちは洋風のチンドン屋だよ、しょせん。でもなあ、俺たちは俺たちなりに、武蔵野ランドの名物になってるっていう誇りはあったんだけどなあ……」

「つぶれるようなところは、どこでもそうですよ」

フリーライターとしての実感を込めて、僕は言った。大学を卒業した年からずっと、この仕事をやってきた。いくつもの雑誌の休刊や廃刊に立ち会い、編集プロダクションや広告事務所の倒産や夜逃げも見てきた。「フリーライターなんてしょせん使い捨ての傭兵《ようへい》なんだから」とつぶやく口調に恨めしさや自嘲《じちょう》の響きが消えたのは、この数年のことだ。あたりまえの現実を、あたりまえに受け容《い》れる――古い付き合いの編集者の半分は「おとなになったんだな」と言ってくれるが、残り半分は「醒《さ》めきっちゃったな、おまえも」とため息をつく。

ノッポ氏は「今日は暖かいな……」とつぶやいて、白塗りのメイクが落ちないよう気をつけて額の汗を指で拭《ぬぐ》った。

昔と同じように房付きの三角帽をかぶり、もじゃもじゃの金髪のカツラをつけている。白塗りの顔にほどこしたメイクも、大きな赤い付け鼻も、紅白のストライプの衣装も、昔どおり。せめて帽子ぐらい脱げば少しは涼しいのだろうが、たぶんノッポ氏は「子どもの夢を壊しちゃまずいだろ」とぼそっと言うだけだろう。四年前には、広場のベンチに座って僕と話をすることじたい考えられなかった。たとえ出入り業者の洋風チンドン屋だとしても、ノッポ氏は、プロだ。そして、ビア樽《だる》氏も、もちろん。

「もう、バイオリンは弾いてないんですか」と僕は訊いた。

「仕事がないんだから、弾く理由もないだろ」

ノッポ氏はあっさり答え、左の手のひらを軽くかざして、ぼろぼろに皮が剝《む》けた五本の指を僕に見せた。

「床を拭《ふ》くワックスがさ、どうも肌に合わないんだ。作業中は手袋してるんだけど、やっぱりほら、手袋を脱いだときにも触っちゃうだろ、どうしても」

指を動かした。幻のバイオリンを弾いたつもりかもしれない。ぎごちない指遣いだった。

ノッポ氏もそれを自分で認め、突き放すように、へへっと笑って手を下ろす。

「あんただって、絵本書いてないだろ」

「ええ……」

「たまに本屋に行って、絵本のコーナー覗《のぞ》いてみるんだけど、あんたの本、新しいのも出てないし、古いのも置いてないな。こないだなんて、若い店員に訊いたら、『進藤宏』って名前も知らなかったぞ」

僕は黙って苦笑する。この世界から忘れ去られてしまったことよりも、ノッポ氏が本屋で僕の本を探してくれていることが、嬉《うれ》しくて、少し寂しい。

「でも……よく来てくれたよ、ほんとに。葉書は出したけど、まあ、八割は無理だろうと思ってたからな」

「なんで僕を呼んだんですか？」

ノッポ氏はそれには答えず、付け鼻の位置を細かく調整し、カツラの前髪を整えて立ち上がった。

ちょうど3Dシアターの上映が終わり、観客が小屋から出てきたところだった。ノッポ氏はフェンスに結わえた風船の紐をはずし、手に持って、子どもたちを待ち受けるように、ポーズをつける。

僕もベンチから腰を浮かせた。

「ひさしぶりだから、ちょっとぶらっと歩いてきます」

声をかけると、ノッポ氏はポーズを崩さずに「だったら、梅がきれいだぞ。今年はかなり早いからな」と言った。

「梅もいいですけど……桜って、どこにありましたっけ」

「スカイサイクルの脇のスロープだ、あそこがいちばんいいんだ、桜は」

「……ボート池じゃなかったんですね」

「あそこは三十本ほどしかないだろ。スカイサイクルのところは五十本あるからな」

さすがに詳しい。

詳しいから――悲しい。

歩きだして何歩か進んだところで、僕はノッポ氏を振り向いた。

「ひとつだけ、訊いていいですか」

ノッポ氏の返事はなかった。すぐ前を通りかかった女の子にピンクの風船を手渡そうとして、いらなーい、と断られていた。

「……葉書を出したのって、僕だけだったんですか？」

返事はない。こっちに目も向けない。だが、それが答えなんだ、と僕にはわかる。

また歩きだした。おなかをぷくんと突き出して、反り返るようにクラリネットを吹いていたビア樽氏の姿を思い浮かべ、その隣に、体を「く」の字に折り曲げてバイオリンを弾いていたノッポ氏を置いて、けっきょく二人の素顔は見ないまま付き合いが終わったんだな、とため息をついたとき背中にひとの気配を感じた。

「しーんどう、さん」

好奇心旺盛《おうせい》で、行動力充分。編集者の鑑《かがみ》のようなひとを、僕は苦笑いで迎える。

仕事中にはお目にかかれないトレーナー姿のシマちゃんは、右手首に遊具乗り放題のワンデー・フリーパスのベルトを巻きつけていた。

「あのピエロさんでしょ、ノッポ氏って。ほんと、『パパといっしょに』の絵、そっくりですよ。感じをばっちりつかんでるっていうか、最高じゃないですか。さすがですよねえ、名作って、やっぱりディテールが違うんですよ」

ボート池を一周するトロッコ機関車に揺られながら、シマちゃんは上機嫌に言った。

おとな二人が並んで座るには窮屈なシート――ついでにシマちゃんはちょっと太めなひとなので、前後に分かれて乗った。最初は。シマちゃんはちょっと不服そうだったが、そもそも付き合うつもりなどなかったのだ。僕の右手首には「だいじょうぶだいじょうぶ、取材費で落としちゃいますから」とシマちゃんが無理やり買ってくれたワンデー・フリーパスのバンドまで、ある。

「武蔵野ランドって、小学生の頃、団地の子ども会の遠足で来たことあるんです。だからピエロの楽隊も見てるはずなんだけど……ぜんぜん覚えてないんですよねえ。ジェットコースターとか空飛ぶじゅうたんとか、絶叫系のものばっかり覚えてるんです」

そうだよな、と僕もうなずいた。遊園地には楽しい乗り物がたくさんある。ピエロの楽隊よりもずっとわくわくして、どきどきするものが、ほんとうにたくさんある。ピエロの楽隊など、ちょっとしたおまけみたいな存在なのだろう。

それなのに。

あかねちゃん――どうして、きみはノッポ氏とビア樽氏のそばから離れなかったんだ？

汽車は、がたがたと絶え間なく揺れながら、ゆっくりと池の岸をなぞっていく。広場がちらりと見えたが、ノッポ氏の姿はわからなかった。

「でも、進藤さん、なんであの二人だったんですか？　前から知ってたとか？」

僕は黙ってかぶりを振って、スカイサイクルのそばの桜並木に目をやった。今年もきっと、満開の桜はとてもきれいだろう。だが、それを見てくれるひとたちは、もういない。

「シマちゃん」

「はい？」

「あかねちゃんのモデルになった女の子のこと、まだ話したことなかったよな」

「ええ……だって、進藤さん、打ち合わせのときでも『パパといっしょに』の話、いやがるじゃないですか」

シマちゃんは軽く唇をとがらせて僕を振り向き、僕はすっと目をそらす。

「……進藤さんの娘さん、じゃないんですよね。同じ名前でも」

「偶然だったんだ」

「でも、登場人物の名前を付けるのに偶然もなにもないんじゃないですか？」

「たまたまウチの娘と同じ名前だったんだよ、モデルの女の子も。主人公の名前は、その子と同じにしたかった。しなくちゃいけなかったんだ」

「ちょっと待って……ってことは、あかねちゃんっていう女の子が、娘さん以外にもいたわけ、ですよね。で、その子が、『パパといっしょに』のあかねちゃんのモデルになって、結果的に、娘さんとも同じ名前になっちゃった、と」

もつれた糸をほどくように言葉の一つ一つを確かめながら、言う。

表情に、かすかな落胆と失望が浮かぶ。その気持ちはわかる。離ればなれに暮らす一人娘のために、パパと旅する冒険物語を書く——それじたいが、ささやかなメルヘンでも、ある。

「じゃあ」シマちゃんは気を取り直し、好奇心に大きな瞳《ひとみ》を輝かせながら言う。「モデルの子って誰なんですか？」

「シマちゃんには話さないままでいようと思ってたんだ」

「えーっ、そんなのって水くさいじゃないですかぁ」

「……夢を壊したくなくてさ」

無理に、少しだけ笑った。シマちゃんも怪訝《けげん》そうに笑い返して、「夢が壊れちゃうって、どんなふうにですか？」と訊《き》く。

僕はバッグの中から、クリアファイルに入れた写真を取り出して、シマちゃんに渡した。ヒロインのあかねちゃんのモデルになった少女――現実のあかねちゃんの写真だ。

シマちゃんは一目見るなり、「あ、わかります、似てますよね、すごく」と言った。

「お話と同じように、この子も小学校に入学する直前だったんですか？」

「ああ……」

「じゃあ、いま何年生だろう、四年生とか、五年生ぐらいですか？」

「このままだよ」

「え？」

「この子は、ずーっと小学校に入学できないんだ。ランドセルを買ってもらって、入学式を楽しみに待ってて……それっきりだ」

「……って、どういう……」

「殺された」

汽車は切り通しにさしかかり、ポッポーッ、と警笛を鳴らした。

シマちゃんは絶句して、なにも言わないし、なにも訊いてこない。

代わりに、僕はつづけた。

「父親に殺されたんだ。『パパといっしょに』のパパのモデルの父親にな」

夢が壊れる――というのは、そういう意味なのだ。

「あかねちゃんは、殺された日の昼間、武蔵野ランドに遊びに来てた。父親と二人で……」

出版関係者の誰にも話さなかった。取材でモデルについて尋ねられたときも、笑ってごまかした。これからも話すつもりはなかった。僕たちだけの秘密にしておこう、と決めていた。

僕たち――ノッポ氏と、ビア樽氏と、僕の三人。

「あんまり楽しくない話だけど、つづき、聞きたいか?」

シマちゃんは困惑を隠しきれない顔で、しかしこっくりとうなずいた。

「コーヒーカップに乗って、話そうか」と僕は言った。

3

仕事だった。フリーライターの仕事の、「ありふれている」とは言わないまでも、日常的な原稿書きの一つだったのだ、それは。

あの頃は年間二百本近い記事を書いていた。そのうち半分は週刊誌のニュース記事のリライト――事故や事件ばかり扱ってきた。

ひとが死んだ話、ひとが傷ついた話、ひとが殺された話、ひとが誰かを殺した話、ひとが幸せを奪われた話、ひとが幸せを失った話、ひとが誰かの幸せを奪った話……毎週木曜日の夜に資料が届けられ、金曜日の朝八時までに原稿にまとめ、翌週火曜日に雑誌が発売になる頃には自分がなにを書いたかも忘れている、そんな繰り返しだった。

「本業」と「副業」を収入で分けるのなら、僕の「本業」は紛れもなくフリーライターだった。絵本は年に一冊のペースで発表していたし、挿し絵やイラストの仕事もときどき受けていたが、それだけで家族三人が食べていけるほどこの世界は甘くはなく、妻が娘を連れて家を出た理由も、結局最後はそこに至ってしまう。

四年前──僕は三十六歳で、大学を卒業してすぐに始めたフリーライターの仕事は十四年目に入っていた。僕の書く原稿の中で死んでいったひとは、その頃で何人になっていたのだろう。百人や二百人ではきかないはずだ、きっと。

あかねちゃんも、そのなかの一人だ。

覚醒剤《かくせい》で錯乱状態になっていた父親に殺された。

いつもなら原稿をメールで編集部に送った瞬間、頭から消え去ってしまう。ヘアヌード目当てに雑誌を買った読者の好奇心を満たし、つかのまの同情と義憤と、「こういうのに比べればウチはまだましだよな」というささやかな優越感や幸福感を提供するための、ネタだ。

なのに、忘れられなかった。

忘れられないから、まだ構想すら立っていなかった新作の絵本の主人公の絵は、あかねちゃんと父親をモデルにしよう、と決めた。

自分の娘と同じ名前、同い歳の少女だった、というせいもある。

家族と別れて一人暮らしになったことも無縁ではないだろう。

ついでに言えば、あかねちゃんを殺した父親は、僕と同い歳でもあった。

さらにもうひとつ——あかねちゃんには母親がいない。幼稚園の年少組の頃に両親が離婚してしまい、父親に引き取られていた、というより、父親のもとに置き去りにされた。

皮肉な話だ。娘と一つ屋根の下で暮らすことのできた父親は娘を殺し、娘と会えなくなった僕は、あかねちゃん親子を主人公にした絵本を書いて賞をもらった。

ほんとうに皮肉で、残酷で、ひどい話だと、思う。


「そんなに自分を責めなくてもいいじゃないですか。わたし、せめてお話の中だけでもハッピーエンドになって、あかねちゃんも喜んでると思うけど……」


僕もそう思っていた。

おこがましい言い方をすれば、あかねちゃんの供養になってほしい、と願って絵を描き、物語を綴《つづ》っていった。

それを間違いだと言い切ったのは、ビア樽《だる》氏だった。

編集部から資料として渡された写真の中には、あかねちゃんが殺された日に武蔵野ランドで撮った写真もあった。

二人のピエロ——ノッポ氏とビア樽氏に挟まれて笑っていた。

「ねえ、進藤さん。わたし、よくわからないんですよ、なんでお父さん、遊園地にまで連れていってあげたあかねちゃんを殺さなきゃいけなかったんですか？」

あかねちゃんの父親は、覚醒剤の常習者だった。定職にもつかず、あかねちゃんの母親と別れたあとも何人か女を家に連れ込み、ヒモ同然の暮らしをしていた。あかねちゃんへの虐待も日常的につづいていたらしい。最低の男だ。資料をどうひっくり返しても、父親に同情の余地はなかった。

あかねちゃんを殺した日も、家を出た愛人に復縁を迫って、うまくいかず、そのあげくに覚醒剤で錯乱状態になって娘を殺してしまったのだった。

復縁ができれば、もう一度人生をやり直そうと思っていた、らしい。あかねちゃんを武蔵野ランドに連れていったのも、いままでの罪滅ぼしのつもりだった、と供述している。

「ひでえ奴だな、しかし」——ノッポ氏は吐き捨てるように言って、赤く潤んだ目を瞬いた。

「女に逃げられて、落ち込んでるところにシャブぶっこんで、錯乱かよ。バカじゃねえのか、ほんとに」——ビア樽氏は舌打ちして洟《はな》を啜《すす》りあげ、そして、二人そろって声をあげて泣いた。

あかねちゃんの写真を持って、初めて武蔵野ランドを訪ねた日のことだ。

ノッポ氏もビア樽氏も、あかねちゃんのことをよく覚えていた。

「俺たちが演奏してるだろ、その前にしゃがみこんで、じーっと聴いてたんだ」とノッポ氏は言い、「飽きもせず、何曲も何曲も聴いてくれてたんだよなあ」とビア樽氏は言った。

「かわいい子だったけど、うん、そういう事件のこと知ると、確かにちょっと翳《かげ》りのある顔してたよなあ。なあ、ビア樽」

「俺、あの子が風船の紐《ひも》をぎゅーっと握ってたの覚えてるよ。絶対にこの手を離しちゃいけないんだって感じで、なんだか、かわいそうなぐらい一所懸命握ってたんだ」

父親は、そのときあかねちゃんと一緒ではなかった、らしい。おそらく携帯電話か公衆電話で愛人に戻ってくるよう懇願していたのだろう。

「一人だったよなあ、ノッポさん」

「ああ。一人だった、一人でじーっと俺たちの演奏を聴いてたんだ」

やがて、父親が迎えに来た。

「まともそうに見えたんだけどなあ、そのときは。ビア樽、おまえはどうだった」

「まあ、堅気じゃねえよなとは思ったけどな」

「使い捨てのカメラを持ってたんだ」

「そうそう、親父が持ってた」

「俺たちに、記念写真撮っていいかって訊《き》いてきたんだよな、親父が」

「ふつうにしゃべってたよなあ」

「あかねちゃんっていうんだっけ、すごく嬉《うれ》しそうだったんだ。俺とビア樽の手を引っ張ってな、こっちこっち、って……」

「笑ってた」

「ああ、嬉しそうに笑ってたよなあ」

「あかねちゃんは、かわいかったよ。うん、かわいい子だったんだよなあ」

「曲が終わると拍手してくれたんだ。風船の紐を離さないように気をつけながら、パチパチってさ、俺、いまでも覚えてるよ、忘れてないよ、あの子の顔」

二人ともピエロのメイクをしたまま――だからおどけた顔のまま、怒り、悲しんでいた。

優しいひとたちだ、と思った。

やりきれない事件にささやかな救いをようやく見つけた。

あかねちゃんをモデルにする新作に、ピエロの楽隊も登場させたくなった。

しばらくスケッチに通わせてほしいと申し入れると、ノッポ氏は「俺たちが絵本に出るのかよ、まいっちゃうな」と照れながらも受け容《い》れてくれた。

だが、ビア樽氏は無言で、じっと考え込んだ。自分が登場することより、あかねちゃんをモデルに絵本を書くことそのものにひっかかっているようだった。

「悲しい話になるんじゃないのか？」

ビア樽氏に訊かれた。

「いいえ」——僕は自信を持って、きっぱりと答えた。

あかねちゃんの生きた現実は悲しいことばかりだった。せめてお話の世界では、胸がときめくような日々を送らせてあげたい。

そう説明すると、ノッポ氏は納得して「それが供養だよなあ」とうなずいた。

ところが、ビア樽氏は、またムスッと押し黙ってしまった。僕のアイデアを快く思っていないことはわかったが、どこがどう気に入らないのか、ピエロの顔で黙りこくられては窺《うかが》い知りようがない。結局、最後はノッポ氏が「いいよな、べつに悪い話に手を貸すわけじゃないんだし」と取りなすように言って、ビア樽氏も無言のままうなずいた。

僕は翌日から一週間、武蔵野ランドに通い詰めて、何十枚ものスケッチをした。

最後の日の夕方、挨拶《あいさつ》をしたときに、ビア樽氏に言われた。

「俺たちのことは悪役で使ってもいいけどな、あかねちゃんのことは、とにかく……頼むぞ」

凄味《すごみ》の利いた、低い声で。

隈取《くまど》りをした目が、怒りをたたえたように光っていた。

「だいじょうぶです」と僕は言った。

「信じてください」ともつづけた。

その約束を僕はきちんと守った——つもりだったのだ。

「わたし、進藤さんの言ってること、わかりますよ。『パパといっしょに』って、作品だけでもいいお話だと思ってたけど、そういうこと聞いちゃうと、マジ、感動しちゃいますよ。あかねちゃんだって、ぜーったいに喜んでると思います」

本ができあがると、僕は武蔵野ランドに向かった。本をノッポ氏とビア樽氏にプレゼントして、できれば三人で祝杯をあげたかった。

演奏が終わって楽隊が小休止に入ったときに、本を渡した。

表紙のタイトルを見た瞬間、ビア樽氏の顔がこわばるのがわかった。

本を開き、遊園地の場面を目にすると、今度は寸詰まりの体がぶるぶる震えた。

「……ふざけるな」

うめき声で言って、本を思いきり強く、足元に叩《たた》きつけた。

啞然《あぜん》とする僕を振り向いた、と気づく間もなく、跳び上がるようにして僕の胸ぐらをつかみ、頬を殴りつけた。痛みはそれほどなかったが、不意をつかれてその場に倒れてしまった。

ビア樽氏はさらに僕にのしかかり、何発か顔を殴った。

広場にいた客が悲鳴をあげた。

僕も——客だ。

ビア樽氏は、遊園地に来ていた客に、他の客の目の前で暴力をふるってしまったのだ。

楽隊のメンバーがあわててビア樽氏を僕からひきはがしたが、すでに警備員が詰所から駆け出していた。

ノッポ氏は止めてくれなかった。僕をかばってもくれなかった。自分もビア樽氏と同じ考えだ、というように僕を見つめ、静かに言った。

「もう、ここには来ないでくれ」

「なんで？　ねえ、なんでなんですか？　なんで進藤さんが殴られたり、そんなこと言われたりしなきゃいけないんですか？　おかしいですよ、それ、ぜーったい！」

そのときは、なにがなんだかわからなかった。ビア樽氏の暴力に腹も立てたし、ノッポ氏の言葉にも理不尽なものを感じていた。

いまでも、二人の気持ちが「わかっている」とは言わないし、言えない。

ひとつだけ確かなのは、『パパといっしょに』を最後に、絵本が書けなくなったということだった。

その理由も、「わかっている」と言うことはできない。

ただ、最近になって、ときどき思う。

あかねちゃんは天国で、僕のことを恨んでいるかもしれない。少なくとも、喜んではいないだろうな、と思うのだ。

4

コーヒーカップ、メリーゴーラウンド、ゴーカート、ジェットコースター、チェーンブランコ、空飛ぶじゅうたん、スカイサイクル、フライング・ロボ、ワイルドグース、フラワーツイスト、観覧車……。

遊具を端から乗り尽くした。行列に並ぶことはほとんどなかった。ゴンドラが二十台あるオクトパスも、四、五十人乗れそうなドラゴンコースターも、客は僕とシマちゃんだけだった。

明日の月曜日から、閉園の三十一日まで五日間、『さよならフェスティバル』と銘打って、入園券だけですべての遊具が乗り放題になる。寂しい日曜日になったのも当然だった。

「明日からは、少しはにぎやかになるんですかねえ……」

上昇する観覧車のゴンドラの中で、シマちゃんは言った。「昔行ったときは、ジェットコースターなんか三十分待ちだったんですよ」と少し悔しそうにつづけ、「時代が変わっちゃったんですかねえ」とため息をつく。

観覧車から遊園地ぜんたいを見渡すと、閑散としているのがはっきりとわかる。客よりも係員のほうが多いんじゃないかという一角もあるし、ついさっきゴンドラの下を駆け抜けたジェットコースターには客が五人しか乗っていなかった。

広場を見た。ノッポ氏は、あいかわらずぽつんと、所在なげに風船を持ってたたずんでいた。ピエロは――ひとりきり、だった。

「それで、さっきの話のつづきですけど……ビア樽《だる》氏って、いま、なにやってるんですか？」

僕はノッポ氏を見つめたまま、「知らない」と言った。

もう、ここから先の話をシマちゃんに聞かせるつもりはなかった。

シマちゃんは、あかねちゃんの話とビア樽氏の話を聞いても、「わたしはやっぱり、『パパといっしょに』はいい作品だと思います」と言ってくれた。こんなひどい作家とは仕事をしたくない、というようなことにはならなかった。

それはそれで、いい。シマちゃんが『パパといっしょに』の味方でありつづけてくれることに感謝もしているし、ほっとしてもいる。

だが、たぶんシマちゃんも、いつかはわかるだろう。ビア樽氏が僕を殴った理由も、僕が新作を書けなくなった理由も。そして、たとえわかっても、うまく言葉にすることはできないだろう。いまの僕がそうであるように、だ。

ゴンドラが円周のてっぺんを通り過ぎるのを待って、僕はバッグからスケッチブックと鉛筆を取り出した。

武蔵野ランドの全景を、ラフにスケッチしていった。

「進藤さん……もしかして、新作のためのスケッチですか？」

「まあな。使えるかどうかわからないけど」

ビア樽氏に殴られたとき、僕は『パパといっしょに』につづく作品にとりかかっていた。『パパといっしょに』はまだ賞を取ったわけではなかったが、作品の出来映えには確かな手応《てごた》えを感じていた。その勢いに乗って、新作のほうも、自分でも驚くほどスムーズに進んだ。主人公のキャラクターはすんなりと固まり、コメディ仕立てのストーリーの大枠も決まって、あとはラフコンテを何度か描いて全体の構成を整えていけば、出版社から言われていた締切日よりずっと早く――その年の秋のうちには完成する見通しだったし、さらに次の作品にもすぐにとりかかれそうな気持ちの張りがあった。

これが「一皮剝《む》けた」というやつかもしれない、と嬉《うれ》しかった。あかねちゃんが天国から応援してくれているのかもな、とも思った。

だが、そんな浮き立った気持ちは、ビア樽氏の拳《こぶし》とノッポ氏の悲しげなまなざしで粉々に打ち砕かれた。腫《は》れた頰をさすりながら仕事場に戻ると、書きかけの新作が、急に色あせて見えた。薄汚れている、とも感じた。ビア樽氏の怒りを受け容れたわけではないのに、自分の絵と物語がむしょうに腹立たしくなった。

原稿をすべて引き裂いた。まだ締切には間に合う。もう一度最初からやり直してみよう、と気持ちをあらためて仕事机に向かい、真っ白なスケッチブックを広げた。

だが、すぐ目の前にある鉛筆に、手が伸びない。

机の前に石のように固まって座ったまま、僕は、なにも描かれていないスケッチブックをただ見つめるだけだった。

そんな状態が三年もつづき、ようやく去年の秋から、なにかを描きたいと思うようになった。絵本として仕上がるかどうかはわからない。ただ、絵を描きたい。あの頃の僕には決して描けなかったはずの絵――それをビア樽氏に見せたら、あのひとは、今度こそ笑って、喜んでくれるだろうか。


ビア樽氏は僕を殴った次の日、イベント会社に辞表を出した。会社が武蔵野ランドの仕事を切られそうになったことの責任をとったのだ。

ほどなく、手紙が二通、出版社気付で僕に届けられた。

一通はノッポ氏からの葉書で、もう一通はビア樽氏からの封書。二人が示し合わせて手紙を書いたわけではないことは、文面からわかった。それでも、葉書と封筒には、別々の郵便局の同じ日付の消印が捺《お》されていた。そういうところが名コンビの所以《ゆえん》なのだろう。

先に読んだノッポ氏からの葉書には、こう書いてあった。

〈先日は相棒が失礼なことをしでかして大変申し訳ありませんでした。きちんとしたお礼を申し上げる余裕がございませんでしたが、『パパといっしょに』ありがとうございました。早速読ませていただきました。大変面白いお話でしたが、小生、失礼ながらもう二度と読み返すことはないだろうと存じます〉

絶縁状のようなものだ。

読み終えたときには、ビア樽氏に殴られたときよりも強い痛みを胸に感じた。

なにが間違っていた――？

どこがいけなかった――？

つづけてビア樽氏からの手紙の封を切ったときの指先の震えを、僕はいまでもくっきりと覚えている。

便箋《びんせん》の一枚目は、殴りつけたことの詫《わ》びと退職の報告が、型どおりの文章で綴《つづ》られていた。ビア樽氏がほんとうに僕に伝えたかったことは、二枚目の便箋に、追伸の形で書かれていた。


〈わたくしは、子どもの日々は、ただそれだけで尊いものだと思っております。幸せだったり不幸だったり、楽しかったり苦しかったりを考える以前に、他の誰とも取り替えることはできず、時間をさかのぼることもできない、かけがえのなさは、ただそれだけで、なによりも尊いのだと思っております。

あかねちゃんが、かけがえのない短い人生のおしまいのほうで、あんなに嬉しそうに笑ってくれた、わたくしたちの音楽を一所懸命聴いてくれた、風船を渡すと喜んで、飛んでいかないように紐をしっかり握っていてくれた……わたくしは、それを一生の誇りとしたいと思っております〉

5

シマちゃんと一緒に広場に戻ると、ノッポ氏は腰を軽く叩《たた》きながら、「ちょっと休憩だな」と、さっきのベンチに腰を下ろした。もう午後一時近かったが、用意していた風船はほとんど減っていない。

「お昼ごはん、いいんですか？」

僕が訊《き》くと、ノッポ氏は「そろそろひきあげるから」と言った。「夕方から、また仕事だからな」

「ワックス掛けですか」

「ああ……」

シマちゃんが気を利かせて「なにか飲み物でも買ってきましょうか？」と言った。

ノッポ氏は少し考えて、「ビールでも飲むかな」と答えた。

現役のピエロなら、子どもたちの夢を壊すようなことは決してしない。だが、ノッポ氏はもう引退したピエロなのだし、ピエロを物珍しげに取り囲む子どもたちも、いない。

僕もビールに付き合うことにした。

売店に向かうシマちゃんの背中を見送りながら、ノッポ氏は「奥さん？　にしちゃ若いか、少し」と言った。

「出版社の編集者ですよ。僕を担当してくれてるんです」

「絵本の？」

「……ぜんぜん書けなくて、迷惑ばっかりかけてるんですけどね」

「やめちゃうのか、このまま」

「わかりません」

淡々と答えることができた。『パパといっしょに』を書かなければ、ノッポ氏とビア樽氏に出会わなければ、いったい僕はいま、どんな絵本を書いていただろう——？

ノッポ氏はそれきり黙った。

僕も、メリーゴーラウンドから流れてくるスケーターズ・ワルツをしばらく黙って聴いた。

沈黙を破ったのは、ノッポ氏だった。

「俺、ときどき読み返してるんだ、あんたの本を」

「『パパといっしょに』ですか？」

「ああ……」

「もう読まないって葉書に書いてませんでしたっけ」

ノッポ氏は苦笑いでそれをかわし、「いい本だと思うよ」と言った。

「ノッポさん……僕、どこが間違ってたんでしょうね。いまでも、ほんとうはよくわかってないんですよ」

「間違ってなんかないよ」

「でも、ノッポさんもビア樽さんも、あの本を気に入ってくれなかった」

また、苦笑いでかわされた。

シマちゃんが、ビールの入った大ぶりの紙コップを三つ、両手で挟むように持って、こっちに向かって歩いてくる。

シマちゃんが来る前に、訊いておきたかった。

「あの本、どこがだめだったんですか？」

ノッポ氏はさらにまた苦笑いを浮かべたが、今度は笑うだけでなく、言葉も返してくれた。

「俺とビア樽は、毎日毎日、遊園地に来る親子連れを見てきたんだ。数えきれないほど見てきた。いろんな親子がいたよ、ほんとうに……」

仲むつまじい親子もいたし、口喧嘩《くちげんか》をしながら広場を歩いている親子もいた。遊び疲れて眠った子どもをおぶって歩く父親もいたし、赤ちゃんの乗ったベビーカーを押しながら、まだ幼い上の子にまとわりつかれて困っている母親もいた。今日を楽しみにしていただろうに、父親にきつく叱られて泣きだした男の子もいたし、ジェットコースターで半べそをかいた母親をからかう女の子もいた。

「この広場をな、みんなが歩いていったんだ。俺のバイオリンやビア樽のクラリネットを聴きながら、怒ったり笑ったり泣いたりして、俺たちの前を通り過ぎていったんだよなあ」

ノッポ氏は広場を見渡して、ゆっくりとしたテンポで何度か瞬いた。武蔵野ランドがにぎやかだった頃の残像が、いま、浮かんでいるのかもしれない。

「俺、思うんだけどな、親って、子どものいろんな顔が見たいんだよ。笑ってる顔も見たいし、怒ってる顔も見たいし、怖がって泣いてる顔も見たい……遊園地っていうのは、なんでもあるだろ。なごむ乗り物もあるし、笑っちゃう乗り物もあるし、怖い乗り物もあるし、朝から夕方まで家族みんなで過ごせば、怒ってる顔だって見るのは簡単だろ？」

僕は黙ってうなずいた。

「親は子どものいろんな顔を見たくて、遊園地に連れていくんだ。俺はそう思うし、ビア樽《だる》も同じ考えだった。だから、俺たちはな、広場で演奏するときに、たったひとつのことしか考えてなかったんだ」

何年か何十年かたって、家族のアルバムをめくったとき、子どものいちばんいい笑顔が、武蔵野ランドの広場で撮った写真でありますように。

「あんたが持ってきたあかねちゃんの写真の中で、とびっきりの笑顔は、俺たちと一緒の写真だった。それだけでよかったんだよ……俺たちは」

シマちゃんがベンチに着いた。紙コップをノッポ氏と僕に渡して、「なに話してたんですかあ？」と屈託なく訊いてくる。

「なんでもないよ」と僕は答え、ノッポ氏も黙ってビールを啜《すす》った。

るし、逆にますますわからなくなってしまったようにも、思う。答えを知りたいと願うことが、間違いなのかもしれない。僕にできるのは、ノッポ氏の言葉とビア樽氏の手紙をただ背負っていくことだけなのだろうか。

「ビア樽、来ないなあ……」

ノッポ氏は、ぽつりと言った。

僕のために、声に出してつぶやいてくれたのだと、思う。

「やっぱり、呼んだんですね？」

「葉書を出しただけだよ」

「ビア樽さん、どこに住んでるんですか、いま」

「東京だけど……まあ、あいつもあいつで忙しいんだろうし、クビ同然で辞めていったわけだからな……」

僕のせいだ。僕が、ノッポ氏とビア樽氏のコンビを引き裂いてしまった。

一口飲んだビールの苦みが舌に浮き上がってきた。

「まあ、ここでビア樽まで顔をそろえたら、できすぎだろ。二人で昔みたいにズンチャッチャ、ズンチャッチャ、ってな……そこまで恰好《かっこう》良くいかねえよなあ、世の中は」

ノッポ氏は空を見上げて言って、踏ん切りをつけるように勢いよく立ち上がった。

そのときだった。子どもを連れて広場を歩いていた中年の男がノッポ氏に気づくと、懐かしそうな顔で小走りに駆けてきた。手を引かれた男の子がけつまずいて転びそうになったが、父親はかまわずノッポ氏に声をかける。

「あのー、ひょっとして、昔ここでバイオリン弾いてたひとですか？」

ノッポ氏は、きょとんとした様子でうなずいた。

男の顔は、くしゃくしゃの笑顔に変わった。

「うわあっ、ほんとですか！　僕、よく聴いてたんですよ、ピエロさんの演奏。いやあ、懐かしいなあ……」

男は息子を振り向いて、「お父さんが子どもの頃からいたんだぞ、このピエロさん」と自慢するように言った。「武蔵野ランドっていえば、ピエロさんの楽隊だったんだからな」

まだ小学校に入るか入らないかの年恰好の息子は、人見知りなのか、間近に見るピエロのメイクが不気味なのか、うつむいて父親の背中に隠れてしまった。

それを見て、ノッポ氏はようやく我に返った。ちょっと待ってて、というふうに手振りで親子に伝えて全力疾走で花壇に向かい、フェンスに結わえていた風船の紐《ひも》をほどこうとしたが、あせっているせいか、なかなかうまくいかない。

「進藤さん、手伝ってあげたら？」と小声で言うシマちゃんの肩を、僕は肘《ひじ》で軽くつついて、「やりすぎだ、って」と、もっと小さな声で言った。

「あ、わかってました？」

「あたりまえだろ。この業界に何年いると思ってるんだ」

男と目が合った。男は会釈して、まいっちゃいますよ、と苦笑する。シマちゃんの会社の社員だった。いまは確か営業部だが、数年前までは、僕がレギュラーの仕事を持っていた女性向けの月刊誌の編集部にいた。

「でも、偶然なんですよ。さっき売店でばったり会ったんです。で、せっかくだから、ノッポさんに有終の美を飾らせてあげたくて……」

シマちゃんのやったことが、正しいのか間違っているのかは、わからない。ただ、風船の紐をほどくのにまだ苦労しているノッポ氏の背中を見ると、優しいことではあるんだろうな、と思った。

やっと、紐がほどけた。

「ボク、お待たせ！」

はずんだ声で風船を手に振り向いたノッポ氏の顔は、さっきまでと同じメイクなのに、はるかに嬉しそうだった。

男の子は赤い風船を選んだ。

「はい、どうぞ！」

ノッポ氏がうやうやしいしぐさで差し出した風船の紐を、男の子が受け取った——とたん、紐がするするっと手から離れた。

ノッポ氏はあわてて紐の端を摑《つか》もうとしたが、風船は見る見るうちに高く昇っていった。

「ごめんごめん、新しいのあげるからね」

早口に男の子に謝ったノッポ氏は、すぐに空に目を戻し、遠ざかっていく風船を見つめた。

いつまでも見つめた。赤い風船が、赤い点になり、風に流されてやがて見えなくなっても、ノッポ氏は空を見上げたままだった。

メリーゴーラウンドから、またスケーターズ・ワルツのメロディーが聞こえる。三拍子のリズムに乗って、木馬はぐるぐると回る。客は、幼い女の子がただ一人。ビデオカメラをかまえる父親に、やっほー、と笑いながら手を振った。

ノッポ氏は、まだ空を見つめている。空の上にいる少女に赤い風船が届くのを確かめるように、ただ黙って、じっと空を見つめていた。

第三章　鋼《はがね》のように、ガラスの如く

1

約束の時間より五分遅れて、河口くんはホテルのラウンジに姿を現した。ぐったりと疲れた顔をしていた。少し憮然《ぶぜん》としているようにも見える。

会議が長引いたのだという。最後のコンサートツアーの規模を、公演回数も会場のキャパシティも、予定の三分の一に縮小するための会議だった。

「正直言って、これでもキツいかもしれないんです」

ファイルから抜き取ったツアー日程表をテーブルに置いて、「全盛期だったら、この程度、五分で前売りをさばいてたらしいんですけどね」と苦笑する。

「知ってるよ」日程表を受け取って、僕は言った。「チケットの発売日に電話回線がパンクしたこともあったんだ」

「進藤さんも？」

河口くんは電話をかけるジェスチャーをした。

まさか、と僕は笑う。「いくらなんでも、そういう歳じゃないよ」

「デビューしたとき、僕は高校生だったんですよ。学校のダチにもたくさんいましたよ、ファン。男だけじゃなくて、女の子の間でも……どっちかっていうと、女の子のほうが盛り上がってたんですよね」

「きみはどうだったの？」と訊《き》くと、河口くんはボストンフレームの眼鏡に手をかけて肩をすくめた。

「あんまり興味なかったんです。名前ぐらいは知ってましたけど、僕、洋楽志向だったんで」

正直なところがある。レコード会社の販促――販売促進セクションの人間として、それがいいことかどうかはわからないが。

僕は少し黙った。べつに意味のない、ただ話題が見つからなかっただけの沈黙だったが、河口くんはバツが悪そうに「すみません」と頭を下げた。「思い入れ持ってないと、だめですよね……」

こういうところも正直だ。プロダクションや事務所サイドとは折り合いがよくないだろうな、と見当がつく。もっとも、所属アーティストのリストラの嵐が吹き荒れるいまは、彼のような人材こそがレコード会社には求められているのかもしれない。

テーブルに置いた携帯電話が鳴った。河口くんは電話機と分厚いシステム手帳を手に、

「すみません」と一礼してラウンジの外に出ていった。

席に残された僕は日程表をバッグにしまい、入れ替わりに彼女たちの資料を取り出した。クッションのやわらかすぎる椅子に背中を沈め、ファイルをぱらぱらめくる。まなざしが冷ややかになっているのが、自分でもわかる。

彼女たちに思い入れがないのは、僕だって同じだ。

タイフーンという名前の、女性アイドルグループだった。

メンバーは四人。一九九五年——僕が三十三歳の年にデビューした。

メインボーカルを務める最年少のヒロミは、その頃まだ小学五年生だった。残り三人も中学生。デビュー当時の雑誌グラビアの写真は、ほんとうに幼い。

〈世紀末の歌姫〉というのが、デビューのときのキャッチフレーズだった。「ちょっとフライングでしたよね」と最初の打ち合わせのとき、河口くんは笑っていた。

確かに、一九九五年で〈世紀末〉というのは、芸能界の流行《はや》りすたりのテンポを思うと、気が早すぎる。

ムチを入れるのをあせりすぎた競走馬のように、デビュー直後はミリオンヒットを連発していた彼女たちの人気は、時代とキャッチフレーズがようやく一致した一九九〇年代の終わりになって急に失速した。河口くんから渡された資料によると、一九九九年にリリースした三枚のシングルの売り上げは、合計してもデビュー曲に届かない。チャートの最高位は、四十七位——ベスト50に入ったのも、その一週だけだった。

解散が発表されたのは、去年の十月のことだ。とっくに世紀は変わっていた。所属プロダクションでは、解散の話題を追い風にして三年ぶりの『紅白歌合戦』出場を狙う目算だったようだが、あっさり落選した。解散の話題じたい、さほど盛り上がることもなかった。資料ファイルには、その頃の週刊誌の記事のコピーも入っていた。ベテランの演歌歌手が何人もレコード会社との契約を打ち切られた、という記事だった。タイフーンも〈リストラ予備軍〉の中に、ついでのように含まれていた。

実際、河口くんが「これ、絶対にないしょですよ」と念押しして教えてくれた、レコード会社は今年十月に満了する契約を更新する意思はなかったのだという。

「まあ、リストラされて移籍するより、解散のほうが歴史に傷はつきませんからね」とも河口くんは言う。

解散は、九月。

新しい世紀の新しい歌姫に追い出されるように、彼女たちはステージを降りる。

スポットライトは、もうとっくに消えているのだけれど。

電話を終えて戻ってきた河口くんは、そこからはテンポよく、事務的に話を進めた。

僕に与えられた仕事は、解散に合わせてリリースされる新録音のベストアルバムの予約特典につける小冊子の原稿を書くことだった。

制作費が、今日の会議で三割削られた。分量も三十二ページから十六ページになる。「進藤さんにお支払いするギャラのほうは、なんとか最初のお話どおりの線をキープするつもりですが……」

半ばあきらめている。そういうケースには嫌というほどお目にかかっている。「なんとか」と「つもり」のついた言葉を真に受けるほどお人好しではない。

タイフーンのメンバーとの顔合わせは、来週。小冊子の原稿の内容は、そこでメンバーと直接打ち合わせる。もしかしたら、それが最初で最後になるかもしれない。

「進藤さんには申し訳ないんですけど、レコーディングが押してまして、何度も取材するというのはちょっと難しいと思うんですよ」

「レコーディングの合間に三十分ずつ二、三回っていうのも無理かな」

「……スタジオにみんなが集まれば、やれないことはないんですけどね」

河口くんは含みのある言い方をして、「まあ、〝姫〟しだいですね」とため息で話を締めくくった。

タイフーンのスタッフの間には、隠語がある。〝姫〟――ヒロミのことだ。

「なにせ、わがままですからね。僕なんか、もう、ミーティングに〝姫〟がいるだけで、胃が痛くなっちゃうんですから」

みぞおちを手でさすって、「マジですよ」とつまらなそうに笑う。正直な男だ、ほんとうに。

「怒らせないようにがんばるよ」と僕は言った。

「その前に、進藤さん、キレないでくださいね」

「だいじょうぶだよ」

「脅すわけじゃないですけど、ほんと、大変なんですから」

「だいじょうぶだって言ってるだろ」

少し口調を強めると、河口くんはピクッと肩をすぼめ、気まずそうに笑った。

意地になってそう言ったわけではない。自信がある。忍耐強さや寛大さではなく、フリーライターの仕事に対してあまり多くの期待を抱かない、という点において。

「顔合わせのスケジュールが出たら、すぐにご連絡します」

「ああ、よろしく」

「それで……ギャラのほうですけど、ほんとにがんばってみますけど、あの……」

僕は苦笑いでうなずき、席を立った。

2

タイフーンは、ヒロミあってのグループだった。デビューのときから、それは露骨なぐらいはっきりしていた。かたちのうえでは四人のメンバーは対等に扱われていたが、誰が見てもわかる、実質的には、ヒロミとバックコーラス兼ダンサーの三人組。解散の理由にはメンバーの不仲説も挙がっていた。

メインボーカルだから中心にいた、というのではない。最年少というのも、理由の一つではあるだろうが、すべてではない。

全盛期——小学生時代のヒロミには、残りのメンバーはもちろん、他のどんなアイドルとも違う、危うさと言ってもいいような魅力があった。

その魅力を言葉で表現するのは、僕には難しそうに思えた。だから、パソコンのキーボードを叩《たた》く前に、スケッチブックを開いた。仕事を引き受けると決めてから、暇を見つけてはCDのジャケットや雑誌のグラビアに載ったヒロミの写真を模写していった。そうすることで、彼女のイメージをつかもうとした。フリーライターとしてはずいぶんまだるっこしい、けれど、それが、僕の流儀だ。

もっとも、模写はなかなかうまくいかなかった。何十枚と描いたうち、満足のいくものは一枚もない。顔合わせを三日後に控えたいまも、まだ。

すべてがぎりぎりのバランス、なのだ。ほんの少しでもバランスが崩れると、もうヒロミの魅力は消えてしまう。デッサンの正確さや陰影の付け方の問題ではなく、もっと根っこの、最初の一筆をスケッチブックに描きつける前に決まってしまう、そういうレベルの……。

「よく似てると思いますけど?」

僕の説明をさえぎって、シマちゃんはスケッチブックから顔を上げて言った。鼻白む僕の反応も織り込み済みだったのだろう、「観念的になりすぎるとアウトですよ」と笑う。

「観念じゃないよ」僕はテーブルに乗り出していた身を引いて、シマちゃんを軽くにらんだ。「感性の問題なんだ」

「だから、観念とか感性とかを言いだすところが、もう進藤さん、観念的になってる証拠なんですよ」

「……かもな」

シマちゃんの笑顔と向き合うと、頭の中でもつれあっていた考えごとの糸があっさりとほどけていく。そんなこと、まあ、どうだっていいか、と思えてくる。いつものことだ。ヌイグルミみたいにぷくぷくした体形のシマちゃんは、笑顔もまんまるだ。本人に言ったことはないし、言うと怒るかもしれないが、昔テレビの紀行番組で観た、アジアのどこかの国にある菩《ぼ》薩《さつ》像の微笑みに、少し似ている。

僕はぬるくなったコーヒーを一口啜《すす》り、シマちゃんはスケッチブックをまた一ページめくる。

「これ……新作には使えませんか？」

どうだろうな、と僕は首をかしげる。絵本のことは考えなかった。このスケッチはあくまでもフリーライターの仕事のためのもので、それ以上でも以下でもない。

「新作、少しずつでも進んではいるんですよね？　だいじょうぶですよね？」

僕は煙草をくわえる。ため息をつくつもりはなかったが、煙を吐き出す息は自然と重くなってしまう。

シマちゃんの菩薩の笑顔が消える。言い訳を並べ立てるのは嫌だから、僕は黙り込む。シマちゃんは言いたいことを呑《の》み込むために、コーヒーカップにひっきりなしに手を伸ばす。口を閉ざし、目をそらす口実が欲しいから、僕は煙草を吸いつづける。僕たちの打ち合わせはいつも、後半は静かになってしまう。

僕はコーヒーを二杯に煙草を七本。昼食がまだだったシマちゃんはカプチーノを一杯とツナサンドを一皿。

実りのない打ち合わせは、一時間ほどで終わった。最後のほうは言葉もぽつりぽつりとしか出てこず、シマちゃんはもう菩薩の笑顔を浮かべなかった。

「ちょっとでも進展があれば、今夜は祝杯かな、なんて勝手に思ってたんですけどね……」

ぽつりと言って、テーブルに置いたスケッチブックをまた手に取って、所在なげにめくる。

「進藤さんって、タイフーンのファンだったんですか？」

「いや、名前しか知らない」

「原稿料がすごくいいとか？」

「ぜんぜん」

「……思い入れのない仕事だったら断っちゃえばいいのにって、わたしなんか思っちゃいますけど」

思い入れのない仕事だからできるんだよ、と返してもよかった。フリーライターとしての仕事の内容をシマちゃんに詳しく話すつもりもなかったが、僕の新作をひとりぼっちで待ちつづける彼女をこのまま帰らせるのは、さすがに気がとがめた。

僕はバッグからタイフーンの資料を出しながら言った。

「思い入れはないけど、ちょっとだけ縁はあるんだ」

「縁？」

「ああ。これ……」

ファイルを開いて渡した。アイドル雑誌の記事の切り抜きだった。三年前——もう彼女たちがスポットライトからはずれた頃の、だからモノクロページの、小さな近況報告。

〈最近ハマっているものは？〉の問いに、ヒロミはこう答えている。

〈進藤宏さんの『パパといっしょに』という絵本！　泣けちゃいます。オススメ！〉

全盛期にはヒロミがつけているというだけで、どこかの雑貨店のオリジナルワッペンが爆発的に売れたこともあったらしいが、すでに彼女の影響力はほとんどなくなっていたのだろう。その記事が出たあとも、売れ行きが急増するようなことはなかった。ヒロミが僕の本を読んでいたということすら、資料を見るまでは知らなかったのだ。

シマちゃんは記事を読むと「うそっ」と声をあげた。

「俺もびっくりしたんだ」

「すごいじゃないですか、進藤さん！」

僕を見る顔は、ようやく菩薩の笑顔に戻ってくれた。

「じゃあ、今度の仕事も、そういう縁でご指名だったんですね？」

残念ながら、それは早とちり。たぶんヒロミは僕の名前を聞かされてはいないだろう。

「ライターさんが取材に来ますから」と河口くんなりマネージャーなりが伝えて、おしまい。芸能界で仕事をするときには、たいがいそうだ。

付き合いのある音楽雑誌の編集部から僕を紹介されたという河口くんも、「進藤宏」の名前になんの反応も見せなかった。

そのことを話すと、シマちゃんは「失礼しちゃいますね、教養がないんだから」とまんまるな顔をさらにふくらませたが、頰はすぐにゆるんだ。

「でも、どっちにしても、これは祝杯モノですよ、ぜーったい。おでんに熱燗《あつかん》とか、いいんじゃないですか？」

立ち直りが早い。僕のために立ち直ったふりをしてくれたんだろう、と思う。

3

河口くんが顔合わせの場所に指定してきたのは、神宮外苑《がいえん》の近くのレコーディングスタジオだった。

「最悪の場合、ドタキャンの可能性もないとは言えませんので、そこはちょっと含んでおいていただけますか？」

電話の声は疲れきっていた。レコーディングの様子を尋ねるのもためらわれるぐらいに。

顔合わせの前夜、レギュラーの仕事を大急ぎで片づけて、スケッチブックを広げた。オンザロックのウイスキーを啜りながら、ヘッドフォンが震えるほどのボリュームで流したタイフーンのアルバムをBGMに、ヒロミをスケッチした。

描き写すのは、デビューアルバムについていたブックレットの写真集の中の一枚──海で撮った写真だった。ヒロミはタンクトップにナイロンのショートパンツ姿で、波打ち際に立っていた。

少年のような、少女のような。

こどものような、おとなのような。

写真に切り取られた笑顔は、ほんの一瞬前にはふくれつらだったのかもしれないし、シャッターを切った直後に泣き顔に変わっていたのかもしれない。

首筋から肩にかけての線は、ぽきりと折れてしまいそうに堅いのに、タンクトップの胸はなだらかなふくらみを描いている。

膝小僧《ひざ》が驚くほど上についている脚は、それだけを見れば棒きれのように、ただ細く長いという印象しかないのに、上半身と合わせて眺めると、ほのかなふくよかさが、ある。

ショートパンツの真ん中には、くしゃくしゃの皺《しわ》が寄っている。そこに隠されているものは、つるんとした性器でもいいし、栗色の陰毛に覆われた性器でもいいし、おちんちんだって決して似合わないわけではない。

ぎりぎりのバランスというのは、つまり、そういう意味だ。

少年でもあり、少女でもあり、こどもでもあり、おとなでもある——そんな足し算では描けない。

少年でもなく、少女でもなく、こどもでもなく、おとなでもない——引き算をしたあとに残るものが、ヒロミだ。

あと一年早くデビューしていたら、間違いなくヒロミは、おとなになる直前のこどもだ。デビューが中学生になってからだったら、他のアイドルと同じように、おとなになりかけたこどもとして扱われただろう。

だが、ヒロミはその狭間《はざま》にいる。二筋の強い光が交わる一点で像が消えてしまうことがあるように、ヒロミを描くことはひどく難しい。どんなに技巧を凝らして描いても、少年か少女のどちらかにバランスがかたよってしまう。おとなにも見えるしこどもにも見える、という足し算の答えになってしまう。

結局、その夜もヒロミを描くことはできなかった。なんの魅力も伝えられない似顔絵が数点増えただけだった。

弱音交じりに、僕は思う。もしかしたら、これは、妖精《ようせい》や天使を描くことに似ているのかもしれない。

ラファエロは、いったいどうやって『天蓋《てんがい》の聖母』や『ガラテイアの勝利』を描いたのだろう……。

翌日、約束の午後三時より少し早めにスタジオに着くと、エントランスロビーに設けられたミーティングブースから河口くんが立ち上がった。

「進藤さん、こっちです」

手招く顔は、気が抜けたように笑っていた。その表情で僕も状況を察した。

「来てないの？」とブースに入って訊《き》くと、河口くんは声をひそめて、「来てます」と言った。

「でも、順調ってわけじゃないんだろ？」

「ええ……」

胸の前で両手の人差し指を組み合わせて×印をつくり、「最悪です」と言う。

「もめてるんだ」

「っていうより、〝姫〟がヒステリー起こしちゃって、スタッフ全員、直立不動なんですよ」

「なにかトラブったわけ？」

「〝姫〟の心の中で、ね。わけわかんないですよ、僕らには」

一時から始まったレコーディングは、最初のうちは順調に進んでいたのだという。曲は六年前のものだった。三枚目のシングルで、前の二曲と同じように発売と同時にチャート一位になったヒット曲だ。

メンバーのコーラスも、ヒロミのメインボーカルもなんの問題もなく録音できた。ところが、モニターでチェックする段階になって、ヒロミは急にNGにすると言いだした。それも自分のパートだけでなく、コーラスも、演奏もすべて。

「信じられませんよ。誰が聴いたってボーカルは完璧《かんぺき》でしたし、コーラスやバックトラックだって、ちゃんと〝姫〟が自分で聴いて、OK出して、それで歌入れしたんですから。いまさらなに言ってんですかって感じですよね」

「理由は言わないわけ?」

「あるわけないでしょ、理由なんて。駄々こねてるだけなんですから。しまいにはアレンジが悪いだの、詞を手直ししろだの、言いたい放題です」

「でも、それじゃあ……」

「おさまりませんよ、みんな。小宮さんなんてキレかかっちゃって、今度はそっちもなだめなきゃいけないんで、もう死ぬ思いですよ、ほんと」

小宮さん——全盛期のタイフーンを手がけてきたプロデューサーの小宮和也。アメリカナイズされたビジネス感覚の持ち主で知られる彼は、タイフーンの人気に翳《かげ》りが出てきた頃にプロデューサーから降りていた。おそらく人気はもっともっと落ちていくだろうという計算があったはずだ。「やっぱり小宮プロデュースでなければだめだ」という声があがることも計算のうちで、プロデューサーに復帰する気になればいくらでも契約の条件を吊り上げることができたはずなのに、それでも手を出さなかったのは、どういじっても復活は望めないと判断したからではないか——というのが、正直すぎる河口くんの推理だった。

「最後の花道だっていうんで、小宮さんには必死に頭下げて来てもらってるんですよ。そういうところ、ぜんぜんわかってないんですから、あの子」

河口くんの口調には、もはや冷ややかささえない。あきれはてて、うんざりして、〝姫〟のことを考えるだけでも腹立たしいのだろう。飲みかけのコーヒーが入った発泡スチロールのカップの縁には、噛《か》み痕《あと》がくっきりついていた。

「そういうわけなんで、申し訳ないんですが、今日の打ち合わせはどう考えても無理だと思うんですよ」

僕は黙ってうなずいた。

河口くんは気まずそうに僕から目をそらし、「それで、あの、じつはですね……」と煮えきらない口調で言った。

最後まで聞く必要はない。

「やめちゃうか、ブックレット」

ネガティブな勘の鋭さには、自信がある。

「……まだ正式に決まったわけじゃないんですけど、たぶん」

「この調子じゃ、こっちの仕事もまともには進みそうにないもんな」

「ええ、たぶん進藤さんにもご迷惑かけちゃうと思うんですよ」

コストパフォーマンスの問題だ。ギャラとトラブルのバランス、販促グッズとしての効果と手間暇のバランス……。デビュー当時のヒロミが保っていたぎりぎりのバランスとは裏腹に、僕と河口くんの仕事はあまりにも分が悪い。

「ギャラの全額というわけにはいかないんですが、それなりの手当はさせてもらいますから」

「ああ、よろしく」

張り詰めていたものが不意にゆるんで、苦笑いが勝手に浮かんだ。

ヒロミに会いたかった——のか？　よくわからない。

思い入れが、少し生まれかけていた——のか？　苦笑いが深くなる。

「さ、スタジオ戻って、〝姫〟のゲキリンにふれてくるかなあ」

あくび交じりに立ち上がった河口くんの顔が、口をぽかんと開けたまま、止まった。眼鏡の奥で大きく見開いた目は、ホールの奥の一点に据えられて動かない。

「……どうした？」

中腰になって振り向いた僕も、次の瞬間、うわっ、と声をあげそうになった。

ヒロミがいた。

エレベータを降りて、こっちに向かって歩いていた。

ひとりぼっち、だった。

外出するつもりだったのか、ヒロミはフリースジャケットの上にダウンベストを着て、ニットキャップを目深にかぶっていた。

河口くんとしては、目が合ってしまっては知らん顔でやりすごすわけにはいかない。といって、「スタジオに帰りましょうよ」と引き留められるわけもない。

「カワグっちゃん、なにしてんのォ?」

声をかけられた瞬間、河口くんは直立不動になった。

〝姫〟の威厳、というやつだ。それも、権力の座から追われつつある誇り高き〝姫〟の。

河口くんは「あの」と「えーとですね」を小刻みに挟みながら、うわずった声で僕をヒロミに紹介した。

「販促グッズの件で仕事をお願いしているライターさん」――が、僕。

ヒロミの興味も、「ライターさん」の名前よりも販促グッズのほうに向いた。

「あたし、それ聞いてないけどォ? どーゆーこと? ちょっとさあ、説明してくんない?」

テレビのトークで聴くときよりもしわがれた声だった。

河口くんは、ブックレットの企画を説明しながら、ヒロミの肩越しにちらちらエレベータのほうを見る。

ヒロミは河口くんの話をさえぎって、トレードマークの一つでもある八重歯をほころばせた。

「言っとくけどさあ、石井ちゃんとかヒデさんとか、誰も来ないよ」

「あ、いえ、そういうんじゃないんですけど……」とあせる河口くんに、笑顔のまま、つづける。

「小宮さん、アルバム降りるってさ。さっき西玄関のほうに車回して、ソッコー帰っちゃったから、いまみんなパニクってんの。あたし、ノーマークだったもん」

「それ、マジっすか？」

「小宮のオジサンもおとなげない奴だよね、サイテー……」

軽く答えながらブースに入って、椅子に座り、河口くんと僕を見上げて「ブックレットの打ち合わせ、あたしがいたほうがいいんでしょ？　しようよ」と言う。

企画がすでに流れてしまったことを、彼女は感づいているのかもしれない。「早く座ればァ？」と僕たちを見るまなざしと笑顔は、どこか挑発しているようにも見えたし、逆に寂しがっているようにも見える。

僕たちはしかたなくテーブルについて、河口くんはまた最初から説明をはじめた。

脚を組み、頬づえをついて話を聞くヒロミを、僕は斜めからぼんやり見つめる。

十八歳だ。今年、高校を卒業する。七年間も芸能界で過ごしていただけあって、今日の顔に化粧気はほとんどなかったが、街を歩く高校三年生よりもずっとおとなびた雰囲気を持っている。

もはやファッションリーダーと呼ばれることはないし、流行《はや》りの「カリスマ」という言葉をかぶせるわけにもいかないが、かつて一世を風靡《ふうび》した華やかさは、確かにいまも残っている。

デビューの頃の写真をずっと見ていたせいだろう、いまのヒロミは、ほんとうにおとなになった。少女を通り過ぎて、若い女性になった。引き替えに、スケッチブックに写し取ることのできなかったぎりぎりのバランスの魅力は、いまは、もう、ない。

河口くんが僕を見た。ヒロミも僕を見ていた。話は、「ライターさん」のことに移っていたらしい。

「ライターの、進藤さんです」

「あ、どーも、よろしくお願いしまーす」

ヒロミは軽く会釈をした。「進藤」という名前に特別な反応はない。

僕はジャケットの内ポケットから名刺入れを取り出した。ふだんならタレントに直接名刺を渡すことはないが、いまはマネージャーがいないし、なにより彼女が「進藤宏」を覚えているかどうか確かめたかった。

「進藤宏といいます。よろしくお願いします」

僕の声を聞いても、受け取った名刺に目を落としても、表情に変化はなかった。本職は絵本作家です、と言ってみようかとも思ったが、それもなんだかみっともないし、フリーライターとして仕事をしているときには、そういうことはしたくない。

「あとでヒデさんに渡しときまーす」とヒロミは言って、名刺をウエストポーチにしまった。

横から「ヒデさんって、事務所のチーフマネージャーさんです」と僕に説明した河口くんは、すぐにヒロミに向き直った。

「それでですね、販促としても、より効果的な戦略を考えた場合……」

「カワグっちゃん」

「は？」

「カワグっちゃんって、あんまり本読まないひとでしょ」

「え？」

「べつにいいけど」

ヒロミはクスッと笑って、僕に「同姓同名とか、じゃないですよね」と訊《き》いた。

僕も含み笑いでうなずく。ほっとする自分に、少しあきれながら。

きょとんとする河口くんに、ヒロミは言った。

「カワグっちゃーん、喉《のど》かわいた、コーヒー買ってきてくださーい」

「……はあ」

「自販機のでいいから、アイスで、砂糖控えめ、ミルク抜き、氷抜きでよろしくぅ」

怪訝《けげん》な顔のまま立ち上がった河口くんに、ヒロミはオーダーを追加した。

「ライターさんのも買ってきてあげてよ。コーヒーでいいじゃん、ホットで、砂糖抜きのミルクたっぷり。いいですよね？　ライターさんも、それで」

いやだ、と言える立場ではない。

河口くんは「アイス、砂糖控えめ、ミルクと氷抜きと、ホット、砂糖抜き、ミルクたっぷり……」と自信なげにつぶやきながら、ロビーの奥にある自動販売機に向かった。

ヒロミはその背中を見送りもせず、ウエストポーチから蛍光サインペンを取り出した。

僕と目は合わせなかったが、キャップをはずしながら「サイン用ってやつですか、いつも持ち歩いてるんですよ」と言って、「ぜんぜん使わないけど」と下を向いたまま笑った。

〈取材受けてきま↓す　今日は帰りませ↓ん　ＨＩＲＯ〉——右肩の下がった字を、テーブルに直接書いた。

ヒロミは顔を上げた。

「ケータイの電源、切ってくださいね」

「……どうするの？」

「外で取材受けてあげる」

そのまま、玄関に向かって、ダッシュ。

僕はあわててあとを追った。

背中に河口くんの叫び声が聞こえたが、なにを言っているかはわからなかった。

4

ヒロミの運転はめちゃくちゃだった。スタジオの地下駐車場から表通りに合流するまでのほんの数十メートルの間に、助手席の僕は何度もドアに体を押しつけられ、ダッシュボードに頭をぶつけそうになった。

だが、ヒロミは平気な顔で、おしゃべりをする。一ヵ月前に免許を取ったばかり。この車——修理工場の代車のカローラを運転するのは、今日が初めて。

「修理工場って？」

「事故った車を直す工場。知らない？」

免許を取るのと同時に買った自分のフィアットは、先週、ガードレールをこすって修理工場に送られたのだという。

表通りに入って最初の赤信号で、ようやくシートベルトをつける余裕ができた。

「センセイ、いま悲鳴あげてたでしょ」

ヒロミはステアリングの感触を確かめるように手を動かしながら、おかしそうに言った。

「……センセイっていうのは、やめてくださいよ」

「でも、作家でしょ？」

「センセイって呼ばれるのが似合わない作家もいるんですよ」

ヒロミは、ふうん、とうなずいた。

「じゃあ呼ばないけど、そのかわり、そっちも敬語とかやめない？　なんかバカにされてるみたいだし。ヒいてるでしょ、敬語つかうときって。そーゆーのって、好きくないんだよね」

悪くない感受性だと、思う。

信号が青に変わるのと同時に、ヒロミは車を急発進させた。

行き先を尋ねようとしたら、携帯電話が鳴った。

「電源切ってって言ったじゃん」

「そういうわけにはいかないって」

通話ボタンを押す前に「おとななんだからさ」と付け加えると、「おじさんじゃん」と返された。

電話をかけてきたのは、予想どおり河口くんだった。「進藤さん、ちょっと、どうなっちゃったんですかあ？」――泣き出しそうな声が耳に飛び込んでくる。

「俺にもよくわからないんだよ」

「って、それ、なんなんですか、すぐ帰ってきてくださいよ！」

「いや、だからさ……」

「まだ近所なんでしょ？　早くスタジオ来てください！　小宮さんも帰ってきてるんですよ、早くしないと、またキレちゃったら今度こそアウトなんですから！」

電話機を耳から浮かせても、声が届く。ヒロミが「ちょっと貸して」と手を伸ばしてきたが、この運転で片手ハンドルでは、絶対に危ない。

「近くに車、停めろよ」

「ブレーキ、右だっけ？　左だっけ？」

「……みんな困ってるんだから」

「学校のセンセイみたいなこと言うんだ、進藤さんも」

ヒロミはフフッと笑って、「あのさー！」と声を張り上げた。「カワグっちゃん、聞こえる？」

僕は電話機をヒロミの顔に近づけた。

「今日さあ、歌入れ、パスってことで！　ヒデさんにも言っといて！　でさあ、販促のブックレットなんだけど、いま決めたんだけど、写真とかダサいから、絵本にしちゃおーよ！　進藤センセイに書いてもらうの！　それでOK？　OKだよね！　はい、決定！」

ヒロミは、もういいよ、と僕に目配せして、運転に戻った。

「ちょっと待ってくださいよ、どういうことなんですか！」と金切り声をあげる河口くんに、あとで必ず電話をするからと約束して、電話を切った。

電源も、オフにした。

「かわいい女の子の絵本、書いて」とヒロミは言って、信号が黄色に変わった交差点をまっすぐ突っ切った。

車の中は、しばらく沈黙に包まれた。ヒロミは前をのろのろ走る原付バイクを追い越すタイミングを見つけるのに集中していたし、僕は彼女の思いつきをどうかわすかを考え込んでいた。

ようやくバイクを追い越すと、ヒロミは言った。

「ロケハンしてあげるけど、行きたいところある？」

「三つ先の信号を左に曲がってほしいんだけど」

「どこに行くの？」

「俺の仕事場」

「すっげー、いきなり連れ込まれちゃうわけ？」

「違うよ。降りるのは俺だけでいい」

「なに、それ」

「絵本、俺は書かないから」

「なんでェ？　インタビューとかするより、意味あるじゃん、そっちのほうが」

「ありすぎるから、だめなんだよ」

ヒロミは乱暴なハンドルさばきで車を左折車線に入れた。ウインカーの規則的なリズムにいらだつように交差点の手前で加速して、タイヤを鳴かせて左に曲がる。

今度の通りは車が詰まっていた。狙いどおり。なるべく渋滞していそうな道を選んで左折させたのだった。

「抜け道とか、知らないの？」

「ああ」

「……サイテー。車の意味ないじゃん」

口ではそう言いながら、飛ばしているときは緊張していたのだろう、前の車に追いついてブレーキをかけるのと同時に肩から力を抜いて、息をつく。

僕を見る表情からも、さっきまでのやけっぱちのような危なっかしさは消えた。

「絵本書かないっての、やっぱ、ゲージュツだから？」

「そんなのじゃないよ」

「進藤さん、最近、ぜんぜん絵本出してないでしょ」

「書けないんだ」正直に、言おう。「ずーっとスランプで、どうしようもなくてさ」

「『パパといっしょに』のときも？」

「あれを書いてから、スランプになったんだよ」

「わたし、すごい好きだったけど、あの本」

サンキュー、と口の動きだけで応《こた》えて、そのまま話が途切れた。

沈黙のなか、センターラインを駆け抜けるバイクの音に胸の奥がかきまぜられて、二人の少女の顔が浮かんだ。僕にとって最も大切な、だから思いだすのがつらい女の子が、二人。

歩くよりも遅いスピードで車を前に進めながら、ヒロミはぽつりと言った。

「もうあの頃には帰れない、ってやつ？」

目が合うと、「それだったら、わかるような気がするけど」と寂しそうに笑う。

僕は笑い返して、「帰りたくないんだ」と言った。

5

『パパといっしょに』の原稿にとりかかる少し前——僕は妻と別居した。正確に言えば、見捨てられた。

「もっと正確に言えない？」

もどかしそうなヒロミに、「おとなには、いろいろあるんだよ」と言ってやった。

妻の朋子は、幼稚園を卒園したばかりの一人娘のあかねを連れて、アメリカに移り住んだ。いまもそこにいる。ボストンを拠点に始めたアンティーク家具の買い付けの仕事は、そこそこ——僕の予想以上に順調で、だからもうほとんど日本には帰ってこない。毎年クリスマスカードは送ってくるが、バレンタインデーのチョコレートは貰《もら》えない。僕たちはそういう夫婦だ。

日本の、東京の、ごみごみした街の片隅に一人で残された僕は、別居後最初の仕事で、とびきりの夢物語を描くことにした。引っ込み思案の女の子が少し頼りないパパと二人で冒険の旅に出る、そんな物語だ。

「それが『パパといっしょに』?」

「ああ」

「じゃあ、あかねちゃんって、娘さんなんだ」

「……だと、話は簡単なんだけどな」

二人を成田空港まで見送った帰り道、車の中で悲しいニュースを聞いた。

名前も歳も我が家の娘と同じ女の子が、覚醒剤《かくせい》漬けの父親に殺された。

三日もしないうちに、レギュラーで仕事をやっていた週刊誌から事件の資料が届けられた。事件の半年ほど前に撮った彼女の写真があった。まだ覚醒剤に溺《おぼ》れる前の父親に肩車されて笑っていた。事件当日に父親が撮った、遊園地のピエロと並んで笑う写真もあった。

写真を見たとき、涙がぽろぽろと流れて止まらなかった。

「よく泣いてたんだ、昔は」

冗談めかして言ったが、ヒロミはフロントガラスをにらむように見つめて、「それで?」と先をうながした。

週刊誌の仕事をやっていれば、その手の事件とは毎週のように付き合わなければいけない。だから、毎週のように資料を読みながら涙ぐんだ。原稿に怒りや悲しみがにじみすぎて、編集者に書き直しを命じられたことも何度もある。

「結局は、マスコミの仕事は読者や視聴者の好奇心を満たすことなんだよ。ひとの不幸を覗《のぞ》き見する手伝いをしてるだけなんだ。それがたぶん、いやだったんだと思う。泣くことで、なにか言い訳してたような気もする。俺はちゃんと泣けるんだぞ、そういう気持ちは忘れてないんだぞ、って」

「いいことじゃん」

「……ずるいんだよ」

「なんで？」

答える代わりに、話を元に戻した。

僕は父親に殺された女の子の写真を、机の前のコルクボードに留めた。新作のヒロインの名前を彼女から借りた。顔立ちや髪型も写真の笑顔をなぞってつくっていった。

それが、〈あかねちゃん〉だ。

〈あかねちゃん〉は、パソコンのディスプレイやスケッチブックの中で、パパと二人の冒険の旅をつづけた。パパはおっちょこちょいで、少し怒りっぽい性格だったが、世界中の誰よりも〈あかねちゃん〉を愛していた。

その年の夏、絵本はできあがった。最初の読者は、コルクボードに貼られたあかねちゃんだった。いつの間にかうっすらと色あせていたあかねちゃんの写真に、僕は絵本を一ページずつ見せて、物語を朗読したのだった。

「ハッピーエンドじゃん」ヒロミは拍子抜けしたように言った。「草葉の陰で喜んでる、みたいな」

供養――と言いかけて、言葉の意味がわからないかな、と思い直した。

「いいことした、って思うか？」

「え？」

「……もし、きみがあかねちゃんだったら、嬉《うれ》しい？」

最初はきょとんとしていたヒロミだったが、僕の顔を覗き込んで――ハンドルが左にぶれて、僕をひやっとさせてから、「どうだろうね」と言った。「嬉しい子もいるかもしんないし、嬉しくない子もいるかもしんない」

「きみは、どっち？」

「嬉しいかな、あたしなら」

軽く言った。「かな」のところを、つん、と持ち上げて。

「そうかな」――逆だ、と思っていた。

「なに、ひとのこと疑っちゃうわけですかあ？」

「そういうんじゃないけど……喜ばないんじゃないかな、きみは。あかねちゃんも、なんとなく、喜んでくれてなかったような気がするんだけど」

「だって、自分のこと書いてもらったら、やっぱ嬉しいんじゃない？　あたし、マジ、嬉しいけど」

まあいいや、と僕は苦笑してうなずいた。

ヒロミは喉《のど》を低く鳴らしながら、長く尾をひく息をついた。納得してないんだろうなと思ったが、もうタイムオーバーだ。

「その先で停めてくればいいから」と僕は言った。

返事はない。

「だから、悪いけど、絵本は書けないんだ」

今度も返事はなかった。

車は路肩に寄って停まり、僕はシートベルトをはずした。

「わかる、かもしんない、それ」

ヒロミが言った。さっきと同じようにフロントガラスをにらむように見つめ、さっきとは違って——目を小刻みにしばたたいて。

「あたし、来週サイパンに行くんですよ。カワグっちゃんとかにはゴクヒなんだけど」

「写真集？」

ヒロミはフロントガラスに目を向けたまま小さくうなずいて、記号かなにかを読み上げるような軽い口調で言った。

「ヌード」

僕の驚きが表情や言葉になって出る前に、もっと軽い口調でつづける。

「あかねちゃんの写真、見せて」

車のエンジンを切った。

思いだすのがつらい女の子の写真をコルクボードに留めたままにしておくほど、僕は強い男ではない。背景や小道具の資料用の写真と一緒に、わざと無造作に、書類ケースに入れてある。

それでも、百枚以上の写真をトランプのように軽く繰るだけで、あかねちゃんの写真を選びだすことができる。できてしまう。もしかしたら目隠しをしていても、手触りでわかってしまうかもしれない。

「これだよ」

ソファーに座ったヒロミに写真を渡し、メッセージランプが気ぜわしく点滅している留守番電話の再生ボタンを押した。

一件目は、河口くん。

「進藤さあん、ひどいじゃないですか、ケータイ切らないでくださいよ。ほんと、みんな心配してるんですから、これ聴いたらすぐに電話してください」

二件目からも、河口くんのメッセージがつづく。モニターから聞こえる言葉はどんどん短くなり、そのぶん声がせっぱつまって、六件目は「マジ、いいかげんにしろよ！」の怒鳴り声で終わった。

「カワグっちゃんでも、キレることあるんだあ」

ヒロミはあかねちゃんの写真を見つめたまま、笑った。「これで、あそこの会社には出入り禁止だよ」と僕も笑う。

七件目——最後のメッセージは、シマちゃんからだった。

「あのですね、進藤さん、こないだタイフーンのヒロミのスケッチ見せてくれたじゃないですか。あれって、意外と新しい作品に使えるんじゃないかな……って、いまふと思いついただけですけど、ちょっとでも前向きになってほしくて電話してみました。では、また」

テープが停まるのと同時に、ヒロミが「スケッチって？」と訊《き》いた。

苦笑いでごまかすわけには、いきそうもない。

スケッチブックを渡すと、ヒロミはあかねちゃんの写真を右手に持ったまま、スケッチブックを膝《ひざ》に載せ、左手でページをめくっていった。

最初のうちは「うわっ、懐かしーい」「似てるぅ？　これ」「この顔、覚えてるよ。『週プレ』のグラビアでしょ」と、画用紙を一枚めくるごとにはしゃいだ声をあげていたヒロミが、途中から黙り込んだ。ページを繰るテンポも急に落ちた。最後の絵まで見終えると、また振り出しに戻って、しゃべりながらめくっていた絵をあらためてゆっくりとたどり直す。

僕もヒロミに声はかけなかった。書類ケースに入っていた、もう一人のあかね——僕の娘の写真を、ぼんやりと見つめる。去年の夏、ひさしぶりに帰国したときの写真だった。

妻の朋子は小柄な体格だが、あかねは、すらっと背が高い。会うたびに「こんなに大きくなっちゃったのか……」と驚かされる。幼稚園に通っていた頃の面影は、だいぶ薄れてしまった。

歳をとることのかなわないあかねちゃんと、今日にとどまることのできないあかねは、もう二度と重なり合うことはない。

「ねえ、進藤さん」

ヒロミは手に持っていたあかねちゃんの写真をスケッチブックの上に置いて、「さっきの、ほら……草葉の陰で喜んでるかって話、やっぱ、あれ、嘘だった」と言った。

「そうか？」

「うん、この子はどうだか知らないけど、あたしは、むかつくかもしんない」

「なんで？」

「っていうか、死んだのは死んだんだからさあ、勝手に残されても困るっていうか……逆に悔しくない？」

そうかもしれない。そして、それは、生きていることだって同じなのかもしれない。ヒロミの全盛期の写真は、雑誌に印刷されたものも含めると、いったい何百万枚あるのだろう。何千万の単位だろうか。映像もある。声もCDに刻まれた。なにより、あの頃のヒロミを愛したファンたちの思い出は、消せない。生身の——生きているヒロミは、そこからただ遠ざかっていくことしかできない。

「まあ、でも、いっか、どーでも」

ヒロミは、きゃはっ、と笑った。つくり笑いが下手くそ——だから、女優としてやっていくのは難しいだろう。

ヒロミはスケッチブックの中の自分を「このひと」と呼んだ。

「このひとって、あかねちゃんに、ちょっと似てる」

「……顔はぜんぜん違うけど」

「でも、似てるよ、なんか」

ヒロミは、自分の言葉を確かめるように「似てるもん、マジ」とつぶやきながら、うつむいた。

「スケッチは、ぜんぶ失敗作なんだ」と僕は言った。

ヒロミはうつむいた顔を上げない。

「まあ、俺なんかが描ける程度の魅力だったら、あんなに人気が出るわけないんだけど」

洟《はな》を啜《すす》る音が聞こえた。

たぶん、タイフーンは世紀末のうちに解散すべきだったのだ。ヒロミもぎりぎりのバランスの魅力を保ったまま引退して、そうすれば彼女は伝説のアイドルになれたかもしれない。

ヒロミは言った。「懐かしいよね、すごく。このひと、ちょーカリスマっぽいじゃん」

――うつむいたまま、湿り気を帯びた声で。

「みんな知ってたんだよ。理屈じゃなくて、感じてたんだと思う。この魅力って、絶対に永遠につづくものじゃなくて、ほんとに一瞬のものだからすごいんだ、って」

「おっぱいが大きくなったら、もうアウト、でしょ？」

かもしれない。たぶん、そうだろう。

僕は静かに言った。

「でも、いまのヌードは、すごくきれいだと思う」

「見たことないくせに」

「だって、女としてきれいだから」

ヒロミは「オヤジっ」とおどけて怒った声を出し、スケッチブックを閉じた。

顔を上げたときには、もう彼女は〝姫〟に戻っていた。

「きれいに描いてくれるんなら、いまのあたし、描かせてあげる」

ダウンベストを、脱ぎ捨てた。

浅い春の陽は、西向きの窓の外に広がる西の空を赤く染めあげていた。

ブラインドのルーバーをいっぱいに開いて、部屋に夕焼けを注ぎ込んだ。

ヒロミの肌も、夕陽を浴びる。形のいい乳房だった。ピンク色の乳首が、つん、と上を向いていた。

CDデッキに、タイフーンのデビューアルバムをセットした。ヒロミが選んだ。三曲目に収録された、シングル盤がミリオンセラーを記録した曲を、ずっとリピートした。これもヒロミのリクエストだった。

今日、スタジオで、この曲を歌っていたのだという。プロデューサーの小宮和也はOKを出したが、ヒロミ自身は、泣きたくなるぐらい不満だったらしい。

「うまいとかへたとかの問題じゃなくて、違う、のよ。こんなのじゃぜんぜん違うじゃん、って」

どこがどんなふうに違うのかは、自分でもわからない。ただ、とにかく、違う——。

「違うことはわかってても直すことができないわけ、そういう『違う』だから、もうどうにもならないんだよね」

部屋に流れる七年前のヒロミの声は、サビのメロディーで喉《のど》を引き裂くようなハイトーンになる。その曲だけではない、デビュー当時のタイフーンのヒット曲はすべて、ヒロミの声域をぎりぎりまで使っていた。生放送の歌番組で声が裏返ってしまったこともあるし、辛口コメントで売り出していたベテラン女優に「ガキの悲鳴など聴きたくない」と批判されたこともある。

いつも喉がひりついていた。目をつぶり、顔をしかめなければ歌えなかった。ヒロミは、微笑みながら歌うアイドルではなかった。詞のほうも、失恋や片思いや別れの悲しさを振り絞るように訴えるものばかりだった。ヒロミの声を「ガキの悲鳴」と評した女優は、

「小学生のネンネが、なに背伸びしてるの」とも言っていた。

すべては小宮和也やスタッフの戦略だったのだろう、と僕はいま思う。彼らは僕が気づくよりずっと早く、ヒロミの持つぎりぎりのバランスの魅力を見抜いていたのだろう。だから、バランスがおとなの側に傾き、女の側に傾いたとき、小宮和也はいちはやく彼女から離れ、CDの売り上げは急速に下降線をたどりはじめたのだろう。

その頃のヒロミが、自分の魅力をどこまで自覚していたかは知らない。ただ、それを失ってしまったいま、彼女ははっきりと気づいている。もう二度と取り戻すことができないんだということも、含めて。

何度目かのリピートで、ヒロミはサビのメロディーをCDに合わせて口ずさんだ。裏声を使った軽いハミングは、メロディーのてっぺんを余裕を持ってなぞった。

「歌、うまくなりすぎちゃった」

ヒロミは前髪を両手で掻《か》き上げて笑った。乳房が揺れる。首筋から肩にかけての線は、やわらかく、ふくよかなまるみを帯びている。ウエストがくびれ、腰回りが太くなり、それから……両脚の合わさったところに、黒々とした茂みが、ある。

「でも、それはしょうがないよ」

スケッチブックに4Bの鉛筆を走らせながら、僕は言った。「おとなになるのは、絶対に悪いことじゃないんだから」とつづけ、ヒロミにはわからないよう、ため息をついた。

「ねえ、立ったほうがいい？」

「このままでいいよ」

「きれい？」

「ああ、すごくきれいだと思う」

嘘はついていない。だが、スケッチブックに描き出されているのは、きれいな十八歳の少女の裸体でしかない。

「ねえ進藤さん、写真集、売れると思う？　売れなかったら、ちょー恥だよね」

出版社とカメラマンは、どちらも名前が通っている。刊行時期も解散直後。ソロデビューするヒロミの、脱アイドルのための記念碑——とでも謳《うた》えば、ある程度は話題になるだろう。

「だいじょうぶだよ」と僕は言った。

だが、そこから先のことは、誰にもわからない。

二十分ほどで、スケッチは仕上がった。

ヒロミは素肌にフリースジャケットだけ羽織って、それを受け取った。

「うわあ、けっこーきれいじゃーん」大げさに驚いて、ソファーに尻餅《しりもち》をつくように倒れ込む。「進藤さんって、こーゆーエッチな絵も描けるんだね」

僕は黙って苦笑する。

「ね、題名つけてよ」

「……任せるから、自分でつけなよ」

ヒロミはテーブルに置いたスケッチを見つめてしばらく考えて、「さよなら、だね」とつぶやくように言った。

彼女はぜんぶわかっているんだろうな、と思った。この絵に描き込まれたものも、描くことができなかったものも、すべて。だから――『さよなら』。

ヒロミはショーツを穿《は》きながら、さっきの曲をまた口ずさんだ。やわらかい声は、子守歌に似合うかもしれない。似合ってほしい、と思う。

服を着終えたとき、電話が鳴った。留守番電話が作動して、モニターから河口くんの声が聞こえた。

「進藤さん、僕ね、マジ、怒りまくってますよ。もうね、今度会ったらね、っていうか、もう二度と顔も見たくないんですけど、ほんと……」

僕とヒロミは顔を見合わせて、笑う。

「明日、カワグっちゃんに会ったら、謝っといてあげる。で、もしも仕事干されちゃったら、この絵、売ってあげるから」

「ああ、そのときには、頼むよ」

「あ、でも、ぜーんぜん買い手がつかなかったりしてね」

きゃはっ、と肩をすくめて、ニットキャップをかぶる。

「絵本、書いてくださいね」

「歌、ずっと歌っていきなよ。今度はおとなの歌」

僕たちは、もう一度、笑い合った。

「じゃあね、さよなら」

ヒロミは軽く手を振って、ドアの向こうに消えた。

電話機のモニターからは、まだ河口くんの抗議の声が流れている。CDに刻まれた〈世紀末の歌姫〉の声は、喉を振り絞って、哀しい絶叫をつづける。机の上のあかねちゃんの写真を書類ケースにしまった。我が家のあかねの写真をその上に重ね、ケースの蓋《ふた》を静かに留めた。

窓のブラインドを降ろす。

夕陽が消えると、夜の闇が入れ代わるように部屋に溶けていく。河口くんの声はようやく止んだ。部屋の明かりを点《つ》けようと壁のスイッチに手を伸ばしかけ、ふと思い直して、そのまま煙草に火を点けた。

小さな夕陽が、目の前でちりちりと揺れる。ヒロミの歌は、またサビにさしかかる。

鋼のように、ガラスの如く——ジョン・レノンが、昔、そんな題名の曲を歌っていた。

四十歳で死んだジョン・レノンの歳を、次の春が巡り来るまでに、僕は追い抜いてしまう。

第四章　メモリー・モーテル

1

資料室の机には週刊誌のバックナンバーが山積みにされていた。ざっと見ただけでも七、八十冊、もしかしたら百冊を超えているかもしれない。朝から資料室にこもりきりだったというアルバイトの編集部員はぐったりとして、僕と一緒に会議室に入ってきた編集長が「おう、お疲れ」とねぎらっても、どーも、と小さく頭を下げるだけだった。

「データベースなんて考えるような時代じゃなかったからな、端から探していくしかないんだ」

編集長はそう言って、バックナンバーを一冊手にとった。『週刊エース』一九八一年四月二十五日号。表紙に躍るトップ記事の見出しは〈ジャイアンツV奪回を阻む長島茂雄の怨念《おんねん》！〉だった。

「ああ、この号だな、俺のグラビアの初仕事。入社三年目の生意気盛りだったんだよなあ。

あの頃はアイランドなんだ、ヤマドリの『嶋』じゃなかったんだ」

編集長は懐かしそうにグラビアをめくる。一九八一年。僕が大学進学を機に上京した年。前季かぎりで長嶋茂雄監督を解任したジャイアンツは、藤田新監督と、現役を引退したばかりの王助監督、国松ヘッドコーチのトロイカ体制でシーズンに臨んだのだった。

「進藤ちゃん、巨人ってこの年優勝したんだっけか？」

「ええ」記憶を軽くさらった。「日本シリーズでも勝ったんですよ、日本ハムに」

「日本ハムって、なに、パ・リーグで優勝したことあったの？」

「ほら、広島カープから江夏がトレードされてきたんですよ。で、江夏は『優勝請負人』なんて呼ばれて……」

「江川って、もう巨人にいた？」

「いましたよ。二十勝したのに沢村賞貰《もら》えなかった年ですよ、一九八一年って」

「昭和でいったら、何年？」

「五十六年ですね」

編集長は「よく覚えてるなあ」とあきれたように言って、アルバイトの編集部員を振り向いて「山岸って何歳だっけ」と訊《き》いた。

「二十三です」

山岸くんは少し申し訳なさそうに答えた。一九八一年は一歳という計算になる。

編集長と僕は顔を見合わせ、肩をすくめた。古い付き合いだ。初めてコンビを組んで仕事をした頃――一九八六年だったと思う、僕はまだ学生気分の抜けない駆け出しのフリーライターで、編集長はもちろん「編集長」ではなかった。「君のところの編集長、三十までは肩まである長髪だったんだぜ」と教えてやったら、すだれ頭のボスしか知らない山岸くんは、いったいどんな顔になるだろう。

「よお、進藤ちゃん、竹の子族だぞ。沖田浩之だよな、こいつ。一回インタビューしたことあるよ。懐かしいなあ、ほら、これ」

雑誌を差し出してくる編集長に、僕は苦笑交じりに言った。「カズさん、きりがないですよ」――編集長をそんなふうに呼ぶライターも、いまはもうほとんどいないはずだ。

「だよな」と編集長は苦笑いを返し、「ほんとだな」ともう一度つぶやいて、さらにページをめくる。

やっと見つかった。巻末のヌードグラビアだった。痩《や》せた女が円形のベッドの真ん中で四つん這《ば》いになっている。ページの隅に記された〈撮影協力『ロマンチック・パラダイス』（東京・町田）〉のクレジットを指差して、編集長は言った。

「このホテルなんだ」

僕は黙ってうなずいて、テーブルに積み上げた雑誌の山をちらりと見た。ここに集められたのはすべて、『ロマンチック・パラダイス』――編集部内では『ロマ・パラ』の略称で通っていたホテルで撮影されたヌードグラビアの載った号だ。

編集長は「ダサいホテルだよなあ」と、それこそ「ダサい」言い方をして、へへっと笑いながら山岸くんを振り向いた。

「おまえの世代は回転ベッドなんて知らないだろ？」

山岸くんはきょとんとした顔になった。言葉じたいを知らなかったのだろう。

「モンローベッドは？」と僕が訊いても、反応は同じ。編集長が「スイッチを入れると、真ん中がくねくね動くんだ、ほら、セックスのときの腰の動きみたいに」と手振りを交えて説明すると、なんなんですかそれ、と噴き出して笑う。脂っ気のまるでない、いかにも優男ふうの青年だ。週刊誌の仕事をするには少し頼りないが、そういうのがいまの女の子にはウケるんだろうなということは、わかる。

「ほんとにキリがないな……」

編集長は手にしていたバックナンバーをテーブルに放り投げて、「とにかく」と唐突に話のまとめに入った。

「モノクロのグラビア、四ページ。構成は進藤ちゃんに任せるし、山岸を専属でつけるから、こき使ってやってくれ」

山岸くんが小さく頭を下げる。

「まあ、万が一大コケしたとしても、俺がケツを持つから心配するな。俺の名前出しとけば、みんな納得するって。さすが、四年間で部数を三割減らしたヘボ編集長、ってな」

編集長――いや、やはり昔どおりに呼びたい、カズさんにはなにごとも屈折した言い方をする癖がある。週刊誌の本流のニュース担当に異動したことも、カズさんに言わせれば

「グラビア担当をクビになった」という表現になってしまうし、デスク昇進は「最前線からお払い箱になった」、四年前に編集長になったときですら「弾よけにされたんだよ」と自嘲《じちょう》するように笑っていた。

そんなカズさんが、編集長になってから直接には仕事の付き合いがなくなっていた僕を銀座に呼びだしたのは、三日前のことだった。

「祝杯だからな」とドン・ペリを空けた。

今月――五月いっぱいで編集長を更迭されることになった、と二軒目で教えてくれた。そして、三軒目のバーで、カズさんは編集長をつとめる最後の号での仕事を僕に依頼してきたのだった。


あの夜、四軒目に入った居酒屋で、写真を一枚渡された。ちょうど四年前、カズさんが編集長に就任した頃の日付がついている。

「フィルムを封筒に入れて送ってきたんだ、編集部に。現像してみたら、これだよ」

全裸の男と女がいる。女はベッドの上に膝立《ひざだ》ちしてカメラの正面を向き、後ろから抱きつく男の右手で乳房を揉《も》みしだかれ、広げた左手で股間《こかん》を覆い隠されている。体の線からすると、どちらも中年。顔はわからない。男は女のうなじに顔を埋め、女は一冊の本を右手で掲げて目元を隠していた。

僕は写真からカズさんに目を移した。

「……どういう意味ですか」

咎《とが》めるような口調になった。

カズさんは薄く笑って、「こっちがわかるわけないだろ」と言った。「とにかく一方的に送られてきたんだから」

「でも、なんで……」

「肌身離さず持っていたいほど好きだったんじゃないのか？」

最初は冗談の口調だったが、もう一度、「愛読書だったんだと思うぜ」と繰り返すときの顔と声は真剣だった。

僕はまた写真を見つめた。本を持つ女の指が表紙の絵柄をほとんど隠していたが、僕にはわかる。僕にだけは、わかってしまう。これは、僕がかつて書いた——いまなお「最新作」の絵本の、『パパといっしょに』だった。

「作者として、どんな気分だ？」

「いや、まあ、なんとも……」

「ウチの児童局の奴に聞いたんだけど、これ、進藤ちゃんの代表作なんだって？　賞もとったんだろ？　それでまだフリーライターみたいな小銭稼ぎしてるんだから、進藤ちゃんも変わった奴だよなあ」

シマちゃんの顔が浮かぶ。『週刊エース』編集部の七つ上のフロアにある児童局で、たぶん、この時期は夏休みのフェアに向けての新刊の編集作業でてんてこまいのはずだ。新刊予定のリストから、つい数日前に「進藤宏」の名前をはずしてもらったばかりだった。シマちゃんが担当についてから、すでに半年──新作は、「なにかが書けるかもしれない」と思ったきり、まったく進んでいない。

カズさんは「ま、それはいいんだけど」と話を先に進めた。「この写真、『ロマ・パラ』で撮ってるんだ」

「わかるんですか？」

「ああ」苦笑交じりにうなずく。「俺にはわかるさ、そりゃあ」

「……プロのモデルじゃないですよね」

「進藤ちゃん、『ザ・現場』って企画覚えてるか」

投稿のヌード写真で構成されたページだ。当時副編集長だったカズさんが手掛けた、一九九〇年代半ばから終わり頃にかけての『週刊エース』のヒット企画──写真の日付は連載が終わる少し前、になる。

「封筒の宛名に書いてあったんだ、『ザ・現場』担当者さま、ってな」

「投稿してきたわけですか」

「まあ、じっさい、悪くない写真なんだ。これだけじゃなくて、もっと激しいポーズをつけたのもたくさんあって、いいんだよ、ほんとに。顔出しの写真もあって、それは、まあ、目線を入れるしかないんだけど、とにかくぜんぶよかった、最高だった。色気を超えた凄《すご》みというか迫力というか……俺も長年、投稿のヌードを見てきたけど、間違いなくベストワンだな、この二人が。掲載する価値はあった、確かにあったから、すぐに担当者に連絡をとらせて、掲載するからって伝えたんだよな」

カズさんは自分の言葉を嚙《か》みしめるように言って、「でも、載せられなかった」と低くつづけた。

「なにかトラブルでもあったんですか」

カズさんはウイスキーのオンザロックをお代わりし、こんなの吸ってる奴なんて同期で俺一人になっちゃったよ、と自慢とも自嘲ともつかない口調でよく言っているショートホープに火を点けて、吐き出す煙と一緒に答えた。

「男が自殺した」

カズさんが写真を受け取った二週間後だった。

「まいったよ。新聞見てたら、同じ名前なんだよ、写真送ってきた男と。まさかと思って、ニュース班の記者に自殺したオヤジのガンクビ調べさせたら、顔も同じ。いや、もう、まいっちゃってさ……」

男には妻子があった。愛人もいた。妻と離婚をして愛人と一緒になるつもりが、妻がどうしても離婚届に判を捺《お》さず、話が揉めに揉めて、挙げ句の果てに首を吊《つ》った。

「奥さんと愛人の板挟みってやつですか」

「だな。間抜けだよなあ、ほんと」

カズさんは口とは裏腹に、大変だったんだなあおまえも、というような表情で写真を見ていた。「写真、載せてやったら死ななかったのかなあ」と首をかしげて言って、「こんなのを生きる励みにされても困るんだけどよ」と写真を指ではじいた。

「珍しいですね」

「なにが?」

「気に入った写真を二週間も寝かせるのって、珍しいですよ。校了日でも無理やり差し替えて、印刷所と揉めまくってたじゃないですか、毎週」

今週はページが満杯だから次週に回す——という発想など、カズさんにはなかった。

「いま面白いと思ったものを、いま載せる。それが週刊誌だ」という口癖に従うなら、この写真は間違いなく、男が自殺する前の号に掲載されているはずだったのだ。

カズさんは、ははっ、と懐かしそうに笑うだけで、言葉ではなにも答えなかった。

「自殺のあとも載せなかったんでしょう?」

「まあな……やっぱり、奥さんや子どものこともあるからな、無茶できねえだろ」

「そんなに殊勝でしたっけ? 昔のカズさんって」

からかって笑うと、「うるせえな」と、ちょっと真顔になってにらまれた。

「まあ、でもな……これで最後だ、俺が雑誌の仕事をやるのも」

カズさんの異動先は宣伝広告部だった。四十七歳。一匹狼の性格からすると、編集の現場に復帰する可能性は薄い。

「だから」声が強くなった。「なんとかしたいんだ、この二人の写真を」

「なんとか、って？」

「載せたいんだよ。それも、ただのヌード写真としてじゃなくて、男の自殺のことや『ロマ・パラ』のこともぜんぶからめて、なんていうのかな、かつて確かにあった濃密で淫靡《いんび》な愛の空間、って感じでまとめてほしいんだ。だから、まずは掲載の許可をとらなきゃな」

「僕が、ですか？」

「ギャラははずむって」

「いや、でも……そういう交渉事、カズさん得意じゃないですか」

カズさんはそれには応《こた》えず、煙草を灰皿に押しつけて火を消した。

「ダメならダメでいいんだけど、まあ、できれば『ロマ・パラ』にも花道を飾らせてやりたいしな、最高のエロスがたちのぼる写真、やっぱり出してやりたいよなあ」

『ロマ・パラ』は年内で閉館するのだという。

「オーナーも歳だし、あとを継ぐ奴もいないし、街道沿いのホテルなんてな、いまどき時代遅れなんだよ、とにかく」

「いいんですか？」

「いいもなにも……関係ないだろ、俺には」

カズさんはグラスに残ったウイスキーを飲み干した。

「ファンに会ってこいよ」

僕の肩を叩《たた》いて笑おうとして、むせた。二十年以上にわたる週刊誌の仕事でカズさんの体はぼろぼろになっていると、いつか誰かに聞いた。

2

四ページのグラビアのビジュアル構成は、ごくオーソドックスなものにした。扉ページは『ロマ・パラ』の外観の撮り下ろし。見開きの二ページ目と三ページ目は、バックナンバーから『ロマ・パラ』を舞台にした写真を数十枚ピックアップして、コラージュで流し込む。雑誌に載ったときの安っぽさをそのまま残して、写真の質感はざらついたものにしてもらうよう、アートディレクターに頼んだ。

例の写真に写っていた女については、カズさんが調べることになっていた。ニュース班の記者を使えば名前も居場所も——少なくとも当時彼女がどこにいたか、ぐらいは簡単に割り出せるはずだったが、カズさんは「いいんだ、俺がやる」とだけ言って、編集部の誰にもかかわらせなかった。二人の写真は、四ページ目に置く。カズさんから預かった写真はほかにも何枚かあったが、メインは『パパといっしょに』で女が顔を隠した、あの写真にする予定だった。

僕の文章は二ページ目から始まり、四ページ目で終わる。なにをどんなふうに書くかは決めていない。

最初の打ち合わせから三日間で、山岸くんは取材の段取りをあらかた整えた。コラージュに使うすべての写真の再使用の許可をカメラマンからとり、必要な場所にはモデルの所属事務所にも連絡を入れた。いまの『ロマ・パラ』を撮影するカメラマンには、山岸くんのアイデアで売れっ子になりかけの新鋭を起用した。段取りの手際がいい。カメラマンを選ぶセンスも悪くない。

「一見頼りないんだけど、あれでなかなか仕事はできる奴なんだ」とカズさんが言っていたとおり、そつがない。

山岸くんはジャーナリスト養成の専門学校を卒業して編集部でバイトを始め、今年で三年目になる。カズさんは自分が編集長のうちに契約社員扱いにして、正社員への道を拓《ひら》いておいてやろうとしているのだが、本人がいまひとつ煮えきらないのだという。

言葉は慎重に選んではいるが、カズさんのような古いタイプの週刊誌の編集者に抵抗を感じていることも、なんとなくわかる。ヘビースモーカーにしてヘビードリンカー、趣味の競馬は徹底して穴狙いで、仕事にかまけて十年前に奥さんと離婚――反面教師にしかならないのだろう、たぶん。

「あのモラトリアム坊やの本音を吐かせてほしいんだ。フリーの進藤ちゃんのほうが意外としゃべりやすいかもしれないし」

これも、カズさんから与えられた仕事のひとつだった。カズさんの望むような本音は出てこないだろうと思ったが、僕はなにも言わなかった。

山岸くんと打ち合わせをしている最中に、乱入と言ってもいい勢いで仕事場に入ってきたシマちゃんは、まんまるな顔をさらにふくらませて言った。

「ちょっと、それ、シャレにならないんじゃないですか？」

怒っている。僕が絵本の仕事を放ったまま、シマちゃんに言わせれば「目先の原稿料稼ぎ」のフリーライターの仕事をあいかわらずつづけていることに。それから、『パパといっしょに』の出ている写真を載せることに。

「PRですか？　進藤さんってそういうの嫌いだと思ってたんですけど」

「俺だって嫌いだよ。それに、あの本はもう絶版だから、いまさらパブリシティしたって意味ないだろ。純粋にこの写真がいちばん印象的だから使う、それだけのことだよ」

少しだけ、嘘を交ぜた。

シマちゃんは納得しきらない顔で「でも……」と返す。「あの本が大好きだった読者もいるわけだから、そのイメージを自分から壊すことないじゃないですか」

「べつに壊れたりしないさ」

「壊れます。もう、ぼろぼろに」

「……大げさだよ」

「そんなことないですって」

シマちゃんは山岸くんを振り向いて「ねえ」と同意を求めたが、山岸くんは困ったようにあいまいにうなずくだけだった。シマちゃんは察しよく、八つ当たりめいて「えーっ、読んでないの？」と声をあげる。

「すみません……勉強不足で」

頭を下げ、肩をすぼめる山岸くんに、「気にすることないよ」と言ってやった。「あんなの、読んでる奴のほうが珍しいんだから」

その珍しい一人が——ふくれつらのシマちゃん。

「それで、進藤さん、もうこのひとに会ったんですか？」

シマちゃんはコルクボードに留めた写真を指差した。

「今夜会うんだ。カズさんが連絡をとってくれて、とにかく会うだけでも会ってもらえることになったから、あとはそれから……」

「でも、許せない、こんなことに進藤さんの本、使うなんて」

シマちゃんは写真をにらんでつづけ、感情の高ぶりを抑えるようにゆっくりと息をついて、不意に表情をゆるめた。

「まあ……でも、買ってくれただけでもいいのかな、仲間っていうか、数少ない同志って感じで」

一瞬、悪い予感がした。

「ね、進藤さん、わたしも取材に同行させてもらっていいですか？」

当たった。

「進藤さんの担当編集者として、行っておいたほうがいい気がするんですよ」

だめだ――と言われて引き下がるような性格ではない。

「なんとなくね、わたし思うんですよ、このひとに会うと新作のイメージがちょっとは膨らむんじゃないか、って」

好奇心だけでむちゃな頼みごとをしてくるような子どもでも、ない。

たぶん、シマちゃんは、彼女と一緒に写った男が自殺したことまでは知らないだろう。

知らないままで、いい。

僕は山岸くんに目配せして、シマちゃんに向き直り、「そのあとのホテルの撮影も付き合ってもらうから」と言った。

時代の流れに取り残されて閉鎖される、街道沿いのホテル――伝統と格式の高さで有名なミッション系の女子大を卒業したシマちゃんとはきっと無縁の世界で、だからこそ見せておきたいと思った。

少し意地悪な気持ちも、あったかもしれない。

3

待ち合わせの場所は府中《ふちゅう》だった。新宿から車なら一時間足らず。『ロマ・パラ』と新宿との、ほぼ中間に位置する街だ。

山岸くんと一緒に僕の車に乗り込むと、シマちゃんはさっそく山岸くんがカラーコピーをとった『ロマ・パラ』のグラビア写真のファイルを開いた。

「やだぁ。なんなんですか、これ」「すっごーい、信じられない趣味」「不潔ですよ、悪趣味ですよ、サイテーですよ」……。

リアシートから絶え間なく聞こえるシマちゃんの声に、助手席の山岸くんは小さく相槌《あいづち》を打つ。確かに『ロマ・パラ』は——というより、あの当時のホテルはどこも、趣味の悪さを競い合っているようなところがあった。

鏡張りの部屋、ベッドが真珠貝の形をした竜宮城のような部屋、大奥の部屋、簾《すだれ》付きの平安朝の部屋、カボチャの馬車のベッド、ＳＬ型のベッド、鞍《くら》がバイブレーターになった木馬、サラダボウルのような透明の浴槽、鏡張りの床に置かれた平均台、『エマニエル夫人』に出てきたラタンの椅子……ベッドが二つ並んだスワッピングルームも、六十通りの体位が可能になるという診察台のような椅子を置いた部屋も……。

「笑い話があるんだ」

夕方の渋滞を避けて裏道を選んで高速道路のランプに向かいながら、僕は言った。

カズさんがまだ若い頃の失敗談だ。さまざまに趣向を凝らしたラブホテルを紹介したグラビア特集にカズさんは〈恋人たちの部屋〉とタイトルをつけたのだが、〈変人たちの部屋〉と誤植されてしまい、編集部の誰もそのミスに気づかずに〈変人〉のまま発売してしまったのだ。

「でも、そっちのほうがぴったりですよ。変人っていうか変態じゃないですか、こんな部屋がいいなんて」

シマちゃんは、まっすぐな女の子だ。担当編集者の異性関係を詮索《せんさく》する趣味は僕にはないが、きっと、夜景のきれいなホテルで抱き合うセックスのほうが、ラブホテルやモーテルでするセックスより美しいと考えるタイプなのだろう。

グラビア班時代のカズさんは、ヌード撮影の舞台に、好んでラブホテルを使っていた。それも場末の、薄暗い部屋ばかり。他の編集者が手掛けた草原や浜辺でのヌードを、よく「裸が健康的でどうするんだ」とけなしていたものだった。「お日さまの下で素っ裸でいられるなんて、動物と同じじゃないかよ。じゃあ犬の交尾でも載っけてればいいんだ」と、いかにも憎々しげに。

「うわあ、オジサンですよねえ、そういう発想。だから『週刊エース』って、あんなに脂ぎってるんですね」――シマちゃんはまっすぐなひとなのだ、ほんとうに。

さすがに山岸くんは少しムッとした顔になったが、編集部に三年もいれば、『週刊エース』が「中年セクハラ雑誌」と揶揄《やゆ》されていることぐらい身に染みて知っているだろう。その路線が、いま、部数低迷の原因だと言われていることも。

「カズさんにはエロスに対する信念っていうか、哲学があるんだよ」

シマちゃんにというより、むしろ山岸くんに向けて、僕は言った。

「後ろめたさが欲しいんだ、あのひとは。やっちゃいけないことをやってるんだっていう、でもやりたいんだっていう、屈折したところにエロスがあるんだと考えてるんだよな。それが週刊誌のエロスなんだ、って」

山岸くんはあいまいにうなずき、シマちゃんは「オジサンのエロスでしょ？」と軽く混ぜ返して、ファイルを何ページかまとめてめくった。

「あ、このへんの写真だったら、ちょっとはましかな？」

「何年頃？」

「えーと、一九八八年かな。モノトーンの部屋、わりとお洒落《しゃれ》っぽくて」

なるほどね、と僕はウインカーを倒して、細い路地に車を入れた。ここを抜ければ甲州街道に出て、中央自動車道に直結する首都高速四号線の初台ランプまではあと少しだ。

「シマちゃんは、そういう部屋がいいわけ？」

「やだぁ、進藤さん、そんなのってセクハラじゃないんですか？」

「好みを訊《き》いてるだけだよ」

「まあ、どっちがいいかって言われれば、そうですよね。これだったら、ふつうのホテルとそんなに変わらないし」

カズさんが聞けば、即座に言い返しているだろう。「ラブホテルがふつうのホテルと同じになったら、ラブホテルの意味がないじゃないかよ」と、若い連中には付き合いきれない、とうんざりした顔をして。

「その頃だよ、カズさんがグラビアからはずれたのって。最後のほうは、もうやる気をなくしてた」

「そうなんですか？　わたしなんか、こっちのほうがぜんぜんいいと思うけど」

「……世代が違うんだな」

紋切り型の言い方だ。わかっている。だが、編集部に年下のスタッフが半分以上になった頃のカズさんも、酒を飲むたびにそう愚痴っていたのだった。

「でも、これ、いままでのと同じホテルなんですよね」

「ああ、同じ『ロマ・パラ』だ」

「でも、なんか、別のホテルみたいになっちゃってるじゃないですか。バブルと関係あるんですか？」

「その少し前からだな」

山岸くんが「風営法改正ですか」と口を挟み、「風営法って、あれですよね、ディスコが夜十二時でクローズするようになったっていう法律でしょ」とシマちゃんが言う。

「それだけじゃないんだ」

「まだあるんですか？」

「ラブホテル業界のほうが大きく変えられちゃったんじゃないかな」

一九八五年の風営法改正によって、ラブホテルはその存在じたいを否定されたと言っていいほどの変化を強いられた。回転ベッド、総鏡張り、ガラス壁の浴室……扇情的だとされる装置や内装はすべて禁止され、部屋数に応じたロビーの広さまで決められた。部屋のつくりは、当然、シンプルになり、一般のホテルと区別がつかなくなっていった。『ローマ・パラ』も、その例外ではなかったのだ。

「いいじゃないですか、それ。清潔感、だいじですもん」

シマちゃんの言うことは、よくわかる。わかるから、カズさんの気持ちはわからないだろうな、と思う。

「部屋は清潔になってお洒落になったんだけど……なにかが消えたんだ、悪趣味かもしれないけど、ほかの場所からは絶対に出てこない、後ろめたさのオーラみたいなものが」

シマちゃんは怪訝《けげん》な顔のままだったが、山岸くんが横から言った。

「それって、編集長も同じこと言ってました。女のひとの裸が、ぺろん、となっちゃったって」

「だって」シマちゃんは不服そうに言い返す。「後ろめたくなる必要ないじゃないですか。その、ほら、男と女なんだから」

僕は頬だけで笑い、ランプウェイの急な坂を加速しながら上った。高架になった高速道路に出ると、夕陽を正面から浴びた。日がずいぶん長くなった。オレンジの色味より白く抜けたまぶしさのほうが強い夕方の空は、もう夏に変わろうとしている。

山岸くんがぽつりと言った。

「いやらしさっていうのが大事なんだ、って編集長は言ってました」

「でも、そんなのって男の都合だけのいやらしさじゃないですか」というシマちゃんのブーイングを聞き流して、僕は車のスピードを上げる。

しばらく黙りこくったシマちゃんは、気を取り直すように顔を上げて、話題を変えた。

「それにしても、このホテル、ほんとによく使ってたんですね。町田だったら撮影に半日がかりでしょう?」

ちらりと僕を見る山岸くんのまなざしも、シマちゃんと同じ問いを放っているようだった。

「山岸くんは、カズさんから『ロマ・パラ』のこと、なにも聞いてないのか」

「ええ……」

少し迷ったが、話しておいたほうがいいだろう、と決めた。追い越し車線に移って、トラックやワゴン車を何台かまとめて抜き去りながら、僕は言った。

「カズさんは『ロマ・パラ』のオーナーの息子なんだ」

シマちゃんが丸く目を見開くのが、ルームミラーに映った。

「まだモーテルやカーテルなんていう言葉があった頃から、男と女のワケありのセックスをずうっと見てきてるんだ、あのひとは」

シマちゃんは目を見開いたまま、こっくりとうなずいた。山岸くんも「そうだったんですか」とつぶやく。二人とも、カズさんのセックス観やエロス観について、少しは納得してくれたようだ。見直した——とまではいかなくとも。

僕はアクセルを踏み込んだ。電光掲示板の道路情報によると、下り線に渋滞はない。あと三十分も走れば府中の街なかに入るだろう。

仕事のプレッシャーはない。写真の掲載について彼女にしつこく頼み込むつもりも、カズさんには申し訳ないが、最初からなかった。

ただひとつだけ、訊いてみたかった。あなたは、なぜ『パパといっしょに』を密会の現場に持っていったんですか――作者としてそれくらいの権利はあるんだと、勝手に決めた。

だが、待ち合わせの時間どおりに喫茶店に入ってきた彼女の顔を見て、僕は車中のシマちゃんのように目を見開いて絶句してしまうことになる。

カズさんがニュース班にも山岸くんにも任せなかった理由が、やっとわかった。彼女の名前を最後まで教えてくれなかったのも、当然だった。そして、この仕事を僕にやらせたのも。

佐々木百合子――彼女は、カズさんのかつての奥さんだった。

4

喫茶店のテーブルについた百合子さんは、真向かいに座った僕と目が合うと「ごぶさたしてます」と笑った。僕の隣でシマちゃんが、百合子さんの隣では山岸くんが、それぞれ僕たちの顔を見比べていたが、百合子さんはかまわず、つづける。

「フリーライターのときのペンネーム、昔と変えてないんだってね」

「……ええ」

「懐かしいなあ、進藤くんの、この照れ方」

百合子さんは、言葉だけでなく、ほんとうに懐かしそうな顔で笑う。たぶん、それは僕個人に対する懐かしさというより、カズさんが僕のような若手のスタッフをしょっちゅう深夜に家に連れてきていた頃への懐かしさなのだろう。

「写真、持ってきてるの？　ちょっと見せて」

カズさんから預かった数枚の写真をすべてテーブルに置いた。

百合子さんは目をそらさず、写真の中の自分と向き合った。

あの頃に比べて、少し痩《や》せた。最後に会ったのはいつだったろう。離婚が十年前で、その前の一年ほどはカズさんは長期契約したウイークリーマンションに寝泊まりしていた。夫婦仲が軋《きし》みはじめた頃――十二、三年前になるはずだ、カズさんが百合子さんと電話で激しく言い争っているところに居合わせたことがある。カズさんは何度も「仕事」という言葉をつかった。時にはそれをふりかざして脅すように、時にはそこに逃げ込むように。最後のほうはカズさんはほとんどしゃべらなかった。不機嫌そうな相槌を繰り返すなか、たまに口を開きかけることはあっても、すべて舌打ちで消して、最後の最後は「勝手にしろ」と吐き捨てるように――いや、それは受話器を叩《たた》きつけたあとのつぶやきだっただろうか……。

「おばさんだけど……いまよりは若いね、さすがに」

百合子さんはつぶやいて、さばさばした様子で写真から顔を上げた。

入れ替わりに、僕はうつむいてしまう。目の前にいるニットのサマーセーターを着た百合子さんと、写真の中の全裸の百合子さん、それから記憶の中にいる百合子さんの姿が、複雑に絡みあい、はねのけあう。

「顔が写ってる写真もあったんだけどね、一枚だけ」

「……そうですか」

「編集長、なにも言ってなかった？」

話を振られた山岸くんが黙ってうなずくと、百合子さんは「素直にそれを見せてれば、話は早かったのにね」と、今度は僕に笑いかける。

もしも前もって写真の女性の正体を知らされていたなら、仕事なんて引き受けるわけがない。断じて。カズさんにも、どうせうなずきはしないだろうが、「やめましょうよ」と説得したはずだ。

カズさんは、送られてきた百合子さんの写真をどんな思いで見たのだろう。いま、どんな思いで古い写真を持ち出したのだろう。その前に、なぜ、写真を捨てなかったのだろう。それを考えると、いてもたってもいられなくなる。

「彼ね……」

百合子さんは写真の中の男——牧原和夫さんを指差した。

「わたしの別れたダンナのこと、なーんにも知らなかったの。だから、ぜんぶ偶然。車で外回りしてる途中で待ち合わせて、ちょうど町田のあたりだったのね、その日。手近なホテルでいいからって、たまたま」

「写真を撮ろうって言ったのは……」

「彼。好きなのよ、よくね、ビデオとかポラロイドとか、そういうのがあるとイイんだって。車の中でね、ほら、そういう場所ってあるでしょ、覗《のぞ》きたがるひとの集まってくるような場所、そこでわざとやったりね、好きなのよね、彼が」

百合子さんはさらりと言った。シマちゃんが身をこわばらせた気配が伝わる。

「ねえ」百合子さんは山岸くんに言う。「覗きのスポットなんて、昔からよくやってるじゃない、『週刊エース』で。彼ね、『エース』を毎週読んでたのよ。グラビアの企画が下品でエッチなのが気に入ってたの」

もちろん——「下品でエッチな」グラビアの路線をつくってきたのは、カズさんだった。

顔を赤らめるだけの山岸くんに代わって、僕が訊いた。

「フィルムを送ったのは……」

「それも、彼。あのページが好きでね、きわどいポーズの写真が載ってたら対抗意識燃やしちゃって、真似させるの、わたしに」

百合子さんは、まるで山岸くんを挑発するように言う。頬には微笑みが浮かび、「ほんとよ」と念を押す声は、じっとりと湿り気を帯びているように聞こえた。

昔の百合子さんは、どうだっただろうか。すでに二十年近くも前の話になる。記憶はあやふやで、その手の話をしたことも何度かあったような気がするが、それでも、こんなふうには話していなかったはずだ。

カズさん——と言いかけていったん口をつぐみ、息と心を整えてから、僕は言った。

「編集長、写真を褒めてました」

「そう?」と、さほど驚きもせず百合子さんは返す。

「『ザ・現場』に載ったどの写真と比べても一番だって言ってました」

「ふうん」

「凄《すご》みがある、って」

「だったら、あのとき載っけてくれればよかったのに」

「……牧原さんの遺族のこともありますから」

「死ぬ前に載せること、できなかったの? ほんとにね、彼、楽しみにしてたのよ」

不思議だ。昔はそんなこと夢にも思わなかったのに、いまの百合子さんの物の言い方は、なんとなくカズさんに似ている。屈折して、ひねくれて、やさぐれて、そして、ちらちらと寂しさや人恋しさを覗かせて。

「知ってる? 彼が死んだ日って、『エース』の発売日なのよ。その号に写真が載ってたら、彼、死ななかったかもしれない」

「どうして……写真なんか送ったんですか」

百合子さんは僕の思いをいなすように、軽い口調で「送ったのは彼よ」と言う。

「どうして、止めなかったんですか」

「そんなの変じゃない。向こうはわたしの昔のこと、なにも知らないんだし、教えるつもりもなかったし」

「……受け取ったほうの気持ち、わからないんですか」

百合子さんは動揺のかけらも見せず、そこまで言っちゃっていいの、というふうに山岸くんとシマちゃんをちらりと見て、ま、いいか、と肩から力を抜いた。

「あのひとは、プロよ」

微笑みは消えていた。

耳の奥で、あの夜僕に言ったカズさんの言葉がよみがえる。掲載する価値はあった、確かにあった――嚙《か》みしめるようにカズさんは言っていたのだった。

「あの、すみません……」

山岸くんがおずおずと話に割って入った。ワンテンポ遅れて、シマちゃんも「ちょっといいですか」と百合子さんに声をかける。

「ウチの編集長のお知り合いなんですか？」

「進藤さんのこと、知ってるんですか？」

二人同時に、言った。

百合子さんは先にシマちゃんの問いに答えた。

「わたし、進藤宏のファンだもの」

そう言ってバッグから取り出したのは、本の角が丸くなった『パパといっしょに』だった。

牧原和夫さんの遺品だと、言った。


百合子さんに乞《こ》われるまま、本の見返しに牧原和夫さんに宛てたサインをした。

「彼が喜ぶかどうかわからないけど……」百合子さんは本を抱き取って、笑う。「今度、お墓に持っていって見せてあげる」

山岸くんもシマちゃんも、複雑な表情で百合子さんを見つめていた。

事のいきさつはすべて百合子さんが話した。昔ばなしをするような軽い、のんびりした口調だった。恨み言や愚痴はないかわりに、悲しさや寂しさも薄れて、カズさんのことも牧原さんのことも、古い友だちのように話していった。

「絵本なんて読むようなひとじゃないのよ、彼。子どもだって中学生の女の子が一人だから、誰かのために絵本を買うっていうこともないはずなの。突然だったのよ、ほんとに突然、こんなの買ったんだって……こんなこと言うと進藤くんに失礼だけど、べつにベストセラーになったっていうわけでもないわよね、これ」

僕は黙ってうなずき、シマちゃんが応援団として不服そうに言いかけるのを目で制して、

「なにか感想をおっしゃってましたか」と訊いた。

百合子さんは記憶をたどる顔になって「そういうのは特には言ってなかったけど……」と言った。

気まぐれで買っただけなのかもしれない。妻子を裏切って不倫をつづける後ろめたさが、『パパといっしょに』を手にとらせたのだろうか。子どもに絵本を買っていた頃を懐かしんでいたのだろうか。本人が死んでしまったいまとなっては、答えはもう誰にもわからない。

事実として残っているのは、牧原さんが書店に無数にある本のなかから『パパといっしょに』を選び、百合子さんとの密会の現場に持っていって、百合子さんが持ち帰った、それだけだ。

「彼に見せられたとき、ぞっとしたの。だって、『ロマ・パラ』に入って、進藤くんの絵本見せられて、写真を撮ったら『週刊エース』に投稿するなんて……できすぎでしょ、いくらなんでも。でも、ほんとうなの、だから、怖かった」

「あの、もしかして、万が一ですけど……」

シマちゃんがテーブルに身を乗りだして、百合子さんに訊いた。

「知ってたんじゃないんですか？　牧原さんっていうひと。ぜんぶわかっちゃって、それで、意地悪っていうか、悔しくてっていうか、わざとそういうことしちゃったりとか」

百合子さんは首をかしげるだけで、同意も打ち消しもしなかった。

代わりに、山岸くんが「いや、でも、進藤さんのことは知らないんじゃないですかねえ、進藤さんはウチの仕事はペンネーム使ってるわけだし」と口を挟んだ。

「あ、そうか、そう言われてみればそうですよねえ」

「それに、あの頃の『ザ・現場』の直接の担当は平井デスクだった、って編集長が言ってましたよ。編集長、自分の始めた企画なんで思い入れがあるから写真チェックの段階から立ち会ってたんですけど、そんなの外部のひとが知るわけないでしょう」

「いや、だからね、牧原さんのいちばんの狙いって、いきなり雑誌に写真が出ることじゃなかったの？　そのほうが効果的だし」

「うーん……ただ、牧原さんは自分が離婚できずに悩んでたわけだし、編集長にいやがらせする理由なんてあるのかなあ……」

「でも、わたし、進藤さんの絵本をわざわざ持ってきたの、やっぱりひっかかるけど」

僕は水を一口飲んで、グラスを少し乱暴にテーブルに戻した。

「やめろよ、もう」

驚いて振り向く二人をにらみつけた。山岸くんもシマちゃんも、まっすぐに、無邪気に、筋道を立ててすべてをわかろうとする。だから――なにもわかっていない。

「どうだっていいんだよ、もう、いまさら」

腹立たしさが声を濁らせる。

怒声の飛び交う週刊誌の編集部で働く山岸くんはうつむいただけだったが、シマちゃんは気圧《けお》されて、半べその顔になった。シマちゃんの前でこんなふうに話すのは初めてのことだ。

「……よくないですよ」

細い声で、シマちゃんが言う。そういうところの意地はしっかりとある。

僕は視線を横に流し、水をもう一口飲んだ。

山岸くんはうつむいたきりで、シマちゃんもこみ上げるものを抑えるみたいに頬に息を詰め、じっと僕を見つめるだけだ。

しばらくつづいた沈黙を破ったのは、百合子さんだった。

「進藤くん、思いだしたこと、言っていい？」

「ええ……」

「あのひとね、進藤くんの本読んで、悲しいって言ってた。なにが悲しいのかはわからなかったけど、とにかく悲しいって」

僕は椅子の背に体を預け、ふう、と息をついた。

「悲しい話なんです」――虚空《こくう》の一点を見つめて言った。

シマちゃんからの反論はなかったが、百合子さんが「悲しくなんかないんじゃない？」と笑った。「だって、ハッピーエンドなんだから」

そうですね、と僕は口だけ動かした。牧原さんは『パパといっしょに』を書店で手にとったとき、すでに自殺を考えていたのかもしれない。そんなことをふと思い、もちろん答えは誰にもわからない、わからないままでかまわない、ただ『パパといっしょに』を悲しい物語だと読んでくれたひとがいたことを噛みしめた。

「本なんてめったに読まないひとだったのにね……こういうのって運命とか縁っていうやつなのかしらね」

「本がひとを呼ぶっていうの、あるんですよ」シマちゃんが言った。「読者と本の間に運命の赤い糸が結ばれてること、あるんです、絶対」

言い方はロマンチックだったが、気持ちは僕にもわかる。

「じゃあ」百合子さんが笑う。「前のダンナと彼との間にも赤い糸ってあったのかもね」

笑顔はまた、斜《はす》にかまえたものに戻る。テーブルの隅に重ねて裏返しに置いていた写真を掌に収め、一枚ずつ、めくっていく。

山岸くんが腕時計に目をやった。今夜はまだ『ロマ・パラ』の撮影が残っている。カメラマンとは現地集合にしているので、府中と町田の距離を考えれば、そろそろ出たほうがいい。

編集長――違う、もう「カズさん」でいい。

僕は椅子に座り直して、言った。

「カズさん、来週号で編集長からはずれます」

百合子さんは手に持った写真をめくりつづける。

「なにかヘマしちゃったの？」

「部数が減ったんです。カズさんの考えてる週刊誌だと、もう、若い読者がついてこないんです。カズさんの後がまは、まだ三十代の副編集長が抜擢《ばってき》されました。『エース』も一気にリニューアルするはずです」

「老兵は去りゆくのみ、ってやつね」

「『ロマ・パラ』も今年いっぱいで廃業です」

「……そう」

「写真、使わせていただけませんか」

「進藤くん、わたしが去年再婚したって言ったらびっくりする?」

写真をめくる手を、止めずに。

「男なしではいられない女だ、って思ったりする?」

僕はかぶりを振った。

「もうお互いに五十近いから子どもは無理だけど、そのぶん仲いいのよ。若い子たちよりずっと、べたべたしてると思う」

シマちゃんと山岸くんは目配せしあって、伝票を手に席を立つ。山岸くんが、先に車に行ってますから、と身振りで僕に伝え、シマちゃんは百合子さんにていねいに一礼した。

二人が店を出ていくと、百合子さんは「いまの若い子って、気が利くのか鈍いのかわかんないわね」とつぶやくように言って、写真をトランプの手札のように広げた。

「セックスだってね、週三よ。オジさんとオバさんのセックスって濃厚なんだから」

屈折させなければ話せないことがある。自嘲《じちょう》して、卑下して、ことさらに嫌な言い方をしないと伝えられないことは、たしかにある。三十代の半ばを過ぎた頃から、僕はそれを知った。そして、それは歳をくうにつれて増えていくんだと、年上の知人——たとえばカズさんや、百合子さんが、教えてくれる。

「でも、あの日みたいなセックスって、もう、ないの。前のダンナには悪いけど、最初の結婚のときにもなかった。だって、『ロマ・パラ』で、『エース』に送る写真撮って、進藤くんの本を枕元に置いて、あのひとは奥さんとの離婚がぜんぜん進まなくて夜も眠れないくらい悩んでて……そんな状況なのに、すごいのよ、信じられないくらい。わたし、そのとき、人間って罪深い存在なんだなって思った。ほんとに、罪深いんだと思うの……」

言葉の最後はひとりごとのようにくぐもって、僕の顔の前に扇形に広がった数枚の写真が差し出された。

「進藤くん、一枚ひいて。その写真だけ使わせてあげる」

真ん中の一枚をひいた。

予感は、あった。確信に近いほど、はっきりと。

僕の手のひらに、『パパといっしょに』で顔を隠した百合子さんの裸体が載った。

「赤い糸、やっぱりあるのよね」

百合子さんは嬉《うれ》しそうに言った。

5

『ロマ・パラ』は、二階建ての一階部分がガレージになり、車を降りると直接それぞれの部屋に上がっていけるようになっていた。昔ながらのモーテルのつくりだ。

外の通りからビニールの暖簾《のれん》のような目隠しのついたゲートをくぐり、中に入ると、全部で十数室あるうち、ガレージに車が停まっているのは一室だけ——それも、すでに外観の撮影を始めていたカメラマンの八木さんのパジェロだった。

休憩が平日二時間で三千八百円より。宿泊は平日二十二時から翌朝十時までで、安い部屋は六千八百円、高い部屋は九千八百円。相場と比べて特に高いわけではないが、やはり街道沿いのモーテルは時代遅れなのだろう。

「二〇三号室で撮影許可とってますから」

山岸くんに言われ、奥から三つめのガレージに車を入れた。

シマちゃんは珍しそうに周囲をきょろきょろと見まわし、車を降りるとさっそくガレージの隅にある、背の低い立て看板のような形のボードに目を留めた。

「これ、なにに使うんですか？」

「なんだと思う？」

「持ち運びできますよねえ……」

「こうするんだ」

僕はボードを提げて、車の前に置いた。ナンバープレートがボードに隠れる。

「車のナンバーを見られたくない客だって、たくさん来るんだよ」

そういう場所なのだ、ここは。いや、そういう場所だったのだ、ラブホテルやモーテルは、かつて、どこも。

「フロントは通らないんですか」と山岸くんが訊《き》く。

「ああ。金は小窓からやり取りするし、ホテルによってはエアシューターがついてたりして……」

答えかけたとき、シマちゃんが「きゃっ」と短い悲鳴をあげた。

〈フロント〉と電光看板を掲げた離れの建物から、人影が出てきた。

僕たちに気づくと、よお、と手を振った。

切れた赤い糸の端をまだ小指に結んだままかもしれないひとが、いた。

「ちょっとな、たまには親父の肩でも叩《たた》いてやろうかと思って……」

つまらない言い訳をして、それだけでは足りないと思ったのだろう、「ハイヤー伝票にハンコ捺《お》せる立場も今週いっぱいだからな」と、もっとつまらないことを言って、カズさんは照れくさそうに笑う。

「会ってきましたよ」——少しそっけなく言う僕も、もしかしたら照れていたのかもしれない。

「そうか……」

「写真、OKです」

「うん……」

「カズさんによろしく、っておっしゃってました。お酒控えるように、って」

「嘘つけ、バカ野郎」

頭を軽くはたかれた。

まだ駆け出しだった頃、よくこんなふうにカズさんに頭をはたかれていたものだった。カズさんの家で飲んでいるうちに説教になったこともある。「おまえ、なにきれいごと言ってんだよ、バカ野郎」と頭をはたくカズさんと、叱られてしょぼんとする僕を、百合子さんはいつもにこにこと笑って眺めていたのだった。

二十年近く前。遠い、遠い、昔のことだ。

山岸くんとシマちゃんを八木さんの手伝いに向かわせ、カズさんと僕は急な階段をのぼって二〇三号室に入った。

ベッドにソファーセットがあるだけの、シンプルな内装だった。天井からは小さなミラーボールが下がっていたが、床や壁に散らばる光のかけらは、華やかさではなく、ものさびしさを演出しているようにも見える。

「昔は、総鏡張りの部屋だったんだ。ベッドはもちろん回転ベッドで、そりゃあもう、いやらしい部屋でな、離れから見てても、この部屋だけ、いつもぎしぎし揺れてるみたいな……」

カズさんはソファーに座って、冷蔵庫から出したビールを苦そうに一口飲んだ。

僕はベッドの縁に腰かけて、小さなスケッチブックに部屋の様子を写し取っていく。目に見える部屋のたたずまいではなく、何度も張り替えたり塗り替えたりした壁や床の奥に染みているはずのワケありの男女の息づかいを、描きたかった。

「進藤ちゃん、あいつ、元気だったか」

「再婚したって言ってました」

「……男なしじゃ生きられないのかねえ、あいつも」

ビールを、もう一口。たぶんわざと、大きなげっぷをする。

「カズさん」

「うん？」

「百合子さんにも来てもらったほうがよかったですか？」

返事はなかった。代わりに、「山岸、なにか言ってたか」と訊いてくる。

僕は鉛筆を走らせる手を止めずに、「バイトのままでいいそうです」と言った。「縛られるのが嫌いだから、って」

カズさんは黙って笑った。

「でも、バイトだからって仕事をいいかげんにやったり無責任だったりすることは絶対にないからって言ってました」

「うん……あいつは、仕事はできるんだよ」

「僕もそう思います」

「でもなあ、自由に自由にって、俺なんかはそういうの意外とつまらないんじゃないかと思うんだけどなあ。上からむちゃなこと言われたり、逆に上をだまくらかしたりして、折り合いつけながら、なんとか自分のやりたい仕事をやっていくって、俺なんかは好きだけどなあ、そういうの」

「ええ……」

府中からの道すがら、山岸くんにその話を切りだしたのだった。バイトのままでいいと答える山岸くんの気持ちを、シマちゃんは「わたしにもわかるなあ」と言った。百合子さんの気持ちがわかるかどうかは、二人はなにも言わなかったし、僕も訊かなかった。

「このあたり、団地が多いんだ」

カズさんはぽつりと言った。

「そうですね、古い団地ですよね」

「ああ、エレベータもない、いまじゃ空き家だらけの団地だよ。昔は団地の夫婦もよく来てた。3DKで子どもが二人でもいれば、もうセックスなんて家じゃできないさ。薄い壁一枚じゃ、お隣さんのことだって気になるし。子どもの寝た頃、二人で来て……セックスとは関係なしに、なにかあったんじゃないかと思うくらい大声を出してた夫婦もいた。貧しかったんだよなあ、昔のニッポンは」

「窮屈な日常があるからこそ、セックスは祝祭になりうる――ですよね」

常日頃からのカズさんの持論を、そのまま口にした。文化人類学だったか、そういうことにも意外と詳しいひとなのだ。

カズさんは満足そうにうなずき、「昔のホテルやモーテルは、日常で我慢しなきゃいけないことがたくさんあったから意味があったのかもな」と言った。「なんとなく、そう思うよ」

街道を行き交う車の音はひっきりなしに聞こえるが、『ロマ・パラ』に車が入ってくる気配はない。

八木さんはそろそろ外観の撮影を終える頃だろう。

「百合子さん、あの写真すぐに載せてほしかった、って言ってました。カズさんはプロなんだから、って」

「プロ、か……」

「死んだ牧原さん、『エース』が好きで、『ザ・現場』を毎週楽しみにしてたそうです」

カズさんは、ふうん、とうなずいて、ソファーからベッドに移り、靴を履いたまま仰向けに寝転がった。

「昔は、天井にも鏡がついてたんだ」

「よくありましたよね、そういう部屋」

「ここだよ、二〇三号室で、あいつら写真を撮ったんだ」

僕は黙って、百合子さんの写真をカズさんに渡した。

カズさんはそれを片手に持ってじっと見つめ、「男が死ななかったら、載せてたかなあ」とつぶやくように言った。「やっぱり、載せなかったかもしれないな」

どっちだろう。僕にはわからないし、カズさん自身も、いまでは答えを決められないだろう。

「でも、載せる価値はあったんだよなあ。なんともいえない色気があるんだもんなあ……」

カズさんは写真を見つめたまま、それきり黙りこくった。

ミラーボールにカズさんが映る。外の街道を救急車がサイレンを鳴らして走り抜ける。窓の目隠しの隙間から赤い光が一瞬だけ射し込んだ。

サイレンの音が遠ざかって、消えると、カズさんは寝返りを打って僕に背中を向けた。ベッドに設《しつら》えたコントロールパネルに手を伸ばす。カチン、といういかにも古びた音をたててスイッチが入る。

ミラーボールが、ゆっくりと回りはじめた。

第五章　虹の見つけ方

1

指定された時間どおりにオフィスを訪ねると、応接室に通された。

「先生は間もなく参りますので」

若い女性秘書が言った。英語で文章を組み立ててから日本語に訳し直したような、なめらかだが冷たい口調だった。

取材のアポイントメントをとったときに応対してくれた男性秘書も、似たような話し方だった。隙がない。こちらとの距離をいっさい変えてこない。こういう相手がいちばんやりにくいんだ、と十九年目に入ったフリーライターの日々が、僕に教える。

コーヒーが出た。ジノリのカップだった。酒は一滴も飲まない代わりにコーヒーは最高級のブルーマウンテンをがぶ飲みする——と資料で集めた週刊誌の記事に書いてあった。いまでもそうなのだろうか。もう二十年ほど前、時代が「昭和」と呼ばれていた頃の記事で、それが新井裕介の私生活にかんする数少ない記事の中で最新のものだった。

豆の種類や良し悪しなどわかりはしないが、出されたコーヒーは濁った苦みや酸味のトゲがなくて美味《うま》かった。応接室のたたずまいもシンプルだが上品で、白で統一されたこの部屋に座っていると、新井裕介のつくった曲のメロディーがどこからともなく聞こえてきそうだった。

ここで半日過ごしていたとしても、BGMは途切れることがないだろう。四十歳の僕がものごころついた頃から、新井裕介の曲はいつも街に流れていた。いまから取材にとりかかるインタビュー記事に添えられるはずの〈誰の青春にも、新井裕介のメロディーが流れている〉というコピーは、決して誇張ではない。歌謡曲には人並み程度の興味しかない僕でも、彼の手がけたヒットソングを軽く数十曲は挙げられる。作曲者が新井裕介だと知らずに耳にしたり口ずさんだりした歌を合わせると、もしかしたら百曲を超えるかもしれない。

「……しかし、遅いな」

コーヒーカップを口元からソーサーに戻して、編集長の秋元さんが言った。憮然《ぶぜん》とした表情をつくってはいたが、声は緊張でうわずっていた。

無理もない。僕だって、さっきから舌先で唇を舐《な》めてばかりだ。「有名人」へのインタビューはうんざりするほどこなしてきたが、今日のように緊張して相手を待ったことは数えるほどしかない。

「でも、まあ、新井裕介なんだから、しかたないかな」

秋元さんは自分に言い聞かせるようにつぶやいた。

「イントロが長いんですよね、あのひとの曲って、いつも」

「そうだっけ？」

「ええ、派手なアレンジで、一発で覚えられるようなイントロが多いんですよ。意外と、曲の中身よりもイントロのほうが印象に残っちゃったりしてね」

深い意味を込めたつもりはなかったが、秋元さんは、なるほどなあ、というふうに腕組みをしてうなずいた。

「歌謡曲っていうか、流行歌って、そういうものなのかもしれないなあ……」

秋元さんの言いたいことは、なんとなく僕にもわかった。

厚化粧のアレンジをほどこされた演奏をバックに、音程すらおぼつかないアイドル歌手が、歌よりも振り付けに気をとられながらメロディーと歌詞をなぞる。

そんな音楽が街にいつも流れていた時代が、かつて確かにあった。

新井裕介は、その世界の頂点をきわめた男だったのだ。

孤高――と呼ばれてきたひとだ。

四十年近くにわたって活動しながら、いっさい表舞台には出てこなかったひとだ。

マスコミ嫌いという記事すら有形無形の圧力をかけて封じてきた、らしい。国内はもとより海外にもいくつも住まいを持ち、個人オフィスのスタッフでさえ居場所を把握できなかった時期もあった、らしい。

プライベートを明かさないぶん、毀誉褒貶《きよほうへん》も激しかった。

僕が中学生の頃、ヒットチャートのベストテンを彼の曲がほとんど独占したときには、『新井裕介』は何人かの作曲家が集まってつくった架空の人物ではないか」という記事が週刊誌に載った。

盗作疑惑も多く、「パクリの裕介」が業界での通り名だと暴露する歌手もいたし、海外に住まいを持っているのは現地のラジオで流れる曲を片っ端から聴いて、使えるフレーズやアレンジを探すためだ、という噂もあった。

デビュー前の少女歌手をホテルの一室に集めて、乱交パーティーを夜な夜な開いている、という噂もあったし、気に入らない作詞家やディレクターは徹底して干し上げ、ライバルと目されていた作曲家が新人を手がけると、必ず似たタイプの新人をデビューさせて追い落とす、という噂もあった。

莫大《ばくだい》な印税はすべて現金にして自宅の地下室に敷き詰めているという噂の一方で、いやそうではなくて金の延べ棒に換えているのだという噂もあったが、そもそも新井裕介の自宅など誰も知りはしないのだ。

公開された写真では髪の長い優男ふうの雰囲気だったが、いちばん新しいものでも一九八〇年代半ばのものなので、いまはどんな様子なのかはわからない。写真週刊誌がスクープの標的として狙おうとしても、新井裕介は決してレコーディングスタジオには姿を見せない。作曲家としてデビューした頃から、個人オフィスを窓口に、譜面やデモテープだけを渡すというやり方を貫いている――という、その話でさえ、噂。

よく言えば「伝説」や「神話」とも呼べる、そんなベールを幾重にも身にまとってきたひとだ。もう、それを脱ぎ捨てることはないだろう、と誰もが思っていた。無理に脱がせようとも思わなくなっていた。

〈作・編曲　新井裕介〉のクレジットをヒットチャートで見かけなくなってから、すでに何年もたっている。

一九六〇年代から八〇年代にかけての「都会派ポップス」の代名詞だった新井裕介の曲は、いま、「懐メロ」と呼ばれるようになった。新井裕介が次々に送り出すヒット曲を浴びて育った僕たちの世代が、「子ども」から「少年」になり、「若者」をへて、いま「中年」と呼ばれるようになったことと、同じだ。

コーヒーを飲み終えても、応接室のドアが開く気配はなかった。応接室に通されて、すでに三十分近くたっている。

「もったいぶってるんじゃないのか？」

声をひそめたつもりで言った言葉が思いのほか大きく響いてしまい、秋元さんはあわてて口をつぐむ。部屋はそれくらい静かだった。

都心の一等地にある老舗《しにせ》ホテルの、オフィス棟だ。梅雨が明けた直後の強い午後の陽射しが注ぎ込む窓の下には、緑の濃さをひときわ増した、旧宮邸の木立ちが見える。

「どうせ気まぐれな性格なんだろう？　なんか、俺、だんだん不安になってきちゃったな。差し替え原稿、準備しといたほうがいいかもな」

「でも、キャンセルだったら秘書が来るでしょ。『やり』ですよ、ぜったい」

「『やり』じゃないと困るよ、巻頭なんだし」

「ですよね……」

取材記者を待たせることがステイタスだと思い込んでいる「有名人」は決して少なくない。なかには、身代金の受け渡しに臨む誘拐犯さながら、携帯電話で「ちょっとごめん、場所変更してくれる？　前の仕事が押しちゃってさあ」と僕たちを振り回すのを愉《たの》しむひとだっている。

新井裕介もそんな手合いの一人なのだろうか。それはそうだろうな、と納得する思いと、少し失望した思いとが、胸の中で交じり合う。

「でも、まあ」

秋元さんは気を取り直すように背筋を伸ばし、僕の顔を見て笑いながら言った。

「センセイが進藤さんのことを気に入ってることは確かなんだから、それだけが頼みの綱だよなあ」

僕はあいまいに笑い返す。照れたりごまかしたりしているのではない、本音だ。

秋元さんの雑誌――中高年の男性を読者層にして、仕事よりも余暇の充実を標榜《ひょうぼう》する趣味的な月刊誌が、巻頭のロングインタビューを新井裕介の事務所に申し込んだのは、一ヵ月ほど前のことだ。

だめでもともと。いや、もっと正確に言うなら、過去のひとになってしまった往年のヒットメーカーに取材を申し込むとどんな反応を見せるだろう、という若手編集者の意地悪な発想からだった、とあとで秋元さんから聞いた。

ところが、編集部の予想に反して、事務所から返ってきたのはOKの返事だった。ただし、写真は撮り下ろしではなく、事務所から提供したポートレートを一点だけ。インタビュアーも、候補を何人か挙げて、そのプロフィールや過去の仕事を見せてもらいたい、という条件がついていた。そして、編集部が選んだ数人のインタビュアー候補の中から、僕が――なぜか、指名されたというわけだ。

秋元さんは腕時計に目をやって、やれやれ、と息をついた。

「ヒョウタンから出たコマみたいなもんだけど、やっぱり一筋縄じゃいかないな」

「ええ……」

たとえ取材に応じてもらっても、どこまでの話が引き出せるのか、しだいに自信がなくなってきた。

「芸術家、だもんな」

秋元さんは冷ややかに言って、「進藤さんもライターのときは腰低いけどさ、やっぱアレなの、副業のときには編集者相手にけっこうわがまま言ってんじゃないの？」と訊《き》いてきた。

僕は苦笑いでかわす。その表情を勝手に深読みして、秋元さんは少し決まり悪そうに言った。

「副業って、ごめん、失礼だったな」

「いえ……そんなことないですよ」

「副業」と呼んでもらえるだけでも幸せかもしれない。絵本作家の仕事は、「前職」のほうが正しい言い方になるだろう。

「まあ、でも……」

秋元さんが言いかけたとき、ドアが静かに開いた。

入ってきたのは、僕たちを案内してくれた女性秘書一人きりだった。腰を中途半端に浮かせたままの僕たちに、感情のこもらない声で「進藤宏さんは、どちらですか」と訊いた。

声に出して答える前に目が合うと、それでわかったのだろう、彼女は「インタビューは進藤さんお一人でお願いいたします」と言った。「そのお約束も、最初にさせてもらったはずですが」

邪魔者扱いされた秋元さんは、声を裏返らせながら「ええ、あの、それはわかっているんですが、一言ご挨拶《あいさつ》を……」と粘ったが、答えはにべもないものだった。

「そういうことはけっこうですから、進藤さんはこちらへ、もうお一方《ひとかた》は申し訳ありませんがお引き取りください」

従うしかない。鼻白んだ顔の秋元さんと応接室の外で別れて、秘書の後について奥まった部屋に向かった。

ノックを二回。返事はなかったが、秘書はドアを開けた。

ピアノとデスクが置いてあるだけの部屋の窓際に、痩《や》せて背の高い男がたたずんでいた。資料の写真より髪はだいぶ短くなって、ほとんど白髪といってもよかったが、間違いない、新井裕介だ。

「先生、進藤宏さんです」

秘書はそれだけ言うと、すぐに部屋を出ていってしまった。

戸口の前に残された僕は、奥に進んでいいのかどうかわからず、小さく会釈をしたきりその場から動けなかった。

そんな僕に、新井裕介はぞんざいな口調で言った。

「絵本を書いてるんだってな」――予想していたより甲高い声だった。

「ええ……」

「じゃあ、絵は巧いんだな」

「我流ですから、巧いっていうほどじゃないんですが……」

「虹《にじ》、描いてみてくれ」

「はあ?」

「虹だ。いますぐ描いて。机の上に色鉛筆と紙があるだろ、それに描いてみてくれ」

こっちを試しているようにも思えるし、からかっているような気もしたが、もっと真剣に、なにか切羽詰まっているようにも感じられる。グラデーションのついたサングラスの奥で、まなざしが落ち着きなくさまよっているのがわかった。

「早くしろ！」

怒鳴り声と同時に、分厚い窓ガラスを拳《こぶし》の横で叩《たた》いた。

しかたなく、デスクのほうに歩きだした。椅子に座るために回り込むと、背の低いワゴンの上にブランデーのボトルと飲みかけのグラスが置いてあることに気づいた。

往年のヒットメーカーが「ヒットメーカー」の称号を失ってからの日々が、そこにあった。

最後に虹を描いたのは、いつだったろう。絵本作家になるずっと前——もしかしたら小学生の頃にまでさかのぼらなければいけないかもしれない。

新井裕介は立ったままブランデーを啜《すす》りながら、僕の手元を見つめている。

「正確に描くんだ」

「……はい」

「時間をかけるな。プロなんだろ、虹ぐらいすぐに描けるだろ」

腹が立たなかった、と言えば嘘になる。熱血漢とはほど遠い性格だが、納得のいかないことや理不尽なことを、相手が「有名人」だからというだけで受け容《い》れてしまうほど卑屈な男ではないつもりだ。

だが、新井裕介の声には、断られるのはもちろん、理由を訊かれることさえも端《はな》から考えていないような押しの強さがあった。それも、ずうっとこの調子でやってきたんだろうなという年季が入っている。これからも、このひとは決してやり方を変えないだろう、というのもわかる。

「道具のせいにするなよ。最高級のものを揃えてあるんだからな」

確かに、色鉛筆はステッドラー製の七十二色セットで、スケッチブックの紙も上質だった。

それでも、微妙な色合いを表現する以前の段階で、僕の手は止まってしまう。

虹は何色だったっけ？　七色だ。順番は？　いっとう内側は赤でよかったっけ、それとも紫だったっけ。中間はどの色が、どんな順番で並んでいただろうか。

うろ覚えの記憶を頼りに、赤で弧を描いた。その上に、黄色を――。

「もういい、やめろ」

はずれくじを捨てるような言い方だった。どうやら、僕はしょっぱなから間違えてしまったらしい。

「すみません」と頭を下げた。手に持った黄色の色鉛筆をケースに戻し、もう一度頭を下げて、席を立った。

デスクを挟んで、新井裕介と向き合う恰好《かっこう》になった。

「おまえ、それでもプロか」

皮肉の回りくどさすらない、怒りと軽蔑《けいべつ》をぎゅうっと絞って溶かし込んだ言い方だった。

「プロ」という言葉はこれで二回目だったな、と気づいた。短いやり取りの中で二回。たまたま口をついて出た言葉——というわけではないのだろう。

僕は確かに絵本作家でもある。だが、この部屋へは、プロのフリーライターとして訪れた。カセットテープレコーダーを回したりメモをとったりということはできなくても、仕事は、もう始まっている。

生の会話とインタビューの質問の中間の声で、僕は言った。

「『プロ』という言葉は、やはり大切にされているわけですか」

新井裕介はブランデーを呷《あお》るように飲んで、「言葉の問題なんかじゃない」と怒気をさらに濃くして言った。「プロであることが大事なんだ」

「それは、作曲でも……」

「俺はプロだ。おまえがガキの頃から、プロとしてやってるんだ」

「赤ん坊の頃から、ですね」

「なんだ、けっこう若いんだな、おまえ」

新井裕介はブランデーをもう一口、今度はふつうに啜って、初めて唇の端をゆるめた。

悪くない。距離が少しだけでも縮まった。そもそも、インタビューの依頼に応じたのは新井裕介本人なのだ。話したいことがあり、尋ねてほしいことがあるから、僕をこの部屋に招き入れたのだ。

時代の最前線からこぼれ落ちてしまった「有名人」が、人恋しさ半分で嬉々《きき》として長いインタビューに応じる姿を、僕は幾度となく目の当たりにしてきた。そんなときのインタビュー記事は、編集者に書き直しを命じられることが多い。過去の自慢話を刈り込んで、いまだから明かせる暴露話の一つや二つは盛り込まないと、登場させた意味がないじゃないか――彼らもまた、立派なプロフェッショナルなのだ。

「でも、虹の色って、意外と覚えてないものなんですね。お恥ずかしいです、ほんとに」

間をとるための軽い台詞《せりふ》だったが、新井裕介は、ぽん、となにかをはじくように言った。

「内側から、紫、藍《あい》色、青、緑、黄色、オレンジ、赤だ」

「詳しいですね。虹、お好きなんですか」

それには答えず、ピアノの前の椅子に腰かける。グラスを左手に持ったまま、右手一本で、聞き覚えのあるメロディーを弾いた。デビューして間もない頃、それこそ僕が赤ん坊だった頃に大ヒットした曲だ。まだ二十代前半だった新井裕介はその曲で年末の音楽賞を総なめにして、一躍売れっ子作曲家となったのだった。

一コーラス弾き終えると、こっちを振り向いた。サングラスの奥の目が、さっきとは違う。じっと僕を見据える。

「絵本が書けなくなってるんだってな」

「……よくご存じですね」

「スランプなんていう段階じゃないんだろ」

「ええ、たぶん……」

「おまえの昔の絵本、何冊か秘書に買いに行かせて、読んでみた。キャリアはけっこう長いんだな」

「二十四歳でデビューしましたから」

それも調べはついていたのだろう、軽く聞き流すようにうなずいて、「俺の書いた曲が初めてレコードになったのも、二十四のときだった」と言う。「ドーナツ盤のB面で、たいした曲じゃなかったし、歌い手も華のない、つまらん男だった」

「すみません、不勉強で。その歌、まだ聴いたことがないんです」

「聴かなくていいんだ、そんなの」

ぴしゃりと言って、つづける。

「編曲もひどかったし、歌詞なんて、女ごころがどうのこうのって、もう思いだしたくもない」

「そうですか……」

「コーラスだけだった、あの曲の聴かせどころは。女のな、いいコーラスだった。なんの面白みもない歌が、コーラスが入るだけで生まれ変わったんだ。ほんとうに、背筋がぞくぞくするぐらい、よかったんだ」

なるほど、と僕はうなずいて、距離をさらにもう一歩詰めてみることにした。

「そういうお話をうかがうと、やっぱり聴きたくなっちゃいますね」

新井裕介は黙って、グラスに残ったブランデーを飲み干した。

「タイトルだけでも教えていただけませんか」

無言のまま、空のグラスにまたブランデーをなみなみと注ぐ。

このひとは、いつもこんなふうに昼間から酒を飲んでいるのだろうか。たぶん——そうだ。

かつて自分のつくった歌が風のように流れていた東京の街を見下ろしながら、このひとは、ひとりきりで酒を飲みつづける。オフィスに音楽がいっさいかかっていない理由も、なんとなく、わかった。

新井裕介はピアノの鍵盤《けんばん》にまた右手の指を載せ、けれど音は鳴らさず、「おまえは……」と言った。「俺の曲を、どれくらい歌える」

「かなり歌えると思います。ものごころついた頃から新井さんの歌があった、そういう世代ですから」

「コーラスが多いだろう、俺の曲は。全部、女のコーラスだ。七〇年代や八〇年代に書きまくったアイドルの歌なんて、そいつが男だろうが女だろうが、おかまいなしにコーラスをかぶせてやった」

確かに、そう言われてみれば、僕の記憶にある新井裕介の曲はどれも——ドゥワップふうだったり本格的な三声の和音だったり、旋律楽器の代わりにイントロのメロディーをスキャットしたり歌い手のメロディーの裏をとったり、と絡め方はさまざまだったが、ほんとうにどれも、もしかしたら強引なくらいにどれも、女声コーラスが採り入れられていた。

そして、ふと思った。新井裕介の曲が玄人筋からは「派手だが品がない」「華やかだが俗っぽい」と酷評され、セールスの面でしか評価されない理由の一つには、いかにも歌謡曲然とした女声コーラスの使い方もあったのかもしれない。

「それは……デビュー曲のときの強烈な体験があったから、でしょうか」

「俺がプロだから、だ」

問いと答えとがすれ違ったが、インタビューの流れが軌道に乗るまでは、引き返すより先に進んだほうがいい。

「コーラスのメンバーは決まっていたんですか？」

「ああ。そこそこ売れるようになってからは、ずっと指名でやってきた。俺と同じで、裏方のほうが性に合ってたから、けっきょく無名のままで終わったんだが、実力はあった。怖いほど、あった。歌謡曲なんかじゃなくて、ロックでもニューミュージックでもいいんだ、もっとまともな歌にかかわってたら、あいつらだって……」

「歌謡曲は、まともな音楽じゃないんですか？」

「俺の書く曲だ。俺の書く曲でまともな音楽なんて一つもないし、俺の曲が、歌謡曲なんだ」

「でも……」

「歌謡曲なんだ、ぜんぶ、俺があいつらにやらせたのは」

うめき声になった。サングラスの奥の目は鍵盤の一点に据えられていたが、そこを見ているのかどうかはわからない。

左手のグラスを口に運ぶ。乱暴なしぐさに、ブランデーが波打って、こぼれた。少しヤバいぞとは思ったが、こっちが黙り込んでいるわけにはいかない。

「そのグループに、名前はついてたんですか？」

とりあえず当たり障りのない質問を発した——のが間違いだった。

新井裕介はさっきよりさらに荒々しくブランデーを呷り、グラスをほとんど空にした。

「……虹《にじ》、だった」

右の拳《こぶし》を鍵盤に振り下ろした。

2

「進藤ちゃん、あのさあ……」

秋元さんは編集部の隅の応接ブースに僕を手招くと、ゲラになったばかりの新井裕介のインタビュー記事を筒にして、テーブルの縁を軽く叩《たた》いた。機嫌が悪い。相手を「ちゃん」付けで呼ぶのは、若手のように頭ごなしには怒鳴れないベテランのライターの仕事にクレームをつけるときの癖だ。

「インタビュアーってさ、読者の好奇心の代弁者なんだと、俺なんか思うわけよ」

「ええ、わかってます」

「読者はさ、『パクリの裕介』の告白を聞きたいわけ。いまだから明かせるネタ歌の数々とか、新人歌手との関係とか、謎に満ちた私生活とか……そういうの、どこにあるんだよ」

どこにも、ない。秋元さんの望む記事にならなかったのは、よくわかっている。

「これじゃ伝言板じゃないか。なんだ、おい、センセイいわく、昔のバックコーラスのお姉ちゃんに連絡とりたい、もう一度会いたい……進藤ちゃん、同窓会の幹事にでもなったわけ？」

「新井裕介は、それを言いたくて取材を受けたんです」

「利用されたってわけだよな。なんだっけ、『虹』か？　ヘンな名前だよなあ、まあいいや、そいつら三人組なんだろ、たった三人集めるためにウチの雑誌を使うわけ？　ちょっとウチをなめてないか、センセイも、進藤ちゃんも」

「すみません、でも、なんとかこのままでいかせてください」

頭を下げた。仕事先を一つ失ってしまう覚悟は、原稿を書いたときに——いや、取材を終えた時点で、もう固めていた。

酔った揚げ句、ピアノの前の椅子から転げ落ちそうになった新井裕介の姿が、瞼《まぶた》の裏に浮かぶ。耳の奥には、能面のようだった女性秘書が初めて感情をにじませた声が、まだ残っている。

新井裕介は、『虹』のメンバーに昔話をするために会いたいのではなかった。本格的なジャズ・コーラスを夢見ていた三人にアイドルの裏方の仕事をやらせつづけた詫《わ》びを言うためでもない。必要なんだ、と新井裕介は呂律《ろれつ》のまわらない声で繰り返した。俺の曲には、あいつらのコーラスが必要なんだ、どうしても要るんだ……。

現在、トップ・シークレットで進められているプロジェクトがある——と、ここから先は、酔いつぶれた新井裕介が男性秘書に背負われるようにして部屋を出ていったあと、女性秘書が説明した。

新井裕介の四十年近い活動歴を網羅するCDボックスが、レコード会社の枠を超えて発売される。八枚組で百七十曲収録の大全集だ。そのラストに、まっさらの新人歌手が歌う、書き下ろしの新曲を収めることになっていた。

全盛期の輝きはとうにうせたとはいえ、新井裕介が自らの大全集の掉尾《とうび》を飾るべく書き下ろす新曲なら、話題性は十二分にある。各レコード会社や芸能プロダクションは自社の新人を必死になって売り込んできたが、新井裕介はデモテープやプロモーションビデオの封すら切らずにオファーを断りつづけた。

「先生は、『虹』の三人のために新曲を書きたいとおっしゃってるんです。それを作曲家として最後の仕事にしよう、と……」

主のいなくなったピアノを見つめて静かに言った女性秘書の声に、秋元さんの「まいっちゃうよなあ」というぼやきが重なり合う。

引退の話は、原稿にはもちろん書かなかったし、秋元さんにも話していない。秘書は「もう先生も還暦を過ぎてますし、再発CDの印税やカラオケの著作権使用料だけでも、じゅうぶんやっていけますから」と引退の決意を受け容《い》れている様子だったが、僕自身が納得しきれなかった。その理由は、たとえ訊《き》かれてもうまく説明できる自信がない。

秋元さんは憮然《ぶぜん》とした様子で記事のゲラを最初から読み返した。

「新事実は……下戸と思われていた新井裕介がじつは酒豪だった、と。それだけかよ、おい、泣かせてくれるよなあ、ほんと」

裏声をつくって、涙を拭《ぬぐ》う真似をする。なんとか通りそうだな、と僕は思う。長い付き合いだ。秋元さんの性格や能力はよく知っている。ライターが確信犯的にやった仕事は、ぶつくさ言いながらも最終的にはよけいな詮索《せんさく》なしで認めてくれるひとだし、目の前のことしか見えないタイプの編集者でもない。

「何号か先で借りは返してもらえるんだよな、当然」

「ええ。詳しい話は申し上げられませんが、新井裕介がらみのネタはもう一度出せると思います」

『虹』のメンバーとの再会をルポするつもりだった。「先生もそれを含めて、進藤さんをインタビュアーに指名されたんです」と女性秘書も言っていた。新井裕介が僕のどこを気に入ったのかは、結局わからないままだ。新作が書けなくなった絵本作家と、ヒット曲を生み出せなくなったヒットメーカー――なんとなく似ているところがありそうな、そうでもなさそうな。

「そのネタ、表紙に打てそうか？」と秋元さんは訊いた。

「五分五分ですね」

もしも新井裕介が『虹』のメンバーと再会を果たして、あらためて引退を決意すれば、それはスクープになりうる。だが、現役をつづけるという展開になれば「それがどうした」で終わるだろう。情報コーナーにCDボックス発売のニュースを半ページもらえれば御の字だ。

「期待してるぜ」

「はい……」

「まあ、それにしても、ああいう人気商売もつらいよな。全盛期を知ってるぶん、つらいよ」

「やっぱり、秋元さんの世代も新井裕介には思い入れがあるんですか？」

「逆の意味での思い入れだけどな」

僕より一回り年上の秋元さんは、ビートルズの来日公演の騒動もリアルタイムで知っているし、日本のロックやフォークがテレビに背を向けていた頃に青春時代を過ごしてきた。

「歌謡曲なんてバカにしまくってたんだ。通俗的で、商業主義で、最低の音楽……。その象徴が新井裕介だった。新井裕介のような音楽だけは、絶対に、意地でも認めたくなかった」

「なんとなくわかります、それ」

「あいつは後世に残る名曲なんて一つも書いてない。本人もそれを望んでなんかいなかった。ただひたすら、ヒットする歌や流行《はや》る歌だけを、あざといくらい計算して書きつづけていたんだよ」

「プロですよね」

秋元さんは、そうだな、とため息交じりにうなずき、「プロ中のプロなんだよなあ」と、もう一度大きくうなずいて、話をつづけた。

「でも、俺なんかもう五十過ぎだろ、この歳になって若い頃のことを思いだすと、けっこう新井裕介の歌が出てくるんだよ。拓郎や陽水やかぐや姫の歌は、ぜんぶ個人的な思い出とつながってるんだけど、あの頃の街っていうか、空気っていうか、時代っていうか、そういうのを丸ごと思いだしたときは、絶対に新井裕介のヒット曲がBGMになるんだよなあ……」

「流行歌って、そういうところありますよね。それを聴いて人生が変わった、なんてものじゃないけど、無意識のうちに染み込んでるんですよね」

「いま、そんなタイプの歌って、ないだろ。一人でヘッドフォンつけてじっくり聴いたり、仲間内でカラオケで歌ったりするんじゃなくて、街に勝手に流れてる歌とか、街を歩いてるうちに勝手に覚えちゃうような歌って、ないよなあ、ほんと」

「ええ……」

「寂しい時代かもしれないな、そういう歌がない時代って」

秋元さんは、ぽつんとつぶやくように言って、「よっしゃ、じゃあ今月はこの原稿でいくから」と席を立った。

僕は腰を浮かせ、自分の席に戻る秋元さんの背中に軽く一礼した。


二週間がたった。

秋元さんの予想どおり、新井裕介のインタビュー記事は、読者にはほとんど反響を呼ばなかった。口ではああ言いながら、気にはかけてくれているのだろう、秋元さんは雑誌の発売後に何度か僕に電話をよこして、『虹《にじ》』のメンバーからなんの連絡もないことを悔しそうに伝えた。

新井裕介の事務所にも連絡はない。全集の発売日から逆算すると、そろそろタイムリミットが近づいているのだという。

僕は仕事場で原稿を書きながら、事務所から渡された全集のサンプルMDばかり聴きつづけた。

哀しい全集だった。八枚組のうち、最初から六枚目までは、まさに新井裕介の歩みがそのまま歌謡曲の歴史になっているかのようなヒットナンバーが並ぶ。ところが、残り二枚

——時代が平成に入ってからの作品は、この全集で初めて聴いたものがほとんどだった。同封された資料で確かめても、この十年余りの新井裕介は、チャート一位はおろかベストテンに送り込んだ曲も数曲しかない。全盛期の、たとえば一九七六年は、五十二週あるうち四十一週のチャート一位が新井裕介の作品だったというのに。

イメージチェンジに失敗したというわけではない。派手なイントロや厚化粧のアレンジは、いかにも新井裕介らしかったし、流行りのリズムの採り入れ方も昔どおりで、「どこかで聴いたことがあるなあ」というフレーズを織り込んでいるところも、「パクリの裕介」の面目躍如だった。

だからこそ、新井裕介はもはや時代からずれてしまったのだと、はっきりと思い知らされる。サルサ、ジャングル、ループ、ヒップホップ……音楽そのものは決して古くはないのだが、曲全体のセンスが、バタくさい一方で逆に日本的なウェットさも鼻につく、やはり歌謡曲なのだ。

引退の時期を逸したんじゃないか、というのが正直な感想だった。もっと早く、たとえば昭和の終わりとともに、完全な引退でなくてもいい、もっと趣味的な作品をつくったり、ミュージカルを手掛けたり、ヒットメーカーの称号をきれいに背中から降ろす方法はいくらでもあったはずだ。最近の作品もすべてチャート一位を狙ってつくっている。「売れ線」を痛々しいほど意識している。それがわかるから——つらい。

何度か繰り返して聴いているうちに気づいた。昭和の頃と平成時代の作品には、一つだけ、大きな違いがあった。女声のバックコーラスが消えた。平成に入ってからは、『虹』をレコーディングに起用しなくなったのだ。

もちろん、そのことが新井裕介の曲がヒットしなくなった理由だとは思わないし、本人も考えてはいないだろう。ただ、全集のラストに『虹』をメインボーカルに据えた曲を置きたいという新井裕介の気持ちは、なんとなくわかる気がする。それを最後の曲にして引退したいという気持ちも。

八枚のサンプルMDのうち、『虹』のコーラスが最も輝いていたのは、三枚目と四枚目あたり——僕が中学生や高校生だった頃だ。さまざまな歌手のバックで、さまざまなコーラスをつける。あの頃はバックコーラスに気を留めることなどなかったが、いま聴き返してみると、相当なテクニックのグループだとわかる。

全集に添えられる資料には、新井裕介と組んで仕事をしてきた作詞家やアレンジャー、バック・ミュージシャンについての詳しいプロフィールが載っている。それによると、『虹』の三人は、メグ、アッコ、サリーと呼ばれていたのだという。グループ名の由来は「七色のコーラス」、命名者は新井裕介。全集収録曲の中で『虹』が起用された最も古いナンバーは一九七〇年のもので、最後の曲は一九八八年にリリースされていた。

資料には、〈一九六七年、音大のジャズ・サークルで活動していたところを、新井裕介に発掘され、プロの道へ〉とある。ということは、三人はいま五十代後半になっているはずだ。解散・引退は四十代半ば。最後の曲を聴くかぎりでは、声に衰えは見られない。若さの張りは失われても、代わりに深みが出た。メインのアイドル歌手の歌を取り去り、演奏も抜いて、彼女たちのコーラスだけをアカペラで聴いてみたい、そんな気にもさせる。

なぜ、新井裕介は彼女たちを切ったのだろう。彼女たちは、いま、どこで、どんな暮しをしているのだろう。インタビュー記事は読んでくれたのだろうか。

資料には、三人の写真は一枚も載っていなかった。

3

新井裕介の事務所から連絡が入ったのは、この夏いちばんの暑さになるだろうと天気予報が伝えた日の午後だった。

取材のときと同じように応接室でしばらく待たされて、女性秘書の案内でピアノのある部屋に通された。

足を踏み入れた瞬間――いや、秘書がドアを開けた瞬間、背筋がぞくっとした。

部屋の窓は黒い遮光カーテンで覆われ、明かりは机の上のスタンドだけだった。酒のにおいがたちこめている。それも、いったん体の中に染み込んでから、息や汗といっしょに外に出た、饐《す》えたようなにおいだ。

新井裕介はピアノの前にいた。左右から取り囲むように、パソコンと、小ぶりのミキシング・テーブルと、シンセサイザー。その真ん中で、新井裕介はピアノの鍵盤《けんばん》に突っ伏して眠っているのだった。

「先生、進藤さんがいらっしゃいました」

秘書が声をかけても返事はない。ぐっすりと寝入っているようだし、死んでいるんだと言われても、なにかすんなりと受け容《い》れられそうな気がする。部屋の中で動いているのは、幾何学模様を次々に描くパソコンのスクリーンセーバーだけだった。

秘書は僕を振り向いて、「すみません、さっき声をかけたら起きたんですが、また寝ちゃったみたいで」と苦笑した。「三日前から、ずっと徹夜なんです」

「作曲をされてるんですか？」

「ええ。いつもなんです、先生、曲をつくるときは不眠不休で……若い頃はお酒の代わりにコーヒーだったらしいですが……」

「六〇年代の頃から、ずっと、ですか」

「ええ、もちろん。シングルとして依頼された曲は、すべてチャート一位を期待されていた方ですから……。ベッドで眠れるのなんて月に一日か二日しかなかったそうです。ご存じですか？　先生の奥歯、三十代の頃からぜんぶ入れ歯なんです。集中していると奥歯を嚙《か》みしめるでしょう？　それで、歯がぼろぼろになっちゃって……」

僕はあらためて新井裕介の丸まった背中を見つめた。天才と呼ばれたひとだ。まるで機械のようにヒット曲を量産しつづけたひとだ。クールに、理詰めで、ときには広告代理店まがいの戦略を立てながら曲をつくるんだと、勝手に思い込んでいた。こんなふうに孤独に、自分を追い詰めて作曲しているとは想像すらしていなかった。

ため息をつくと、秘書はその意味を敏感に察して、「先生はご自分の苦労されているところを絶対に外にはお出しになりませんから」と言った。

「ダンディズムなんですかね、それ」

「プライドが高いんでしょう」

秘書はまた苦笑して、「特に今度の曲は、先生も必死になられてるはずですしね」と付け加えた。

「じゃあ……」

「『虹』の三人から、先週、電話が来ました」

「ほんとですか？」

思わず声を高めると、新井裕介の背中が動いた。ピアノの不協和音とともに、うめきながら体を起こす。血走った目で、にらむように僕を見た。スタンドの明かりが、無精髭《ぶしょうひげ》に覆われた頬に暗い影を落とす。インタビューの日からまだ一カ月もたっていなかったが、急に老け込んだように見えた。

「先生」秘書が遠慮がちに言った。「進藤さんが、いらっしゃいました」

新井裕介は黙って小さくうなずいた。そして、喉《のど》をごろごろ鳴らしながら、低い声で――けれど満足そうに、言った。

「できたぞ……やっと、できた……あいつらに歌わせてやるんだ、この曲……」

乾杯をした。新井裕介はブランデー、僕は秘書にペリエを持ってきてもらった。

少しでも眠るか、せめてシャワーぐらい浴びたほうがいいんじゃないかと思ったが、新井裕介はブランデーを一口飲むと、むしろ頭がしゃんとしたようで、まなざしにも力が戻ってきた。

「メグが最初に見つけたらしいんだ、あんたが書いた記事。アッコやサリーにも、あいつが連絡をとってくれた」

「解散したあとも、三人、付き合ってたんですね」

「電話や手紙ぐらいだけどな」

三人とも、いまは東京では暮らしていない。メグは横浜、アッコは大阪、サリーは佐賀。メグは独身で、アッコは故郷の大阪で遅い結婚をして、結局子どもは産まなかった。サリーは『虹《にじ》』の頃に同棲《どうせい》していた男と別れて故郷に帰り、前妻に先立たれた男と一緒になった。前妻の産んだ長男のところに去年赤ん坊ができたので、サリーは戸籍上の「おばあちゃん」ということになる。

問わず語りに三人の近況を話した新井裕介は、話の最後にぽつりと言った。

「もう十年……せめて五年早くこの世界から放り出してやってたら、あいつらにも別の人生があったんだろうな。二十歳そこそこの頃から四十五、六まで歌わせどおしだったからな、青春だの色恋だの結婚だのなんて、歌詞の中の世界だけだったんだよ、あいつらにとっては。悪いことしたと思ってる、いまは」

でも、それはあなただって同じじゃないですか——心の中で返すと、舌の上ではじけるペリエの泡のかすかな痛みを感じた。

「『虹』以外のバックコーラスはだめだったんですか？」

「ああ。毎日のように新曲をレコーディングしてた時期なんて、譜面をその場で渡して、初見でぶっつけ本番だ。それが毎日だぞ。しかも、しょせんは裏方だ。ギャラだって、クソみたいなアイドルの何十分の一、へたすりゃ何百分の一だ。そんな仕事を二十年もやりつづけられる連中なんて、そうざらにはいないんだ」

「いつかは自分たちも表舞台にって夢見てたんでしょうか」

新井裕介は、少し考えてから「あったんだろうな」と言って、つづく言葉は早口にまくしたてた。

「でも、俺は気づかないふりをした。しゃしゃり出てきそうになったプロデューサーは、徹底的に圧力をかけてつぶしてやった。俺の仕事にはあの三人が必要だったんだ、三人のうち一人が欠けてもだめなんだ、それがコーラスなんだ……」

あいまいにうなずく僕に、新井裕介はさらにつづけた。

「おまえだって裏方じゃないか、フリーライターなんか。便利にこき使われて、結局は使い捨てみたいなものだ」

「そうでしょうね、おそらく」

「それでも、やるのか？」

「ええ……」

「もしもクズのようなスキャンダル記事の仕事が来たら断るのか」

「いえ……なんでもやりますよ」

僕の答えに、新井裕介は含み笑いの顔になってブランデーを啜《すす》った。なぜだ——とは訊《き》かれなかった。僕も、自分の言葉に理由は付けなかった。

「じゃあ、新井さんは、なぜ曲を書くんですか。自分自身を表現するとか、そういう目的なんでしょうか？」

「違う」

「お金や、名誉のため？」

「まったく違う」

「じゃあ、なんで……」

そんなこともわからないのか、というふうに新井裕介は少しあきれ顔になった。わからないわけではない。答えの言葉は、ちゃんと知っている。ただ、新井裕介の口から出されるその言葉を聞きたい。

新井裕介は僕から目をそらし、急に不機嫌になって、吐き捨てるように言った。

「プロだから書くんだ。それ以外になにがある？」

なにもない。「ありがとうございます」と僕は言ったが、返事はなかった。

か？」

「『虹』に歌わせる新曲も、プロとして、チャート一位を狙ってお書きになったんです

返事はない。今度の沈黙は、さっきとは違う種類のものだろう、という気がした。

新井裕介はグラスに残ったブランデーを飲み干して、ふと思いだしたように「おまえ、もう虹の絵は描けるようになったか」と訊いてきた。

「だいじょうぶです」と僕は答えた。仕事部屋で全集のMDを聴きながら、何枚も何枚も虹の絵を描いた。内側から、紫、藍《あい》色、青、緑、黄色、オレンジ、赤。もう覚えた。いつか書くはずの——書かなければならないと思っている新しい絵本には、どこかに虹が登場するはずだ。

「好きなんだよ、虹ってやつが。流行歌は、虹だ。ほんの束の間、空に輝いて、すぐに消えちまう」

「新井さんは、虹をつくりつづけてきたわけですか」

「ちょっと違うな。俺はただ、虹を見つけてきただけだ」

「見つける？」

「空の、こういう場所に、こういう虹を見てみたい。みんな思ってるんだ。時代でも大衆でもいい、とにかくみんな、そのときどきによって見たい虹は違うんだ。俺はそれを先回りして見つけてくるだけだ」

さすがに酔いと疲労が限界にきたのか、そこまで話すと、新井裕介はがっくりと肩を落

とし、うなだれた。そろそろ引き揚げる潮時のようだ。

「虹の見つけ方を教えてやろうか」——うなだれたまま、言う。

「ええ……」

「太陽に背を向けるしかないんだ、虹を見つけるにはな」

自嘲《じちょう》するように、肩を揺すって笑う。

「わかるか？　それが俺の仕事だったんだ……そうだ、仕事だったんだよ、俺の……」

過去形になっていた。もはや虹を見つけられなくなっても太陽に背を向けたままでないと生きられないひとの、それは哀しい敗北宣言だった。

僕は黙って席を立った。新井裕介は引き留める代わりに、うなだれた顔を少しだけ上げて言った。

「今度の日曜日、あいつらが上京する。日帰りの、一日だけのレコーディングだ」

「ぶっつけ本番ですか」

「明日にはデモテープと譜面を送る。あとは勝手に練習するさ」

「でも、三人でコーラスをつけるのは、本番だけでしょう」

「それくらいできないような連中だったら、俺は最初から使ってないよ。とにかく、いい曲が書けたんだ、ほんとうに……あいつら、喜ぶぞ……最後なんだ、最後の作品なんだ、俺の……」

自分の言葉を嚙《か》みしめるように言った。嬉《うれ》しそうだった。曲の出来映えに心から満足しているようでもあった。だが、「売れる曲」だとは、最後まで言わなかった。
やっぱり引退なんだな、と僕は覚悟を決めた。

4

渋谷のスタジオで『虹』を待つ新井裕介は、壁の時計を気にしながら、見るからに緊張していた。女性秘書によると、僕とカメラマンがスタジオに入る前から、すでにレコーディングを終えたバックトラックを細かくチェックして、ミキサーに厳しい口調で手直しの指示を出していたのだという。最後のレコーディングだというのはスタッフにも伝わっているのだろう、張り詰めた空気がスタジオ全体に漂って、手持ちぶさたに座っているのがためらわれるほどだった。

そんななか、約束の時間どおりに『虹』のメンバーは姿をあらわした。

三人とも——あっけらかんとしていた。野暮ったい服装、でっぷり太った体型、スタジオに入るなり「先生、おひさしぶりーっ」と屈託なく駆け寄って新井裕介を取り囲んだ。緊張と感慨の入り交じった様子で再会の挨拶《あいさつ》をしようとした新井裕介の肩を乱暴に叩《たた》いて、「お元気そうでなによりじゃないですかあ」と笑い、今度は三人で顔を見合わせて、また大きな声で笑う。

予想していた、というより、心の奥底で期待していた感傷的な再会にはならなかった。

スタジオに同行したカメラマンも「ちょっと、絵にならないですね」と小声で言って、ため息交じりに肩をすくめる。

新井裕介も、拍子抜けを超えて、呆然《ぼうぜん》としていた。「先生、引退しちゃうってほんとなんですかあ?」とメグが言い、「なに爺《じじ》くさいこと言うてんね、まだまだ気張ってもらわな!」とアッコが背中を叩き、サリーは「先生、ちょっとねえ、ウチの孫見てください、かわいいでしょう?　ほら、ほら、男の子」と新井裕介の顔の前に孫の写真を突き出した。

恩師の定年退職を機に開かれた同窓会みたいだ。引退レコーディングの話を伝えるとすぐさま「ルポだ、ルポ!　三ページとるからな!」と言ってくれた秋元さんの顔を思い浮かべて、僕もため息をついた。

スタッフがレコーディングの準備をする間も、三人は昔の思い出や解散後の暮らしについて、おしゃべりのしどおしだった。裏方のままで年老いてしまったことへの恨みがましさなど微塵《みじん》もない。代わりに、プロとしての緊張感も、ほとんど、ない。

「セッティング完了しましたんで、マイクチェックお願いします」とディレクターが声をかけると、三人の表情はようやく引き締まった。

新井裕介は、サングラスで表情を隠して、静かに言った。

「メグ、アッコ、サリー。俺の最後の曲だ。しっかり歌ってくれ」

さすがに、もう誰も笑わない。「先生、厳しく聴いてください」とメグが三人を代表して言った。

新井裕介は黙ってうなずいて、ヘッドフォンを耳につけた。

作曲家生活をしめくくる曲に新井裕介が選んだのは、バート・バカラック調のポップスだった。スキャットを活《い》かしたアレンジは控え目すぎるほど端正で、『虹《にじ》』のハーモニーを前面に押し出していた。メロディーラインはさすがに美しい。ゆったりとした4ビートのリズムも、歌をじっくりと味わわせてくれる。

だが、それだけ——だった。いい歌だな、と微笑んでうなずくことはできても、そこから先の、耳の奥に隠れていたなにかを煽《あお》りたてるような強さがない。貪《むさぼ》るように繰り返し聴きたくなる磁力が、メロディーにもリズムにもアレンジにもない。

かつての新井裕介の曲には、それが確かにあったのだ。よく聴き込んでみるとたいした起伏のない、だからこそ歌唱力のないアイドルでも歌いこなせるメロディーを、「満艦飾」と揶揄《やゆ》された派手なアレンジが包み込む。くどく味付けされた前がかりのリズムを耳があたふたと追いかけているうちに、曲が終わる。華麗ではあっても上品ではない。複雑なコード進行を使っているのに、聴いたあとには俗っぽさしか残らない。だから——売れた。

この曲は違う。新井裕介がどこにもいない。たとえ愛すべき小さな「名曲」にはなっても、決して「ヒット曲」にはなりえない、そんな曲を、新井裕介は引退作に選んだのだ。

初めて聴いたとき、正直、拍子抜けした。二度目に聴いたときには、新井裕介の気持ちがなんとなくわかるような気もして、まあそうなんだろうな、と納得した。三度目は納得したから逆に寂しくなって、四度目は微妙な腹立たしさを覚えて、五度目に――スタジオの空気が微妙に変わってきたことに気づいた。

リテイクが多い。小さなミスがつづく。一人一人のボーカルは悪くなくても、三人の声が合わさるとハーモニーが微妙にずれてしまう。これが十年のブランクの重みというものなのだろうか。

しきりに首をかしげるスタッフが何人もいる。仏頂面で腕組みをしているひともいるし、しっかりしてくれ、と祈るように『虹』の三人を見つめるひともいる。

最初のうちはディレクターが「もう一度お願いします」とインカムでリテイクを伝えていたが、途中から新井裕介もいらだった声をあげはじめた。

「だめだ！　なにやってるんだ！」「サリー、おまえが遅れるんだよ、バカ野郎！」「なんべんも同じこと言わせるな！」「どうしたんだ、メグ！」「だめだだめだだめだ、こんなの歌じゃないだろ、ただの声だ！」「昔の呼吸を思いだせ！　アッコ、おまえ、ブレスがうるさいんだ！」「おまえら、それでもプロか！」……。

同窓会の気分は吹き飛んだ。僕のような素人の耳には聞き取れないような微妙なミスも、新井裕介は決して許さなかった。『虹』の三人も汗だくになり、喉《のど》に吸入器をあてながら、歌いつづけた。

だが、リテイクを繰り返すにつれて、ブランクのハンディはますますあらわになってきた。一人ずつの声量ががくんと落ちて、声の張りや艶《つや》も消えうせた。

たまりかねた新井裕介が「ブレイク！　三十分休め！」とインカムで怒鳴ったのは、午後四時過ぎだった。『虹』の三人はその場にへたりこんで、肩で息を継ぐ。ほんとうに苦しそうだ。

モニタースピーカーを通して、アッコが言った。

「もう、しんどいわあ……」

それを聞いた瞬間、新井裕介の肩がピクッと跳ねたのがわかった。

怒りなのか、悲しみなのか、感情のかたちを僕が確かめる前に、新井裕介は床を蹴《け》るような勢いで立ち上がり、ミキシングルームから『虹』のいるレコーディングブースに駆け込んだ。

モニタースピーカーのスイッチがブースの側から切られてしまったので、話し声は聞こえない。だが、新井裕介が三人に向かって話しつづけている姿は見える。なにかを切々と訴えるような顔と身振りだった。三人はうつむいて、ほとんどなにもしゃべっていない。

新井裕介はもどかしそうに強く首を横に振る。おまえたちのためにつくった曲なんだ、しっかりがんばれ——と言っているのだろうか。

ミキシングルームに戻ってきたときの新井裕介は、憮然《ぶぜん》とした顔をしていた。

そのあとはもう、口を開かなかった。

午後五時、サリーが佐賀へ帰る飛行機の最終便の時刻が近づいてきた。

ラスト・テイク――。

「はい、どうもお疲れさまでしたあ」

ディレクターの声で、レコーディングは終わった。『虹』の三人は汗で濡《ぬ》れた服を着替えに別室に向かい、入れ替わるように全集の統括プロデューサーが新井裕介のそばに来て、ぎごちない笑みを浮かべた。

「なんとかなりますよ、後半のテイクをうまくつなげば。ボーナストラックなんですし、私はよかったと思いますよ、先生と『虹』の卒業式みたいなものですし、絶対に伝わりますよ、『虹』に対する先生の愛情は」

スタジオ全体も、プロデューサーの意見に賛成しているようだった。

プロではないのだ、もう、彼女たちは。

そして、この曲は、たぶん新井裕介が初めて書いた、ヒットを狙わなくてもいい曲なのだ。

だが、新井裕介はまだ席を立たない。サングラスの奥の目が、ガラス越しに、さっきまで三人がいた場所をじっと見据える。

しばらく沈黙がつづいた。

新井裕介はようやくサングラスをはずし、ふう、と息をついて言った。

「……ボツだ」

スタジオ中の視線が新井裕介に注がれた。服を着替えた三人も――いる。

「曲も捨てる。この詞で、そのままつくり直すから、歌手のオーディション、大至急。あと、ぎりぎりのスケジュール、組み直してくれ」

再びサングラスをかける。

「素人の歌なんて、書けるか」――吐き捨てるように、たぶん自分自身に向けて、言った。

新井裕介は『虹』の三人を、スタジオの中で見送った。プロデューサーはとりなすように「ここでいいんですか？」と小声で言ったが、「時間がないんだこっちは」と、にべもなく返す。

『虹』の三人も納得顔で、感傷的な別れの場面も見せずにスタジオをあとにした。

ミキシング・テーブルの前に座ったままの新井裕介の背中を見つめていると、居ても立ってもいられなくなった。駆けだした。考えるよりも先に体が動いていた。長い廊下を全力疾走して、タクシーに乗り込む寸前の三人を呼び止めた。

「あの……」

息の切れた声で一声かけて、けれど、そこから先はなにをどう言えばいいのかわからない。

そんな僕を見て三人はクスクス笑い、メグが「新井先生、引退しませんよね」と言った。

「もう大ヒットは無理かもしれへんけどね」とアッコがつづけ、「でも、プロなんだから」

とサリーが笑顔でしめくくった。

そして三人は、誰が指揮をとるというのでもなく、さっきの曲の出だしをきれいに揃ったハーモニーのアカペラで歌った。

完璧《かんぺき》、だった。

啞然《あぜん》とする僕をよそに、アッコがおかしそうに言った。

「へたくそに歌うほうが難しいねんな、ほんま」

メグとサリーも「ねーっ」と、この言葉まできれいにハーモニーをつけた。

啞然としたまま、けれどなんとも言えず嬉《うれ》しい気分で、スタジオに戻った。

新井裕介は、まだミキシング・テーブルの前に座っていた。僕の気配に気づくと、椅子に深く座り直し、さっきと同じように、長い息をつく。

「新井さん、あの、いま……」

「タネ明かしはしなくていい」――背中を向けたまま、ぴしゃりと言った。

「わかってたんですか?」

「あたりまえだ。あいつらと二十年以上、ずうっと仕事やってきたんだぞ」

「……ですよね」

「バカだよな、せっかく初めてメインで歌えるっていうのに、あいつらバカだよ」

短く笑い、洟《はな》を啜《すす》る。カメラマンが横から回り込んでシャッターを押そうとするのを、僕は手と目で止めた。

「三人とも、プロなんですよ」

新井裕介はそれには応《こた》えず、椅子の背に首を載せるようにして、天井のダウンライトを見つめた。

「おい、面白いなあ。こうしてると、虹、見えるんだ。キラキラしてるよ、すごく……」

睫毛《まつげ》を涙で濡らしたまま光に向き合うと、小さな、小さな、自分にしか見えない虹ができる。

「曲、また書かれるんですか」

「しょうがないだろ……」

言葉をつづけかけた新井裕介は、苦笑いでそれを呑《の》み込んだ。聞かなくてもわかる。シングルカットされたら買いますよ、と言おうと思ったが、やめた。新井裕介の新曲はヘッドフォンではなく、街に流れているのを聴きたい。それがかなえばいいな、と思う。

新井裕介は目をつぶり、ミキシング・テーブルをピアノ代わりに右手の指を動かした。拍子をとるように顎《あご》が小さく上下する。

指が止まった。目を開けて、僕を見て、照れたようにふふっと笑って、また天井のライトにまなざしを放る。

ゆっくりとした瞬きを繰り返して、言った。

「なあ、あいつら、いま幸せなのかなあ、幸せだといいよなあ……」

虹のかけらが、静かに頬を伝い落ちていった。

第六章　魔法を信じるかい？

1

わたしね、ほんとのほんとにフンガイしてるんですよ――。

さっきから何度も繰り返していた言葉を、シマちゃんは河岸を変えるタクシーの中で、また口にした。

酒が弱いくせに、一軒目のイタリアレストランで赤ワイン一本、ほとんど一人で空けた。「たまには晩ごはんでも付き合ってくださいよ」と誘われ、じつは食事ではなく酒のほうがメインなんだと気づいたときには遅かった。

「なあ……」僕も、さっきから何度目になるだろう、同じ言葉を口にした。「やっぱり今夜はもう帰ったほうがいいんじゃないかな」

「なに言ってんですかぁ、これからですよ、これから」

シマちゃんの返事も同じ。違いがあるとすれば、イタリアレストランを出たときよりさらに呂律《ろれつ》があやしくなってきた、それくらいのものだ。

「じゃあ、一杯だけだからな。約束だぞ」

「逃げるんですかぁ？」

「そうじゃないけど……」

「あのね、進藤さん、はっきり言わせてもらいますけどねぇ、進藤さんにも責任あるんですから、ほんと、進藤さんなんだから、いちばん悪いのは」

しゃべりながら、僕の肩を乱暴に叩《たた》く。いままでシマちゃんと二人で酒を飲んだことは何度かあるが、こんなに荒れるのを見たのは初めてだった。

「……ほんとにねぇ、フンガイしてるんですよ、わたし、もう、めちゃくちゃ頭に来てるんですから……」

酒を飲みはじめた頃は、きちんと「憤慨」に聞こえたが、酔いがまわるにつれて、シマちゃんの腹立ちがつのるのとは裏腹に言葉の響きが軽くなってしまった。この調子なら、「フンガイ」が「ふんがい」に変わるのも時間の問題だろう。

それでも——シマちゃんが「フンガイ」する理由は、僕にもわからないではない。その理由の一端が僕にあることも、認める。認めるだけで、「フンガイ」を解消する手立てを見つけられないのが、自分でも少し悔しいけれど。

車は地下鉄工事の渋滞につかまった。

「明治通りとぶつかったら起こしてくださーい」

シマちゃんはそう言うと、こてんと――ほんとうに、こてん、と音が聞こえそうなほどあっけなく寝てしまった。

初老の運転手はルームミラーでシマちゃんの寝顔を見て、まいっちゃいますね、と小声で僕に言った。悪い感じの口調ではなかった。僕も、まいっちゃいますよ、と苦笑交じりに返す。こんな状況でも痴話喧嘩《げんか》まがいに見られないのは、なんというか、シマちゃんの人徳なのかもしれない。

歩くよりもほんの少し速いスピードで流れていく窓の外の風景を、僕はぼんやりと見つめた。

歩道を行き交うひとたちの服は、長袖《ながそで》と半袖が半々だった。長かった残暑も数日前からようやくしのぎやすくなった。ぐずぐずと居残っていた夏も、もうすぐ東京から立ち去るだろう。

今年の夏も、新作の絵本を書けなかった。絵も文章も、まったく。

「進藤さんの納得する作品ができるまで待ちますから」が口癖のシマちゃんが、今夜は初めて「わたし、進藤さんをかえって追いつめてるんでしょうか」と弱音を吐いた。まだ酔っぱらう前の一言だったから、よけい胸が痛い。

今日、シマちゃんたち若手の編集部員が中心になって進めていた書き下ろし絵本のシリーズが、正式に中止になった。

二年前に企画を起《た》ち上げ、この春から季刊のペースで配本が始まったものの、四月の第一回配本も、七月の第二回配本も、営業的には惨憺《さんたん》たるものだった。もちろん、絵本は新刊で爆発的に売れるような種類のものではない。ロングセラーを目指して、こつこつと良質の新刊の刊行をつづけていくしかないのだ。シマちゃんたちは、会社もせめて丸一年は様子を見てくれるだろうと踏んでいたが、上層部は半年で見切りをつけた。児童局そのものも来年春には縮小されるということだった。

「前年比割れが三期連続なんですよ。雑誌も今年に入ってからよくないし、書籍の返品率もハンパじゃなくて……出版不況なんですよね、ほんとに……それを思うと、のんきに絵本シリーズなんか出してる場合じゃないんですよね、会社だって……」

ほろ酔いのうちはそんなふうに冷静に話していたシマちゃんだったが、ワインを手酌で注ぐようになってからは、本音が出た。

「……わたしね、ガキっぽいんですよ、世間のことわかってないんですよね、だから、いい本を出せばそれでいいんだって、売れなくても、いい本をつくればね、誰かの胸に届くわけですよ、人生を変えていける力があるんですよ、そうでしょう？　わたしね、そういう本を出したかったんです、出したいんです……もう、ゲンカカケーサンとかコウコクシューニューとか、トリツギハンニューとか……なんかもう、カレンダーと電卓しか見てない感じなんですよ、最近……なんかもう、疲れちゃって……」

二十五歳になったばかりのシマちゃんの言いぶんは、もうすぐ四十一歳になる僕から見れば、やはり幼い。

だが、その幼さをまぶしいと感じ、少しうらやましいとさえ感じている自分も、ここに、確かに、ここに――いる。

シマちゃんはシリーズの打ち切りがよほど悔しかったのだろう、「ほんとは部外秘なんですけど」と言いながら、シリーズのラインナップを見せてくれた。

第一回目、第二回目とも、ベテランと中堅、新鋭をバランスよく配した顔ぶれだった。絵描きと作家の組み合わせにも意外性があるし、絵と文を一人でこなす作家の場合も、そのひとの従来のイメージをあえて破ろうとしているのはタイトルだけでも感じ取れる。

十月に刊行されるはずだった第三回目からは、ボローニャの国際絵本市で買い付けてきた海外の作品も加わる。第四回目以降も、人選や方向性は決して悪くない。時間はかかるかもしれないが、書店と読者に定着すれば、きっと魅力的なシリーズになっただろう。

だが――僕は、なにも言えない。

「どうです？　間違ってないですよね、わたしたち」

シマちゃんに訊《き》かれても、「うん、まあ」としか答えられない。なにを言ったって、結局それは死んだ子の歳を数えるようなことにしかならないのだし、僕には、ほんとうは愚痴に付き合う権利すらないのかもしれない。

第一回目の刊行リストには、僕の名前もあった。

〈進藤宏（予定）〉

二重線で消されていた。

第二回目のリストも、同じ。幻の第三回目のリストにも——あった。今度は×印で消してある。その横に、小さな走り書きの文字で〈来年一月確定〉とも。

シマちゃんは言葉のつかい方を間違っている。〈確定〉ではなく〈希望〉と書くべきなのだ。

シリーズが打ち切りにならなければ、来月——十月早々には、僕の名前はまた消されるはずだった。大きな×印をつけてくれればいい。黒々と塗りつぶして消してくれてもかまわない。僕のことを見限っても、もしかしたらそのほうが、シマちゃんにとっては気が楽になるのかもしれない。


明治通りの交差点で声をかけると、シマちゃんは思いのほかすんなりと目を覚まし、そこからは細かい道順をしっかりした声で運転手に説明した。

「わたしね、すぐ酔っぱらっちゃうけど、すぐに醒《さ》めるんです。一寝入りしたら、もう、ばっちり」

ガッツポーズをつくって、笑う。作家と担当編集者という関係を解消して、歳の離れた友人として付き合っていければ、きっと楽しいはずなのに。

シマちゃんに案内された店は、表通りから離れた路地のビルの地下にあった。情報誌なら「隠れ家風」とでも紹介されそうなロケーションだ。

名前は、『ストロベリー・フィールズ』——いちご畑。

「わたしも半年前に友だちに教えてもらったんですけど……」狭く急な階段を降りながら、シマちゃんは言った。「落ち込んだときは、絶対にここ、なんです」

「じゃあ、けっこうにぎやかな店なんだ」

姉御肌のニューハーフが取り仕切るショーパブ——のようなものを想像すると、「やだぁ」と不服そうに言われた。「そういうのって、発想がすごくオジサンっぽくないですか？」

「……かもな」

肩をすくめ、お返しに訊いた。

「いままで何度ぐらい来てるの？」

「十二、三回ってところですかね」

半年間で、落ち込んだ回数が十二、三回——名探偵気取りでそこまではわかっても、その数が二十代半ばの女性編集者にとって多いのか少ないのか、肝心なところがわからない。ただ、バブル景気の頃のキャリア志向の女性は、落ち込む回数がもっと少なかっただろうな、とは思う。彼女たちは僕と同世代だ。いまはもう、知り合いの半分以上が会社を辞めている。

シマちゃんは先に立って、分厚い木製のドアを開けた。ごくありきたりのバーだった。

十人ほど座れそうなL字形のカウンターに、ボックス席が三つ。「L」の横棒に座ってボトルの棚をさりげなく確かめたが、酒のラインナップも、可もなく不可もなくというところだろう。

バーテンダーはきれいな白髪のチーフと、サブは若い女性――物珍しさを無理に探せば、そこだけだ。わざわざタクシーに乗って出かけるほどの店とは思えない。

カウンターには先客が一人いた。「L」の縦棒の真ん中。三十代の、いかにもキャリアという女性だった。彼女の前にはすでにカクテルが出ていたが、女性バーテンダーは真正面に立ち、カウンターに張りついている。といって、客のおしゃべりに付き合っているわけでもなさそうだった。

ちょっと距離が近すぎる。あれでは、客が落ち着いて酒を飲めない。黒いベストに白いシャツと、いでたちは正統派だったが、客との接し方はまだ素人同然だ。このレベルの店か……とあきれかけた、そのときだった。

バーテンダーの手元に、突然、煙草が現れた。

あれ――？　と思う間もなく、煙草は消えた。現れたときと同じように突然、手に握り込んだそぶりすらなく。

客の女性はすぐそばで見ているはずなのに、うわあっ、という驚いた顔を一瞬浮かべただけで、それ以上の反応はなかった。

唖然《あぜん》とする僕の視線に気づいているのかいないのか、バーテンダーは右手を軽く持ち上げた。すると、また煙草が現れる。それを左手でつまみ取って灰皿に捨てる間に、右手には、さらに新しい煙草が姿を見せる。左手で捨てる。右手にまた煙草が一本。左手で捨てても、捨てても、捨てても、右手には次々に煙草が現れる。

客の女性は目を丸く見開いて、満足そうな微笑みを浮かべた。

バーテンダーはうやうやしくお辞儀をして、「ごゆっくりどうぞ」と客の前から離れ、シマちゃんに気づくと、「こんばんは」と会釈した。

「どーもです」

シマちゃんも会釈を返し、「慶子さんっていうんです」と僕に彼女を紹介した。

と――慶子さんの右手に、いつのまにかマッチ箱が立っていた。見間違いではない。ピンと伸ばした人差し指と中指の先端に、マッチ箱が、角を支点に斜めに立っている。

僕が驚くのを確かめると、慶子さんはマッチ箱に息を吹きかけた。マッチ箱はくるくると回りだす。指先からは決して落ちない。

「すごいでしょ？」――シマちゃんが言った。

「ああ……手品、だよな？」

「ピンポーン」

その声にタイミングを合わせたように、慶子さんはマッチ箱を虚空《こくう》に放り、それを片手でキャッチして、一礼した。

「ほら、進藤さん、拍手拍手」

肘《ひじ》でつつかれて拍手を送ると、白髪のバーテンダーが、ようやく出番が来た、というふうに僕たちの前に来て「なにを差し上げましょう」とオーダーを取った。

どうやら、いまのマジックがお通し代わりだったらしい。

「ウェルカム・マジックっていうんです」とシマちゃんは得意そうに教えてくれた。

フローズン・ダイキリをストローで啜《すす》りながら、シマちゃんは「童心に帰れるんですよ、ここで慶子さんのマジックを見てると」と言った。

僕は黙ってうなずき、I.W.ハーパーのソーダ割りを啜る。

「子どもの頃って、世の中に不思議なことってたくさんあったじゃないですか。『うわあっ!』ってびっくりしちゃったり、『なんで?』って口をぽか一んと開けたり……そういうの、おとなになったらすごく減っちゃうと思いませんか?」

「ああ……」

「種明かしっていうか、わかっちゃうんですよ、世の中のことが」

まだ君は二十五歳だろう? と言ってやりたかったが、そういうキツい切り返しは今夜は避けたほうがよさそうだ。すぐに酔ってすぐに醒めるシマちゃんは、再び呂律《ろれつ》があやしくなりかけている。

「あーっ、いま、進藤さん、『若造のくせに』って思ったでしょ」

妙なところで勘がいい。

「で、『女のくせに』っていうふうにも思ったでしょ。違いますか？」

「……思ってないよ」

「思ってなくても、そう決めてるでしょ、偏見持ってるでしょ。違いますか？」

「違うって、全然」

「でも、そういう顔してるっ」

にらまれた。やれやれ、とウイスキーを啜り、視線を逃がした。

客足のピークが遅い時間帯の店なのだろう、白髪のバーテンダーが僕たちの酒をつくっている間に新しい客が入ってきた。先客と同じ、かっちりしたスーツを着た女性だった。

慶子さんが彼女に「ウェルカム・マジック」を見せているさなか、さらに新顔——今度もまたキャリア風の女性の二人連れがドアを開けた。一人は店に入ってきたときからハンカチを目元に押しあてて「悔しい、悔しい」と言いつのり、片割れになだめられていた。

なんとなく、この店の客層が見えてきた。

「それでね……ちょっと、進藤さん、聞いてますかぁ？」

「聞いてるって。おとなになったら世の中の不思議なことが減っちゃう、だろ？」

「そうなんですよ、そうそう、ほんとに減っちゃうんですよ。なんかもう、バタバタバタッて減っちゃうの。つまんないですよね、そういうのって」

「でも、まあ、しょうがないさ」

軽く受け流すだけの合いの手になってしまった。

あまり好きな種類の話ではない。子どもは純粋で無垢《むく》なのに、おとなになったら世俗にまみれてしまう——もう聞き飽きた言葉だ。

僕は『星の王子さま』も宮沢賢治もミヒャエル・エンデも嫌いで、絵本作家の同業者との付き合いがいっさいないのも、そのあたりに理由がひそんでいるのだろう。

「子どもの頃、『世界の七不思議』とか幽霊の本とか、好きだったんだろ?」

「だーい好きです。ツタンカーメンの呪いとか、心霊写真とか、こっくりさんとか」

「俺は、だめだったんだ。頭から疑ってるわけじゃないんだけど、どうも苦手だったんだよな」

「現実主義者」

「……ガキの頃にはそこまで考えてないけどな」

「でも、それって男子だからなんですかね。ほら、女子って、オカルトも占いもおまじないも大好きじゃないですか。糸井重里さんのコピーに昔あったでしょ、『不思議、大好き。』、わかるんですよ、それ、すごく」

そういえば——ふと、思った。童話に出てくる魔法使いは、少女だったり老婆だったり……たいがい女なんだな。

「このお店に来て、慶子さんのマジックを見てると、なんかね、ほーっとするんですよ。ひさしぶりに『フシギ』に再会する、みたいな感じ」

さっきの「フンガイ」と同じように、軽く響いた。ひとの名前みたいだ。フシギちゃん

——絵本のヒロインに、その名前、「あり」かもしれない。

　また新しい客が入ってきた。またもや仕事帰りの女性。年恰好《かっこう》は、僕とあまり変わらない。カウンターに座るなり携帯電話をプラダのショルダーバッグから取り出して、うんざりした表情と手つきで電源を切って、やっと肩の力を抜いた。

　慶子さんはそんな彼女の前に立って、赤いハンカチを黒ズボンのポケットから取り出した。右手でハンカチをひっかけるように持ち、ワン、ツー、スリー、と拍子を取って——一振りすると、ハンカチには結び目ができていた。

　疲れきった客の顔が、パッと明るくなった。暗かったまなざしに生気が戻る。彼女も「フシギ」と再会したようだ。

「べつに女性専用とか特別割引とかしてるわけじゃないんだけど、ここのお客さん、女のひとが多いんですよね」

　シマちゃんはぽつりと言った。「みんな、落ち込んでたり、疲れてたり……」とつづけ、フローズン・ダイキリの氷をストローの先で崩しながら、さらにつづける。

「ね、進藤さん、酔った勢いで、ちょっとクサいこと言っていいですか？」

「うん？」

「シンデレラ・ストーリーには、魔法使いが必要なんですよね」

　自分の言葉に自分で照れてしまったのだろう、シマちゃんは「なーんて」とぎごちなく笑った。

ウイスキーを飲み干して、シマちゃんのフローズン・ダイキリも残りわずかになった頃、僕は言った。

「今度、店が開く前に慶子さんに話を聞けないかな」

「……って？」

「取材ってほど大げさなものじゃないんだけど、ちょっと話を聞きたいんだ」

カウンターに突っ伏しかけていたシマちゃんは、のろのろと体を起こした。

きょとんとした顔で僕を見る。

「進藤さん、それって、もしかして新作の……」

黙って小さくうなずくと、シマちゃんの顔はくしゃくしゃになった。

「まだ、書けるかどうかはわからないけどな」と僕はあわてて付け加えたが、シマちゃんの耳には届いていないだろう。泣き上戸だというのも――初めて、知った。

2

慶子さんが取材を了承してくれた、という電話がシマちゃんから入ったのは、三日後のことだった。

「絵本の取材って言っても、なんかピンと来てない感じでしたけど」

それは、まあ、そうだろう。僕だって、慶子さんの話がほんとうに新作の絵本に使えるのか、確信を持っているわけではない。

「基本的になんでも話してくれると思います。ただ、ちょっと条件があって……」

「条件？」

「ええ、そうなんですよ。進藤さんがどんなひとなのかって説明したんですよ、わたし。そうしたら、急に彼女、交換条件を言いだしてきたんです」

慶子さんは、進藤宏の名前は知らなかった。無理もない。地味な絵本の世界の、ヒット・シリーズを出したわけでもない地味な作家――おまけに、ブランクが四年。

だが、それで逆に僕に対する興味が湧いてきたようで、専業作家なのか、ふだんはどんな仕事をやっているのか、絵本を一冊書くと収入はどれくらいになるのか……そんなことをシマちゃんに訊《き》いてきた。

「どう答えたんだ？」

「正直に言いましたよ。スランプだスランプだって言い訳して、ちっとも新作を書かない怠け者だ、って」

「……あとは？」

「絵本を書かないでいるうちに、アルバイトのはずだったフリーライターの仕事がすっかり本業になっちゃった、流されやすい性格のひとです、って」

最後の一言はよけいだったが、話した内容は間違ってはいない。

「それで、進藤さんがレギュラーで書いてる雑誌とか、いままでやってきた単行本の仕事とかを説明したんです。ほら、タレントさんの暴露本とか、ヘア・ヌードのグラビアのポエムみたいなコピーとか、芸能記事とか、富士山があと十年で噴火するとか、その他いろいろ」

これも——紹介する仕事がずいぶん偏っているような気はしたが、間違いではなかった。

「あと、最近はテレビの仕事も始めちゃって、どーんどん絵本から遠ざかってる、っていうのも教えてあげたんですよ」

シマちゃんはそう言って、「あ、もちろんタレントじゃなくて裏方だけど、って言いましたよ」と付け加えた。

確かに、裏方だ。別の仕事で知り合った民放のプロデューサーに声をかけられて、一年前から、『ミッドナイト・ルポ』という深夜のドキュメンタリー番組のナレーション原稿をときどき書いている。

ふつうは取材したディレクターがナレーションの原稿まで手がけるのだが、そのプロデューサーは文学に対する妙なコンプレックスの持ち主で、「ドキュメンタリーでも言葉で聴かせなきゃだめでしょう、これからの時代は。テレビ屋は言葉については素人ですから」と、言葉の世界から何人かナレーション原稿用にひっぱってきた。売れない小説家、深夜ドラマでデビューしたばかりの脚本家、バブル崩壊でくすぶっていたコピーライター、予備校の小論文の講師、そして……新作を書けない絵本作家。

「それでね」シマちゃんはつづけた。「番組の名前も慶子さんに教えたんです。そうしたら……」

　ようやく話が本題に来た。

「進藤さん、野中さんっていうひと、ご存じですか？」

「ああ……制作会社のディレクターだけど」

「親しい、とか」

「べつに個人的に仲がいいわけじゃないけど、仕事は何本か一緒にやったな」

　僕の答えに、シマちゃんは「ラッキー、でしたぁ」とつぶやいて、安堵《あんど》のため息をついた。

　野中ディレクターに、取材の様子を撮影してもらいたい——。

　それが、慶子さんの出した条件だった。

「どういうことだ？」

「わたしにも詳しいことはよくわからないんですけど、なんか、古い知り合いみたいですよ」

「……でも、べつに撮影なんかしなくたっていいだろ」

　正直なところ、鼻白んだ思いだった。証拠物件にしようとでも思っているのなら、この話はなかったことにしてもいい。

　だが、シマちゃんはあわてて「進藤さんが、っていうんじゃないんです」と言った。

「慶子さんも進藤さんが気を悪くしちゃうんじゃないかって心配してましたし」

「だったら、なんで……」

「野中さんに話したら、ぜんぶわかるから、って。とにかく野中さんに連絡とるしかないと思うんですよね」

話がさっぱり見えないまま、しかたなく「電話してみるよ」と言った。

「あ、それで、野中さんに慶子さんのこと話すときは、この名前を出してほしいらしいんです」

イリュージョンYUKI――。

それが、女流マジシャンとしての慶子さんのステージ・ネームだった。


野中ディレクターは、僕より三つか四つ年下だった。三十代の後半。ベテランの多いテレビドキュメンタリーの世界では、まだぎりぎり若手の中に入る。

仕事ぶりは、とにかくまじめ。予算や日程の厳しい制約のなか、クルーを組むカメラマンや音声のスタッフがはらはらするぐらい、食い下がって取材をする。口癖――というより信条は、「ドキュメンタリーに事実以外のものは要らない」。

実際、『ミッドナイト・ルポ』のオンエアを観ていると、野中くんの手がけた回だけはエンディングのスタッフ・ロールで確かめなくてもわかる。番組をしばらく観ているだけで、「ああ、これは野中くんが撮ったな」と察しがつくのだ。

映像や音声などの専門的なことは、僕にはわからない。だが、場面一つ一つの肌触りのようなものが、野中くんの作品は独特だった。よく言えば、クールでドライ。悪く言うなら、淡々として冷たい。

人となりは温厚で親しみやすい男なのだが、作品になるとそれが一変する。エンディングで思わず涙してしまうような人情ものの題材はまず手がけないし、タレントや映画のパブリシティまがいの回は企画書すら見ない。深夜のドキュメンタリーの定番とも言える社会の底辺にいるひとを描くときも、他のディレクターのように彼らの代弁者になってなにかを訴えるのではなく、彼らの生活や、彼らが底辺に落ちた過程を、ただひたすら克明に描き出していくのだ。

作品の評価は、だから――賛否両論になってしまう。

重度の身体障害の娘を持つ家族をルポルタージュしたときは、放送後、視聴者から「描き方が冷たすぎる」と抗議が殺到した。その一方で、秋の芸術祭参加のドキュメンタリーをつくるときには、各局のプロデューサーから声がかかる。

番組の責任者からすれば、「取り扱い注意」のタイプのディレクターだ。『ミッドナイト・ルポ』のプロデューサーもときどき「野中も、もうちょっと融通を利かせて、懐を広くして撮ってくれりゃいいんだけどなあ」とスタッフに愚痴っている。「あいつの番組は切れ味は鋭いんだけど、夢がないんだよなあ、夢が」

そんな野中くんだから、ナレーションの原稿にも細かく注文をつける。主観や感情が強く出る文章は必ずNGだし、いわゆる「泣かせ」の原稿は、二度と目にしたくないというふうに赤ペンでばっさり削ってしまう。家族愛を謳《うた》いあげるのが好きな小説家とは、最初にコンビを組んだときに殴り合い寸前になってしまったらしい。

それでも、野中くんは、僕の書いた原稿は比較的すんなりと通す。他のディレクターからは「もっとこのへんで盛り上げられませんかね」としょっちゅう書き直しを頼まれる僕の文章は、野中くんの考えるドキュメンタリーのナレーションにはぴったりなのだという。「ドキュメンタリーの言葉は、進藤さんみたいに入れ込みすぎずに、仕事なんだからっていう割り切り方で醒《さ》めてるほうがいいんですよね」——シマちゃんが聞いたら頭を抱え込みそうな言葉だが、野中くんにとっては褒め言葉なのだろう。

野中くんというのは、そういう男だ。

僕は彼のことが嫌いではない。彼の考えが間違っていると言うつもりもない。

ただ寂しい奴だな、とは思うのだ。寂しさのありかがわからないから、よけいに。

3

イリュージョンYUKIの名前を出すと、野中くんは「一度、会いませんか」と言った。感度の悪い携帯電話でも、彼の声がうわずっているのは伝わった。

会う場所は、野中くんが決めた。テレビ局の編集ブース——「ちょっと、進藤さんに観てもらいたいテープがあるんですよ」

シマちゃんには、そのことは話さなかった。たぶん、野中くんも、慶子さんには知られずに僕と会いたいのだろう。

「古い知り合いだって聞いたけど……」

僕の言葉に、野中くんは短く、自嘲《じちょう》するように笑った。

「そんなふうに言ってましたか、彼女」

「ああ。直接聞いたわけじゃないけどな」

野中くんはまた短く笑う。

「違うのか？」

「いや、知り合いは知り合いですけどね……そうですか、彼女、そう言ってましたか……」

最後は、笑い声がため息に変わった。

テレビ局を訪ねると、野中くんは赤い目をしょぼつかせて、「どうもすみません、やっかいな話に巻き込んじゃって」と頭を下げた。椅子のすぐそばに置いたスタンド式の灰皿には、吸い殻が山盛りになっている。

「徹夜明け？」

「ええ」指を二本立てて、疲れきった様子で椅子の背に体を預けた。「昨日は追撮で、日帰りソウルです」

よく働く男だ。締切ぎりぎりまで粘って、スタッフの手配が間に合わなければ一人でハンディカメラとマイクをかついで追加撮影に出かけ……たぶん、ソウルに日帰りしてまで撮りたかった画《え》も、オンエアでは十五秒流れればいいほうだろう。そして、どんなに苦労をして撮った画も、番組に必要ないと判断すれば惜しげもなく捨ててしまうだろう。妥協がない。なにより、自分自身に対して。

野中くんは発泡スチロールのカップに入ったコーヒーを一口啜《すす》り、苦みに顔をしかめて、「ほんとにすみません」ともう一度詫《わ》びた。

「いや、俺はいいんだけど……いったいどういうことなんだ?」

「進藤さん、イリュージョンYUKIなんて、聞いたことないでしょ」

「……マジックの世界って、ぜんぜん詳しくないから」

「詳しいもなにも関係ないですよ。まるっきり無名のマジシャンなんですから」

野中くんは椅子を回してミキサーの卓に向き直り、ビデオデッキの再生ボタンを押し込んだ。

モニターに、赤いシルクハットをかぶった若い女性が映し出される。

慶子さん——イリュージョンYUKIだった。ハイレグの黒いレオタードに網タイツ、白地に赤い水玉模様の大きな蝶《ちょう》ネクタイを首に掛けて、赤い袖無《そでな》しの燕尾服《えんびふく》。よくある女流マジシャンのいでたちだ。それも、どちらかといえば下世話なタイプの。

慶子さんはステージの中央で、一条だけのスポットライトを浴びていた。ライトも、背にした緞帳《どんちょう》も、華やかさからはほど遠い。よく見ると、緞帳には、波の模様も入っていた。そして――ステージの前を、ボア付きのジャンパーを着た老人が、お銚子《ちょうし》を手に提げて横切っていった。

「ここ……どこなの？」

「ラスベガスだったらよかったんですけどね」

面白くない冗談だった。ちっとも笑えない。野中くんもすぐに、つまらない答え方をしたのを悔やむような顔になった。

「北海道です。旭川《あさひかわ》から車で二時間ほどの、昔は炭鉱で栄えた町です」

「……ホテル？」

「ええ。炭鉱が閉山したあとは、さびれ放題だったんですけどね、二十年ほど前に温泉が湧いて、大はしゃぎで派手なホテルをつくっちゃったんです。よくあるでしょう？　地方交付税のつかい方を勘違いしちゃう田舎って」

モニターの中の慶子さんは、右手に持っていたスティックを空中に浮かせた。右手を動かすと、それにつれてスティックも中空で踊るように動く。

「『ダンシング・ケーン』ですよ。あのスティック、ケーンっていうんです。舞台マジックの定番中の定番で、酔っぱらいの度肝を抜くにはわかりやすくていいんです」

「詳しいな」

「種明かしは簡単なんですよ。糸がついてるんです、ケーンの端に。それをうまく操って、いかにもケーンが勝手に動いてるように見せてるんですよね」

手短に説明すると、野中くんは「それでね」と話を戻した。

このビデオを撮影したのは七年前だったのだという。

「まだ、ディレクターとして看板背負えるかどうかの頃です。旧国鉄の廃線跡を訪ねる旅モノのスペシャル番組で、僕ら先乗りで風景撮りしてたんです。ちょうど日曜日の昼飯どきだったんですけど、なんにもないんです、飯を食えるような店なんて」

しかたなく、カメラマンと音声と三人でホテルに入った。

「ホテルっていっても、ほとんどヘルスセンターですよ。大食堂があってね、ステージがついてて……面白半分で大食堂に入って、飯食ってたんです。そうしたら、ステージでいきなりマジック・ショーが始まっちゃったんですよ」

それが——慶子さんだったのだ。

「思いっきり場末じゃないですか、北海道の炭鉱跡のホテルの大食堂なんて。なかなかそういうのを生で見ることってないし、ひょっとしたら番組の中で使えるかもしれないと思って……」

カメラを回した。

「ドキュメンタリーのつもりが、三文芝居のオープニングを撮ってたんですよ、僕」

野中くんはビデオを停めて、煙草をくわえ、遠くを眺めるまなざしになった。

慶子さんのマジック・ショーは、その日のメインの出し物ではなかった。『ダンシング・ケーン』を終えると、スカーフを使ったマジックをいくつかこなし、最後に空っぽのはずのシルクハットからトランプを何枚も出して、がら空きの客席のまばらな拍手に送られて舞台裏に姿を消した。

入れ替わるように大音量のカラオケが流れ、緞帳が開いて、舞台袖の司会者が「お待たせしました、平成の女ごころを歌います、演歌の新星……」と声を張り上げた。「新星」のはずの歌手は、たっぷりトウがたっていた。天童よしみと川中美幸のヒット曲を何曲も歌い、オリジナルを一曲だけ歌って、シングルCDの即売をする、そういうステージだった。さすがに野中くんもそこまで付き合うほど悪趣味ではなく、歌謡ショーが始まると大食堂を出た。

ホテルの前に停めたワゴン車に乗り込もうとしたら、慶子さんが舞台衣装のまま通用口から駆けだしてきた。

「テレビのひとですか？」――はずんだ声で、頬を上気させて。

「わたしのこと取材してたんですか？　なんの番組ですか？　東京なんですか？　チャンネル何番ですか？　フジテレビ？　TBS？　いつ放送なんですか？」――矢継ぎ早に、その場で飛び跳ねながら。

野中くんは若かった。まだ、いまほどクールでドライな仕事ぶりではなかった。名刺を渡した。番組名と、チャンネルと、オンエアの日時を伝えた。

慶子さんは目を潤ませて、「絶対に観ます!」と言った。


「番組で使ったの?」

僕が訊《き》くと、野中くんは少し間をおいて、「使っちゃいました」と言った。答える前の沈黙と、どこか投げやりな口調が、言葉には出さなかったほんとうの答えを教えてくれた。

「……いまだったら、使う?」

野中くんは苦笑交じりに「意地悪なこと訊きますね、進藤さんも」と返してから、言った。

「百パーセント、捨ててます。前後のシーンとのつながりも悪かったし、鉄道をメインにした旅番組に手品なんて関係ないでしょう」

それでも――使った。

「編集してると、思いだすんですよ、彼女の嬉《うれ》しそうな顔。オンエアの日に、わくわくしながらテレビを観てるのが、浮かんできちゃうんですよね……」

ふう、と息をついて、つづけた。

「妥協しちゃいました。ほんとうはもっと大切な画《え》もあったのに、番組よりも彼女のほうを優先しちゃったんです。いまでもテープを仕上げたときの気持ち、忘れられません。なんか、ものすごく口の中が苦くて、後悔して……もう、こんな思いしたくないな、って……」

「だからクールになった？」

「もともとクールですよ。あのときだけなんです、ほんとに」

「ナレーションは？」

「自分で書きました。炭鉱がなくなって、鉄道も廃線になって、すべてが終わってしまったような町でも、明日を夢見てがんばってる女性がいるんだ、って感じで」

なるほどね、と僕は黙ってうなずいた。野中くんに感じる寂しさの理由が、少しわかりかけた。

「でも、慶子さんは喜んだだろ。エールを送ってもらったようなものだし」

「……喜ばせすぎちゃいました」

「え？」

聞き返す僕から目をそらし、また新しい煙草に火を点《つ》けて、野中くんは言った。

「東京に出てきたんです、あいつ。僕の名刺を頼りに……」

4

野中くんは、東京で慶子さんと過ごした日々のことは多くは語らなかった。

「テレビは怖いですよね。魔法をかけちゃうんです、蜃気楼《しんきろう》を見せちゃうんですよ、かなうはずのない夢がすぐ目の前にあるように……思い違いをさせるんです」

北海道の場末のホテルを回っていた駆け出しのマジシャンにとって、全国ネットのテレビ番組で紹介されたことがどんな輝きを持つのか、野中くんは「進藤さんにもわかるでしょう?」としか言わなかったし、それでじゅうぶんだった。

何年か前、僕は週刊誌の仕事で車椅子の少女のルポを書いたことがある。かわいらしい顔立ちの少女だった。

読者の反響は大きく、さっそくテレビ局も彼女にアプローチしてきた。最初のテレビ出演はかちんこちんに緊張して、そこがまた素朴な魅力になって、視聴者から好意的なメッセージがいくつも寄せられた。だが、二度三度と出演を繰り返すうちに、少女は——変わった。テレビに慣れて、いや、慣れたのだと思いこんでしまって、しだいに言動がすれてきた。

知り合いの放送作家が教えてくれた。すっかり常連出演者になったワイドショーのリハーサル中、彼女は「目線、2カメでいいんですか?」とフロア・ディレクターに訊いた。「スタジオがさーっと白けちゃうのがわかったよ。もう新鮮味がないって、プロデューサーも見限ったみたいだな、あの事件で」

彼女は、いま、なにをしているのだろう。幸せに暮らしているのだろうか。テレビで人気者になったせいで、やっかみの手紙が家にたくさん来ていた、と誰かに聞いたこともある。

だから、きっと――野中くんの言うとおり、テレビは魔法をかけてしまう道具なのだ。それも、解けるときにはひどく苦しい種類の。

「僕はもう、誰にも魔法をかけたくないんです。永遠に解けない魔法なんてないでしょう？　いつかは現実に戻らなきゃいけないんだったら、最初から現実を教えてあげたほうがいいんです。ドキュメンタリーで撮るのは芸能人じゃないんですから。それぞれの現実を生きているひとを、ほんのひととき『テレビに出たひと』にする、ドキュメンタリーの仕事はそれだけで、それ以上のことをする権利なんてないんです。ねえ、進藤さん、違いますか？　僕の考え、間違ってますか？」

僕は答える代わりに、慶子さんのいまの仕事を伝えた。

「バーテンダーですか……」

野中くんは少し驚いた顔になり、「でも、まあ、あいつはなにをやらせても器用でしたから」と笑った。

「カクテルをつくるだけじゃなくて、マジックも演《や》ってるんだ、お客さん相手に」

「趣味でしょう？」

肩をすくめて言って、すっと目をそらす。

『ストロベリー・フィールズ』に夜な夜な集まって、懐かしい「フシギ」と再会する女性たちの話をしたら、野中くんはなんと言うだろう。

ラスベガスのステージは憧《あこが》れのままで終わった慶子さんが、いま、東京の片隅で、ささやかな魔法使いになっている。その光景を見たら、野中くんはどんな顔になるだろう。

僕はなにも話さなかった。きっと、野中くんは「フシギ」の陰にひそむ事実や理由を探らずにはいられないだろうし、それは、どちらが正しくてどちらが間違っていると分けられるようなものではないはずだから。


慶子さんは東京で、一度だけテレビに出演した。四年前の年末――野中くんと別れる直前のことだ。それが、野中くんなりの魔法の解き方だった。

「彼女の仕事はちっともうまくいかないし、このままずるずる夢ばかり見ててもしょうがないでしょ。踏ん切りをつけさせようと思ったんです。マジシャンの夢も、僕との関係も」

ドキュメンタリー一筋だった野中くんが、たぶん最初で最後だろう、プロデューサーに頼み込んで、バラエティーの特番のコーナーを一つ担当した。『ザ・宴会芸　お父さんのための忘年会講座』というタイトルの、ひたすら陽気に騒ぐだけの番組だ。

野中くんが担当したのは、テーブル・マジックのコーナー。そのお手本VTRに慶子さんを出演させたのだ。

「屈辱だったと思います、あいつにとっては。顔なんてほとんど映さなかったし、ずーっと手元のアップで、種明かしをさせるんです。得意なマジック、ぜんぶやってもらいました。種明かしも、ぜんぶ。知ってます？　マジシャンにとって種明かしをするっていうのは、もう自分はそのマジックは使わないっていうことなんです」

だが、野中くんは、慶子さんが毎日必死に練習していたマジックの種明かしをさせた。満員の客の前でお披露目するはずだったマジックを、拍手も歓声もないスタジオで、カメラ相手に演じさせた。カメラは無言でからくりを暴いていく。そのVTRをお手本に、ばか騒ぎしか能のない若手のお笑い芸人がマジックを練習して、とちったり成功したりする。

「オンエアされた次の日に別れました」

最後の最後に、約束をした。

いつか、慶子さんが一人前のマジシャンになったら——。

「そのときには絶対に番組をつくるって言ったんです。今度は妥協や同情じゃない、プロのディレクターとして、プロのマジシャンの最高のドキュメンタリーを撮ってやるから、ってね」

だから——と、野中くんはつづけた。

「申し訳ないんですけど、やっぱり彼女に会うのはやめときます。バーテンの余技ていどのマジックでカメラを向けることはできないんですよ」

きっぱりとした、しかしクールでもドライでもない顔と声だった。

今度から、野中くんの撮るドキュメンタリーは、肌触りがほんの少し変わるんじゃないだろうか。そんな気がする。

「なんでもお話ししますから。マジシャンのことでも、わたし自身のことでも」

慶子さんはそう言ってくれたが、僕はお礼とともにかぶりを振った。

「なんだか、もう、聞きたかったこと、ぜんぶ聞いたような気がするんです」

本音だった。伝えるべきこともすべて伝えた。

「そんな、だいじょうぶですか？」と心配そうに訊《き》くシマちゃんに、バッグに入れてきたスケッチブックを見せてやった。

トランプの絵札を描いたのだった。ハートの、半分がキングで半分がクイーン。キングもクイーンも泣き笑いの顔——そこが難しかった。

「新作に使えそう、ですか？」

「まだわからないけど……なんとなく」

「またぁ、頼りないこと言わないでくださいよ。絵本のシリーズは挫折《ざせつ》しても、進藤さんの新作は、単発でも、ぜーったいに出しますから。もう、部長と喧嘩《けんか》する覚悟なんですからね、こっちは」

苦笑いでいなして、慶子さんにも絵を見てもらった。慶子さんは、「なるほどね」とつぶやいて大きくうなずき、顔を上げると、居住まいを正した。

「せっかくだから、お二人に新作のマジック見せてあげますね」

背筋をぴんと伸ばし、両手の甲を僕たちに見せた。つづいて、手のひらも。

左右の手をかわるがわる前後にして何度か交叉《こうさ》させ、「はいっ」とまた甲を僕たちに見せる。

なにもなかったはずの左手の薬指に、指輪がはまっていた。

「これ、野中さんに見せたかったんですけどね……」

ちょっと残念そうに言って、それでも微笑みを浮かべて指輪を見つめる。

「……あの、まさか、婚約指輪ですか？」とシマちゃんが訊いた。

「マジックを見たあとは、びっくりしてればそれでいいんです。よけいなことは言わない」

慶子さんは左手で口にチャックをするジェスチャーをした。

指輪は、もう消えていた。

シマちゃんが拍手をする。僕もつられて手を叩《たた》いた。

そして、僕は、野中くんからの二つ目の伝言を慶子さんに伝えた。

別れ際、編集ブースを出ようとした僕を、野中くんは「ちょっといいですか」と呼び止めたのだった。

振り向くと、野中くんは指を揃えた右手を顔の横に掲げた。

煙草が一本——不意に、指先に現れた。それを左手でつまみ取って灰皿に捨てると、また右手の指先には新しい煙草がある。『ストロベリー・フィールズ』で見た慶子さんのマジックと同じだ。

「けっこう上手《うま》いでしょ、僕も」

「ああ……びっくりしたなあ」

「あいつと一緒に住んでた頃、教えてもらったんですよ。最初は難しくて、ほんと、しょっちゅう不器用だのセンスがないだのって言われてました」

野中くんは右手に隠し持っていた数本の煙草を、そっとテーブルに置いた。

「ひさしぶりにやってみたんですけど、意外と忘れてないものなんですね。師匠の教えがよかったからかな」

「……魔法使いの弟子だな、君は」

「さっきも言ったでしょ、僕、魔法は嫌いなんですよ」

野中くんは肩をすくめ、左手に残していた煙草に火を点けた。眠いのか、煙いのか、目をしょぼつかせて、煙草を美味《うま》そうに吸った。

「進藤さん、来月、また一本撮りますから、ナレーションよろしくお願いします」

「ああ……醒めた文章、書くから」

「そうですよ。ドキュメンタリーはそうでなくっちゃね」

くわえ煙草で答えた野中くんは、また目をしょぼつかせた。

「あいつに伝えといてください。『ミリオン・シガレット』、まだ覚えてるから、って……」

慶子さんは僕の話を聞き終えると、黙って、何度も何度も、大きくうなずいた。さすがの魔法使いも、頬を伝う涙を一瞬にして消すことはできない。

シマちゃんはなにか言いたげな顔で、でもそれをぐっとこらえるように、フローズン・ダイキリを飲んでいた。

ドアが開く。新しい客が入ってくる。いつものとおり——女性。魔法使いは、今夜もきっと忙しいだろう。

慶子さんは「ちょっと失礼します」と僕たちのそばから離れ、新しい客への「ウェルカム・マジック」を始めた。

「ねえ、進藤さん……」シマちゃんが小声で、憮然《ぶぜん》として言う。「いいんですか？　いまの話聞いてると、野中さんって、すごい身勝手な気がするんですけど」

話を縮めてしまえば、慶子さんは野中くんに捨てられた、ということになるのだろうか。僕にはよくわからない。ひととひととの関係で、それが男と女ならなおさら、あらすじだけで語れるものなど、なにもない。

シマちゃんは今夜も酒を飲むペースが速い。まるでカルピスのようにフローズン・ダイキリを飲んでいる。昼間なにがあったのかは知らないが、フンガイしているのだろう、今夜もまた。

「男って、身勝手ですよね。そう思いません？」

苦笑いでいなした。

「ほんと、身勝手、身勝手、身勝手、身勝手……」

慶子さんが戻ってきた。「話、しなくていいんですか？」と拍子抜けしたように訊いてくる。僕に代わって、シマちゃんが「いいみたいですよ、どーせオジサンって、女の話なんて最初から聞く気ないんですから」と言った。

まあまあ、となだめて、ハーパーのソーダ割りを啜《すす》った。さすがにこの店は、僕のような男には居心地が悪すぎる。妻の朋子も、ボストンで似たような店に通い詰めているのだろうか。太平洋を渡って愚痴のメールが届いたことはまだないが、愚痴をこぼす相手にすらなりえないのかとも思うし、そもそもメールじたい、最近はずっと途絶えていることにも気づいて、グラスに半分近く残っていたソーダ割りを一気に飲み干すはめになった。

「シマちゃん、今夜は俺、これで帰るよ」

「もう帰っちゃうんですかあ？」

「俺たちの魔法使いは焼鳥屋にいるんだよ」

「やだぁ、オジサンくさいですよ、それ」

おかしそうに笑ったシマちゃんは、慶子さんに向き直って、「じゃあ、進藤センセイから、慶子さんに婚約祝いのプレゼントを差し上げまーす」と言った。

慶子さんはきょとんとして、僕は「なんなんだ？」とあせったが、シマちゃんは余裕たっぷりに「ほら、進藤さん、花束、花束」と言う。

目配せと、隣のスツールに置いたスケッチブックを差した指で、やっとわかった。

僕はスケッチブックを広げ、大急ぎでバラの花束を描いた。素人に毛の生えたような、とても誰かにプレゼントできるような出来映えの絵にはならなかったが、慶子さんはカウンターに置いた画用紙を見てにっこりと笑ってくれた。

そして、花束の上に手のひらをかざし、ふわっと空気をつまむように拳《こぶし》を軽く固めてから、また開いた。

小さく切った金と銀の色紙が、紙吹雪になって絵に降りそそいだ。

シマちゃんは「わおっ」と声をあげて、拍手をした。うやうやしく一礼した魔法使いが顔を上げたあとも、シマちゃんの拍手はいつまでもやまなかった。

第七章　ボウ

1

相談がある——とは言わなかった。会ってくれないか——と、古い友だちは深夜に突然電話をかけてきて、言ったのだ。

名前は高橋という。大学の同級生だ。声を聞くのは十年ぶりだった。最後に顔を合わせたのは、交通事故で若死にした共通の友人の告別式のときだったから、さらに五年ほどさかのぼる。

「いつでもいいんだ、おまえの都合に合わせるから」

高橋は呂律《ろれつ》のあやしい声で言った。秋の半ば。パジャマの上に薄手のカーディガンを初めて羽織った、その夜のことだ。

「どうしたんだよ、なにかあったのか？」

寝入りばなを起こされた僕の声は、きっと半分寝ぼけて間延びしていただろう。「高橋だよ、高橋」の声が記憶の中の高橋につながるまでにも、少し時間がかかってしまった。

「会ったときに話すから、とにかく時間くれよ。頼む」

高橋とは、そういう頼まれごとをされるような付き合いではなかった。同級生とはいっても、性格も、生活も、要するに住んでいる世界がまったく違う。一部上場の大企業に就職した高橋と、四十一歳になった今日まで結局一度も会社員にはならなかった僕。たしかニュータウンに一戸建てをかまえ、奥さんと二人の子どもがいるはずの高橋と、妻子と別居して仕事場とは名ばかりの雑居ビルの一室に寝起きする僕。もしも頼みごとがあるとすれば、僕から高橋へ、金の無心――そのほうがずっとリアルだろう。

だが、高橋は「会ってほしいんだ」と繰り返す。すがりつく口調だった。追い詰められているようにも聞こえた。

「頼むよ、進藤。いつでもいい、おまえのスケジュールに合わせるから」

「……スケジュールっていうほどのものはないよ、俺は。高橋のほうが忙しいだろ」

「俺のことはどうでもいいんだ、頼む、会ってくれ、頼むよ、なあ……」

ここまでせっぱつまる事情――思いつくものは、一つしかなかった。あまり楽しくない想像だったが、じかに会ってから伝えるよりも、いまのうちに言っておいたほうがお互いに嫌な思いをせずにすむ。

僕はベッドから起き上がり、部屋の灯《あか》りは点《つ》けないまま、煙草をくわえた。

「悪いけど、ヤクザがらみの話だったら、力にはなれないぞ。フリーライターっていっても、そういう世界と付き合ったことはないんだ、俺」

　テレビやマンガとは違うんだから、とつづけようとしたら、それをさえぎって、高橋は「違う！」と強い声で言った。「違うんだ……そんなのじゃないんだ……」

　涙ぐんでいる――？

　あいつが――？

　学生時代の高橋は、いつも自信に満ちていた。すぐに「俺が、俺が」と前に出てくるタイプの男だった。押しが強い。自信があるぶん傲慢《ごうまん》で、ひとを見下す態度をとることも多かった。個人的な付き合いがほとんどなかったのは、そういうところがわずらわしかったせいもある。

　煙草に火を点けた。手帳を繰るまでもない。仕事の融通はいくらでもきく。レギュラーで無署名の原稿を書いていた雑誌が先月休刊して、数年来のコンビを組んでいた別の雑誌の編集者は、先々月、人事異動で雑誌の現場からはずされた。

「明日、会おうか」

「……いいのか？」

「よくわからないけど……いいよ」

　高橋は僕の返事に心底ほっとしたように、そして心底申し訳なさそうに、「ありがとう、ほんと、悪い、感謝する」と言った。

　そんなことを言うような男ではなかったのだ。

「で、何時にどこで会う?」

「進藤に任せるよ、いつでも、どこにでも行くから。都合のいい場所と時間、言ってくれ」

ほんとうに、そんなことを言うような男ではなかったのだ、高橋は——。

翌日の夕方、西新宿のホテルのラウンジで待ち合わせた。高橋が誘ってくるなら、酒に付き合うつもりだった。電話の様子からすると、素面《しらふ》より少し酒が入ったほうがいいかもしれない。話すほうも、聞くほうも。

だが、約束の時間に少し遅れてラウンジに姿を現した高橋を見たとたん、必要なのは酒ではなく、ベッドだ、と思った。疲れが全身からたちのぼっている。僕に気づいて、よお、と手を挙げる、そのしぐさにも、ゆるめた頰にも、覇気がない。

十数年ぶりの再会だ。あの頃に比べて、それなりに歳はとっている。学生時代と比べると、もっと。それでも、高橋の風貌《ふうぼう》は、予想以上に老け込んでいた。椅子の背に深く体を預け、肩で息をつく。身なりは一流企業の社員にふさわしく整っていたが、だからこそ逆に、しぐさのひとつひとつが、いっそうくたびれて見える。

「……悪かったな、忙しいのに」

高橋は最初に言って、「ほんとに悪い」と頭を下げた。

「いや、べつに……俺はいいんだけど、高橋、おまえどこか体の具合悪いのか?」

単刀直入に訊《き》いた。そうしないと、なんとなく、高橋は詫《わ》びと礼とをいつまでも繰り返しそうな気がした。

高橋は「ガタは来てるよ、そこらじゅう」とみぞおちに手をあてて、笑った。「本厄なんだぜ、俺たち」

まあな、と僕も苦笑いを返す。数えの四十二が本厄——今年だ。

「高橋が厄年を信じるなんて思わなかったけどな」

「そうか？」

「だって、そういう迷信めいたものは大嫌いだっただろ、おまえ」

たいして深い意味を込めたわけではない。会話の肩慣らしのような、軽いやり取りのつもりだった。

ところが、高橋は不意に相好を崩し、身を乗り出してきた。

「おまえ、俺のこと、いまでも覚えててくれてるのか？　覚えてるんだよな？　学生時代の俺のこと」

「……ああ」

「どうだった？　俺って、昔、どんな奴だった？」

「はあ？」

「教えてほしいんだ、俺のこと」

真顔で言った。まっすぐ、食い入るように僕を見つめて。

「なんでもいいんだ、教えてくれ。俺って、大学生の頃、どんな奴だった？　好きな音楽ってなんだった？　いつもどんな服着てた？　どんな本読んでた？　映画は？　なあ、なんでもいいんだよ、つまらないことでも全然かまわないから、進藤が覚えてる俺のこと、ぜんぶ教えてほしいんだ」

冗談を言っているようには、やはり、見えない。あやしげな宗教、マルチ商法、借金、連帯保証人……頭の中でとっさに可能性をいくつか考えてみたが、どれもピンと来ない。高橋の表情はそんな目論見を秘めているとは思えないほど真剣で、凄味《すごみ》すらあった。

「どうしたんだよ、高橋」わざと笑いとばしてみた。「記憶喪失か？」

高橋はかぶりを振った。

「言っとくけど、俺、病気なんかじゃないからな」

「……わかってるけど、それは」

「頭がおかしくなったりとか、そういうんじゃないんだ。勘違いするな」

「……わかってるって」

「なあ、進藤」

高橋は、また身を乗り出した。ウエイターが注文を取りに来ているのにも気づかない。困惑するウエイターに、あとにしてくれ、と僕が目配せしても、そっちに気を取られるそぶりさえなく、高橋は、ただじっと僕を見つめる。

「俺のこと、話してみてくれ。なんでもいいから、進藤が覚えてる俺のことをぜんぶ俺に教えてくれ」

赤く血走った目が、さらに強く僕を見据える。

ヤバいな、と思う。この仕事を二十年近くつづけていれば、精神的に追い詰められてしまったひとと向き合う機会も、否応なしに増えてくる。取材相手よりもむしろ同業者やカメラマンやデザイナーやイラストレーターや編集者と会っているときに、「ああ、こいつヤバいな」と感じることが多い。因果な商売だ。その経験と照らし合わせてみても、高橋のまなざしはかなり危険な段階に来ている。

高橋は焦《じ》れた声で「まだか？」とうながした。「なにも思いださないのか？　俺のこと」

「そういうわけじゃないけど……」

思いだすまま、とりとめなく、学生時代の話をした。付き合いの浅さにふさわしい、どうということのない思い出話ばかりだったが、悪口や非難めいたことは話さないように気をつけた。こういうときにはよけいな刺激を与えるな——長年の経験が、教えてくれる。

高橋は「それで？」「あとは？」と畳みかけるように話をうながした。懐かしむ様子はない。せっぱつまっていたものが少し楽になったという感じでもなく、逆に、うながす声はしだいに強くなって、最後のほうは詰問するような口調になっていた。

五、六分ぐらいしゃべると、もともと乏しかった思い出話のタネは尽きてしまった。

「こんな感じかな」

僕は話を終えて、すっかりぬるくなったコーヒーで喉《のど》を湿した。高橋は一瞬ものたりなそうな顔になったが、それを押し隠して、「ありがとう」と笑った。「嬉《うれ》しかったよ、ほんと、ありがとう」

「……いま話したことって、自分でもぜんぶ覚えてるだろ?」

「まあな」

思いのほか素直にうなずいた。

「悪いな、あんまり思いだせなくて」

「そんなことないって。嬉しかったよ」

吹き抜けになった天井を見上げて、ふーう、と息をつく。いかにもほっとした、重荷を降ろしたようなしぐさと表情だった。

高橋はウエイターを手で呼んだ。「なにやってんだ、注文ぐらい取りに来いよ」とつぶやいて、ぞんざいにコーヒーを注文する。

ウエイターが立ち去ったあと、僕は言った。

「さっき、注文取りに来てたんだぞ」

「そうだっけ?」

「ああ。おまえは気づいてなかったけど」

「なんだ、来てたのか」

たいして悪びれずに言って、「最近よくあるんだよなあ、そういうこと」と苦笑する。

「なんていうか、ひとの存在が消えちゃうんだよな。目に入らないっていうか、特にほら、ウエイターなんて誰だっていいわけだしな、べつに関心もないし」

冷ややかな苦笑いだった。その冷たさは、ウエイターに向けられているだけではないような気がした。

「進藤は最近、絵本出してるのか？」

「いや……ちょっとスランプで、だめなんだ、なかなか」

「でも、自分の作品を残すってのは気持ちいいだろ。俺なんかそういう才能ないから、うらやましいよ」

皮肉とは思わなかったが、うなずくことも謙遜《けんそん》することもできなかった。

高橋は運ばれてきたコーヒーを一口啜《すす》って、「進藤の絵本、一冊だけ読んだことあるよ」と言った。「ほら、賞をとったやつがあるだろ。話はあんまり覚えてないんだけど、あの女の子、可愛かったよな。モデルいるのか？」

首を横に振った。いきさつを説明するのが億劫《おっくう》だったし、こんなときに『パパといっしょに』のことは考えたくない。

「じゃあ、あれか、あの女の子はオリジナルなんだ」

「まあ、そういう感じだな」

「進藤がゼロからつくりあげたってわけだ。やっぱり、いい仕事だよなあ。うらやましいよ」

感に堪えたように言った高橋は、コーヒーをもう一口飲み、ため息とともに肩を落として、「俺は逆だよ」と吐き捨てた。「どんどん自分がゼロになっていくのがわかるんだ、最近」

滅私奉公——古めかしい言葉を持ち出して、「昔のひとはいいこと言うよな、ほんとにさ、滅私奉公なんだよ。自分がなくなるんだ」と言う。

「仕事が忙しいから、か？」

「それもあるけど……仕事だけじゃないな、なんかもう、生きてることがぜんぶ、滅私奉公なんだよな。磨り減るんだ、自分が。もう、ゼロ寸前なんだよ。俺ってどんな奴だったっけ、俺はいったい誰なんだろうな、ってな」

声が沈んだ。大げさだな、とは笑えなかった。

「俺は誰だ、俺は誰だ、俺は誰だ……俺は誰なんだよ……」

高橋は呪文《じゅもん》を唱えるように繰り返し、なんてな、と苦笑して、やっと本題を切り出した。

「頼みがあるんだ。俺、作家とか、そういう奴の友だちっていないから、おまえにしか頼めないんだよ」

書いてくれ——と言った。どんな形でもいいから自分のことを文章にしてくれ。

「怖いんだよ」

「……怖い、って？」

「俺がほんとにゼロになる日が来るんじゃないかと思ってさ、なんかそれ、すごくリアリティがあるんだよ。まったくのゼロ。俺がいなくなるんだ。っていうか、いるんだけど、俺自身がそれを実感できなくなるっていうか、そういうときが、いつか来る。そんなに遠くない、いつか、絶対に」

そのときのために、自分が自分であるという証拠が欲しい。高橋は、それを「レシピ」と呼んだ。料理のレシピだ。同じ料理を作り直すためにはレシピが必要なように、自分が自分であるために必要な材料を忘れたくない。そのレシピになるのだという。よくわからない。高橋が具体的に求めているものもわからないし、僕の書く文章にそんな力があるかどうかもわからない。もっと言えば、そもそもレシピがあれば自分を取り戻せるものなのか――？

「まあ、変な話だけど、お守りみたいなものだよな」

そう言って苦笑する高橋は、あの頃より体が一回り小さくなった。薄くなった髪は、白髪も増えていた。

結局、その場では引き受けるかどうかは答えなかった。

「どんなふうに書けばいいのか、ちょっと考えてみるから」

ずるい逃げ方だ、と自分でも思う。

「悪いけど、人助けだと思って、頼む。ほんとに、俺、いま不安でしょうがないんだよ、もうほとんどゼロになってるんじゃないか、って……」

すがるように言って頭を何度も下げる高橋から、僕は黙って目をそらした。

古い友だちの、こんな姿を見たくない。何度でも言う。僕自身と、あいつのために、何度でも言いたい。あの頃の高橋はほんとうに、いつだって自信に満ちあふれていて、プライドが高くて、頑《かたく》なほど自分というものを譲らない男だったのだ。

ホテルを出たところで別れた。ゆうべの電話とは裏腹に、高橋はかなり忙しそうだった。地下鉄の駅に向かって歩きだすとすぐに携帯電話を取り出して、メールや留守番メッセージをチェックしていた。

足早に遠ざかっていく背中を見送って、少し安心した。まだ、だいじょうぶだよな、おまえ、まだ元気だよな……。高橋にというより、僕を安心させるために、そうつぶやいた。もしも高橋が酒に誘ってきたら——たぶん、適当な口実をつけて断っていただろう、と思う。

2

翌週の月曜日、朝から調子が悪かった。ゴミ出しのために早起きをしたのに、ゴミ袋が切れていた。知らん顔をしてコンビニの袋で出してしまおうかとも思ったが、二十歳ぐらいのガキじゃないんだから、と苦笑して打ち消した。いつもは目覚めに手早くシャワーを浴びるだけだが、せっかく早起きをしたのだから、と朝風呂《ぶろ》を愉《たの》しむことにした。ところが、バスタブに湯が溜《た》まるのを待っているうちにソファーでうたた寝をしてしまい、あわてて風呂に駆け込むと、オーバーフローで処理しきれなかったお湯がバスタブからあふれ通しだった。冷蔵庫を開けても、牛乳がない。ハムがない。ヨーグルトがない。忙しさにかまけて買い物に出られない日がつづいていた。

中年の一人暮らしのわびしさを背負ってメールをチェックすると、ひさしぶりに――ほんとうに、ひさしぶりに、朋子からのメールが届いていた。

元気でがんばっているという近況報告と、日本に帰ってくるはずだったクリスマス休暇が、ほぼ確実につぶれそうだ、という報告。〈あかねからも、お父さんによろしく、とのことでした〉――まあ、あかねが書いたふりをして朋子が代筆するよりましだよな、と煙草のフィルターを嚙《か》みしめた。食べ物やゴミ袋は切らしても、煙草とコーヒーだけは買い置きをたっぷりしている。それが中年の一人暮らし、というものなのだ。

フランスパンをトーストにしただけの朝食を終えて、仕事にとりかかる。予定表を兼ねたカレンダーには、〈絵本打ち合わせ〉とあった。

この調子だと、打ち合わせも「気長にお待ちしてますから」「がんばるから」の確認だけではすまないんだろうな、と思っていたら――そういう予感は、悔しいぐらいによく当たる。

仕事場を訪ねてきたシマちゃんは、最初から険しい顔をしていた。コンビを組んでから約一年、菩薩《ぼさつ》の笑顔を見せてくれる時間は、確実に減っている。

新作の絵本がまったく手つかずのままだというのを確かめると、シマちゃんは、ふーう、と息をついた。

「今日は、ちょっとキツいこと言わせてもらっていいですか？」

「……ああ」

「怒られるのを覚悟して言いますけど、わたし、進藤さんって卑怯者《ひきょうもの》だと思います。逃げてるんじゃないんですか、絵本から」

そんなことはない——とは言えない。

シマちゃんの言うとおり、僕は絵本を書くことから逃げている。絵本から逃げていることを絵本で書いてみたいという、子どもの屁理屈《へりくつ》めいたことを口にしては、シマちゃんに「じゃあ、それを早く書いてくださいよ」と叱られている。

「聞きましたよ、進藤さん。今度またゴーストやるんですって？」

さすがに編集者は耳が早い。というより、さすがに編集者は口が軽い、のほうがいいだろうか。週刊誌のセクションで極秘に進められているはずの大物女優の自叙伝の話は、すでに児童書のセクションにまで伝わっているのだった。

「それって、ほとんどポルノ小説の、暴露本なんでしょ？」

「まあ……男性遍歴が売りだからな」

「で、その本を進藤さんがお書きになる、と」

いやみたっぷりに言ったシマちゃんは、もどかしさとやるせなさを顔に浮かべて、つづけた。

「むなしくないですか？　そういう仕事」

「べつに」

間髪を容《い》れずに、きっぱりと答えた。開き直っているわけではない。これが素直な僕の答えだ。

「……どうせそう言うと思ってましたけど、でも、やっぱりむなしいでしょう？　赤の他人になりすまして、文章のテクニックだけを切り売りするって、進藤さんの自分って、どこにあるんですか？」

「ここだよ」

自分の胸を指差した。「ここに、ちゃんとある」と念を押して、軽くつつく。

不満そうな顔のシマちゃんに、もう一言、言ってやった。

「仕事は仕事、自分は自分なんだ」

「わかりますよ、でも……」

「文章を書くことが俺の仕事なんだ。自分を出すことで金をもらってるわけじゃない」

「わかりますってば、そんなにしつこく言わなくても。でもね、じゃあ、絵本作家としての進藤さんはどうなんですか？　これも仕事なんですか？　割り切ってるんですか？　子ども相手に面白そうなお話でもつくりましょうか、って……進藤さん、そんなに器用だったんですか？　だったら、もっとどんどん書いてくださいよ。書けばいいじゃないですか、ほら、仕事なんでしょ、書いてくださいよ、わたし待ってますよ、ずーっと待ってるんですから、そろそろ書いてみてくださいよ」

いつものことだ。シマちゃんは興奮すると言葉をグイグイ押し込んでくる。勝ち気なところがある。短気でもある。そんなシマちゃんが、もはや僕にはなんの期待もしていない上司の冷ややかな視線を浴びながら、新作を書きだす日を丸一年待ってくれている——そのことの重みと苦みは、わかっているつもりなのだが。

シマちゃんは一息にまくしたてたあと、興奮を鎮めるように「お持たせ」のケーキをしばらく黙ってぱくつき、やっと気を取り直して「進藤さん、ちょっとゲームしてみませんか?」と言った。

「ゲーム?」

「そう。ゲームっていうより、占いっていうか、性格判断っていうか……」

「心理テスト?」

「あ、そうそう、そんな感じ。べつに特別な道具とかは要らないし、すぐできるんですよ」

何日か前に読んだ雑誌に載っていたのだという。

「科学的にかっちり理屈がついてるわけじゃないんだけど、意外と面白くて」

「どんなの?」

「じゃあ、紙と鉛筆、用意してください」

言われたとおりにした。

「ほんとは頭の中で思い浮かべるだけでいいんですけど、まあ、紙に書いたほうがわかりやすいってことで」

「準備ＯＫ、だけど」

「えーと、それではですねえ、進藤さん、漢字を一文字思い浮かべてください。『ボウ』と読む漢字です」

「たくさんあるだろ」

「もちろん、たくさんあります。たくさんありますが、最初に思い浮かんだ一文字だけ、紙に書いてみてください」

シマちゃんはもったいぶった口調で言って、「字ヅラが悪いから別のにするとか、そういうのはいけませんよ。とにかく、『ボウ』と言われて最初に浮かんだ漢字ですよ」と釘《くぎ》を刺した。

「……わかった」

ボウ。

真っ先に出てきたのは、あまり縁起のよくない漢字だった。一瞬ためらったが、それがルールならしかたない、紙の真ん中に大きく書いた。

〈亡〉

それを覗《のぞ》き込んだシマちゃんは、「やっぱりなあ……こう出ちゃったかあ……」とため息交じりにつぶやいた。

「なんだよ、よくないのか？」

「いや、べつに、いい悪いっていう問題じゃないんですけど、じゃあ、二番目に思い浮かんだ漢字はなんですか？」

「今度も『ボウ』？」

「そうです。素直な気持ちで思い浮かべてくださーい」

「……素直ねえ」

僕は首をかしげながら、紙に鉛筆を走らせた。

〈忘〉

シマちゃんは「なるほどねえ」と、またため息をついて、三番目に思い浮かんだ漢字を書くよう命じた。

今度は少し時間がかかった。

〈帽〉

シマちゃんは「まあ、これは出てきますよねえ」と一人で納得して、さらに四番目の漢字をリクエストする。

〈棒〉

「はいはいはい、まあ、定番定番。いいですよぉ、つづけて五番目は？」

「そんなに漢字たくさんあったっけ？」

「ありますよぉ、作家のくせに、なに情けないこと言ってるんですか」

「……絵本には漢字はあんまり出てこないだろ」

「よけいな言い訳はやめて、はい、さっさと思い浮かべる。これが最後ですからね」

五番目──。

自然に浮かぶというより、頭の中からひっぱり出すように、漢字を見つけた。

〈暴〉

ノートには、〈亡〉〈忘〉〈帽〉〈棒〉〈暴〉と漢字が並んだ。

「それでね、帽子の〈帽〉と、マッチ棒の〈棒〉は、とりあえず関係ないんですよ。この二つはメジャーすぎるから、消してくださーい」

さっぱりわけがわからないまま、〈帽〉と〈棒〉を二重線で消した。

残ったのは、〈亡〉〈忘〉〈暴〉──。

「この三つの漢字が、いまの進藤さんの心理状態を象徴してるんですよ」

「はあ？」

「意外と当たってると思いません？」

「……どこがだよ」

「だって、ほら、言われてみればぜんぶ当てはまると思いますよ。わたし、あらためて、すごいなあ、と思いましたもん」

シマちゃんはノートの漢字を一つずつ指差しながら、解説していった。

「まず、最初の〈亡〉は、亡くなったひとですよね、文字どおり」

あかねちゃんのこと——だという。

「やっぱり、あの子のこと、ずーっと進藤さんの胸の中に残ってるんですよ」

二番目の〈忘〉は、僕がそれを忘れたがっているから浮かんだ——らしい。

「どうです？　意外と話の筋が通ってるでしょ？　で、要するに、それが新しい絵本を書けない理由でもある、と……ここは、わたしのオリジナルですけど」

最後の〈暴〉は、暴力よりも、むしろ自暴自棄の〈暴〉だというのが、シマちゃんの解釈だ。

「進藤さん、フリーライターの仕事で自分をいじめてるんですよ。絵本の世界でひとまず名前が売れてきて、さあ、いまから進藤宏の名前でどーんと勝負していくか、ってときに……せっかく一本立ちしかけた進藤宏を、自分でいじめてるんです。なるべく名前の要らない仕事を選んで、ペンネームも適当につくっては適当に捨てて、ゴーストライターで他人になりすましたりして……それって、まさに自暴自棄じゃないですか。違いますか？」

強引なこじつけだ。冗談じゃない。いいかげんにしろ。ふざけるな。言い返すための言葉はいくつもあったが、僕は黙って、ノートに記された三つの漢字を見つめた。

シマちゃんも自分の解釈が当たっているのを自慢するわけではなく、この心理テストはよく当たるんだと感心するわけでもなく、逆に当たってしまったことを悔やむみたいに、しばらく黙り込んでしまった。

沈黙の重さに耐えられなくなったのは、僕のほうだった。

「……『ボウ』って読む漢字って、そんなにたくさんあるんだっけ?」

「ありますよ、なにのんきなこと言ってるんですか。パソコンで変換してみてください よ」

確かに、パソコンに「ぼう」と打ち込んで漢字変換すると、三十文字以上も候補が出てきた。

〈乏〉もある。〈貿〉も確かにそうだし、〈防〉を忘れていた。まだまだ、たくさんある。

〈坊〉〈望〉〈某〉〈冒〉〈房〉〈忙〉〈膨〉〈謀〉〈妨〉〈呆〉〈茫〉〈傍〉〈滂〉……。

全体を見渡してみると、面白い結果が出てるんですよ。面白いなんて言っちゃいけないけど」

「それでね、面白い結果が出てるんですよ。イメージの良くない漢字が多い。

シマちゃんはノートに漢字を三つ走り書きした。

〈防〉と〈忙〉と〈乏〉だった。

「進藤さんの同世代、四十前後のサラリーマンにテストしてもらったら、この三つの漢字がいちばん多かったらしいんですよ。〈防〉って、要するに守るってことですよね。家庭を守って、いまの生活を守って、毎日毎日忙しく働いて、でも貧乏なの。なんか、もう、たまんないでしょう?」

「……希望の〈望〉が出てこないところが、寂しいよな」

「でも、もし〈望〉を書いたひとがいても、それって、絶望の〈望〉だったりして」

そうかもしれない。いや──そのほうが、ずっとリアルに実感できる。

高橋のことを、ふと思った。パソコンの画面に表示された漢字の一覧表を見ながら、あいつなら、どんな「ボウ」を選ぶだろう、と考えた。

〈某〉の文字に、目が吸い寄せられる。某月某日の某、某氏の某──名前を持たない、ナニガシ。どこの誰でもなく、そして、どこの誰でもいい、ナニガシ。

あの日以来、高橋からの連絡はない。僕も、高橋の頼みを引き受けると決めてはいない。このまま話がうやむやになってくれればいちばんいい、とも思っている。

シマちゃんは、ノートにさらに漢字を三つ書いた。

〈冒〉〈望〉〈呆〉

「わたしは、これです」

「どういう意味になるんだ？」

「部長の猛反対を押し切るというリスクを冒して、毎月、かすかな望みを持って仕事場を訪ねて、なーんにも進んでないのを知って呆然《ぼうぜん》とする……って意味じゃないですか？」

シマちゃんはつまらなそうに笑って、「嘘ですよ、嘘、冗談です」と漢字を三つとも鉛筆で黒く塗りつぶした。

実りのない打ち合わせの帰り際、シマちゃんは玄関に立つと居住まいを正し、ためらいを振り切って言った。

「もし、ほんとうに進藤さんがもう絵本を書かないんだったら……引退宣言してくれませんか?」

頬が赤く上気している。

「進藤さんが引退宣言してくれれば、わたしもあきらめがつくんですよ。べつに、他のみんなに言う必要はないんです。わたしにだけ、もう絵本作家は引退だから、って言ってくれればいいんです。そうすれば、わたし、新しい作品なんか待ちません。『パパといっしょに』を一生、数えきれないほど読み返します。学生時代みたいに、夢中になって読みます。何度でも、何度でも。で、思うんですよ。作者の進藤宏っていうひと、この一冊で消えちゃった才能のない作家だったけど、『パパといっしょに』があればいいよね、って。変な新作を出されてイメージが壊れちゃうより、『パパといっしょに』だけの進藤宏のほうがずっといいよね……って」

僕は黙ってその場に立ちつくす。出版業界でただ一人、僕の新作を待ってくれていたひとを、僕はこれ以上悲しませるべきではないのかもしれない。

大学時代に『パパといっしょに』を読まなければ絵本の編集者になろうとは思わなかった、とまで言うシマちゃんを、これ以上失望させる権利は、僕にはない。

そして——現実の世界で幸せになれなかった少女をお話の世界で救おうとした自分の傲《ごう》慢《まん》さに、僕はそろそろきちんと向き合わなければならないのだろう。

僕は玄関脇の磨りガラスの窓に目をやり、最後の勇気をふりしぼって、シマちゃんを正面から見た。

「来月は、もう来なくてもいいよ」

シマちゃんは泣きだしそうな顔でなにか言いかけたが、それを制して、つづけた。

「いままでずっと待ってもらってて、悪かった。一生忘れないし、一生シマちゃんには感謝しつづけるし、詫《わ》びつづける」

頭を下げた。

「……絵本作家は、引退する」

言葉は、思っていたよりずっとなめらかに出た。

シマちゃんは少し間をおいて、「わかりました」と言った。

玄関のドアが静かに閉まる。誰もいなくなった玄関に向かって、僕はもう一度、深々と頭を下げた。

3

絵本作家を引退したといっても、日々の生活に大きな変化があるわけではなかった。もともと生活費はすべてフリーライターの仕事で稼いでいた。「副業」と呼んでくれていたのはシマちゃんだけで、若い編集者やカメラマンのほとんどは、もう、僕が絵本を書いていたことすら知らない。

四十一歳。雑誌の現場でばりばり取材をして原稿を書きまくるにはトウのたった歳だが、贅沢《ぜいたく》さえ望まなければ、あと数年はライターでやっていけるだろう。

そこから先のことは考えないようにしている。

不倫カップル御用達の温泉旅館の取材で伊豆《いず》に出かけたとき、古い付き合いのカメラマンの市川さんに、「進藤ちゃん、絵本書くのあきらめたんだって？」と言われた。

「……情報、早いですね」

「児童局の女の子いるだろ、シマモトだかシマダだか知らないけど、ちょっと太った子。あの子がさ、こないだ大荒れだったんだよ」

会社の近くの、深夜まで営業している讃岐《さぬき》うどんの店で、偶然シマちゃんを見かけたのだという。同僚の女性編集者と一緒だった。かなり酔っていた。酒のあとの締めにうどん屋に入った、という雰囲気だったらしい。

「なんかもう、一人で怒ってたぞ。進藤さんに裏切られた、裏切られたっつってな。知らない奴が聞いたら、おまえ、痴情のもつれって感じだったから、まいっちゃったよ。弱虫だ、いくじなしだ、って……進藤ちゃんのこと、ぼろくそだったけど、途中で泣きだしちゃってさ、わんわん泣くんだよ。わたしの力不足です、わたしが進藤さんをだめにしちゃったんです、ってさ。あれ泣き上戸なのか？　もう、店の旦那《だんな》も困っちゃって、そのあとのうどん、ぜんぶ茹《ゆ》で過ぎなんだよ。こっちまでとばっちり食っちまったよ」

僕は思わず「どうもすみません」と謝って、俺が謝る筋合いのものじゃないよな、と苦笑した。胸の奥が、うずくように痛む。弱虫。いくじなし。そんな言葉をぶつけられたのは子どもの頃以来だったが、確かにそうだよな、と認める。

市川さんは部屋付きの露天風呂《ぶろ》に赤く色づいたカエデの葉を何枚か浮かべながら、「でも、どうなんだ?」と訊《き》いてきた。「あの子、あんまり仕事ができそうな感じじゃなかったけど、進藤ちゃんが愛想尽かしちゃったのか?」

「違いますよ」――自分でも意外なほど素早く、強い口調の声が出た。

「彼女は、いい編集者ですよ。俺が悪いんです、絵本を書けなかったのも、結局やめちゃったのも、ぜんぶ俺が悪いんです」

「……ふうん」

カエデを浮かべた露天風呂を手早く撮影した市川さんは、紅葉に燃え立つ宿の周囲の風景にカメラを向けながら、「要するに」と言った。

「進藤ちゃんは、宝くじを買うのをやめちゃった、ってことだよな。絵本と宝くじをいっしょにしちゃいけないけど……でも、そんなものだろ?」

「ええ……そうです」

「宝くじは、買わない奴には絶対に当たらない、と」

皮肉をぶつけられたのか、責められているのか、よくわからない。風貌《ふうぼう》も性格も飄々《ひょうひょう》として、とらえどころのないひとだ。それに合わせたかのように、写真のピントもときどき甘くなる。

五十歳をとうに過ぎた市川さんには、カメラマンとしての将来の展望はゼロだ。ライフワークとして仕事の合間に追いかけているテーマもない、という。自分の息子のような若い編集者に便利屋まがいに使われ、読者が次のページをめくればそれで終わりの、誰からも顧みられることのない写真を安いギャラで撮りつづけ……やがて便利屋としてさえお払い箱になったときには、彼はどうするつもりなのだろう。

そして、僕は――あと何年かすれば、コンビを組んだ若いカメラマンに同じような視線で見られてしまうはずの僕は、これからどこへ向かうのだろう。

撮影が終わった。僕も短い原稿を書くための取材を終えた。

「じゃあ、ちょっと失礼して……」

市川さんは服を脱ぎ捨てて、露天風呂に浸《つ》かった。「役得、役得ぅ」と笑いながら、気持ちよさそうに顔を洗う。

やれやれ、と僕は苦笑して、フロントで貰《もら》ったパンフレットを見るともなく見た。

〈自分を取り戻す、安らぎの宿〉――という惹句《じゃっく》が書いてある。

いままではただの謳《うた》い文句だとしか思わなかったそのフレーズが、妙に胸にひっかかる。

高橋のことを思った。市川さんのことも、思った。それから僕自身のことも、乾きかけたカサブタを無理に剝《は》がすように。

俺たちの「自分」は、どこにあるのだろう。俺たちの「自分」は、ちゃんと俺たちの中にあるのか――？

「なんですか？」

振り向いて聞き返すと、市川さんは檜《ひのき》の湯船に膝立《ひざだ》ちして、腰から上を山の風で冷ましながら、言った。

「宝くじはよぉ、買わなきゃ当たんねえからな、ほんと。買えるうちは、無駄でも買っといたほうがいいぞ。歳とってからだと、もう買おうと思っても買えなくなるからなあ」

痩《や》せた肩に、撮影のときにお湯に浮かせたカエデの葉が貼りついていた。ちょっと洒落《しゃれ》た膏薬《こうやく》のようにも、色鮮やかな刺青《いれずみ》のようにも見える。

「市川さん」

「うん？」

「変なこと訊くんですけど、『ボウ』って読む漢字、けっこうたくさんあるじゃないですか」

「ああ、そうな、うん」

「その中で、市川さんが最初にパッと思い浮かぶ漢字って、なんですか？」

市川さんは少し考えて、「望遠レンズの〈望〉かな、商売道具だもんな」と答え、ハハッと笑った。

「二番目は？」

「なんだ、まだあるのかよ。だったら……そうねえ、防水仕様の〈防〉なんてどうだ？　仕事熱心だよなあ、われながら」

ちょっと質問の意味を取り違えられてしまったかもしれない。

それでも、しかたない。「三番目は？」と訊いてみた。

「おまえ、年寄りにあんまり頭を使わせるなっての」

「仕事に関係なくてもいいですから、とにかく、パッと浮かんだ漢字、言ってください」

「……冒険の〈冒〉かなあ、あとは。もう冒険なんてできねえもんな、だから、憧《あこが》れだ、憧れの漢字だ、うん」

市川さんはそう言って、またお湯に肩まで浸かった。カエデの葉が肩から剝がれ落ちる。

「ありがとうございました」と礼を言ったが、市川さんの返事はなかった。

取材や締切のスケジュールを調整して、一日まるごと、なんの予定もない日をつくった。早起きをして、仕事場の大掃除をした。埃《ほこり》をかぶっていた画材をていねいに拭《ふ》き、物によっては洗い、箱に入っていたものはきちんと入れ直し、整理棚に並べた。店舗のように居抜きで譲ることができるのなら、この部屋の新しい住人は、明日からでも絵本作家を始められるだろう。

死化粧をほどこしたつもりだった。もう二度と使わないだろうからこそ、汚れたままで別れを告げたくはなかった。

午前中いっぱいかけて、大掃除を終えた。それでも――捨てることはできなかった。分別用にゴミ袋も多めに用意していたのに、どうしても、その中に入れられない。ためらいがある。未練も、きっと。

まあ、捨てるのはいつでもできるんだから、とあきらめて部屋を出た。電車とバスを乗り継いで、郊外の霊園へ向かった。あかねちゃんが――そこに眠っている。

あかねちゃんの遺骨は父親の生家の墓に納められた。あかねちゃんの祖父、言い換えればあかねちゃんを殺した男の父親は、当時、テレビの取材で「あいつが死刑になっても、骨は絶対にこの墓には入れさせない」と怒りと悲しみに震える声で言っていた。母親の顔や声は、事件が忘れ去られるまで、とうとう一度もマスメディアで紹介されることはなかった。

あかねちゃんの父親は、一審で無期懲役の判決を受けたものの、弁護団がたしか心神喪失を理由に控訴し、いまはどこまで進んだのだろう。二審の判決は出たのだろうか。たとえ出ても、もうそれが新聞や雑誌をにぎわすことはないだろう。

霊園の事務所に隣接する売店で、線香と小ぶりの花束を買った。最寄りの駅前でなにかオモチャを買おうかと思ったが、亡くなった歳に合わせればいいのか、いまの――生きていれば、の小学五年生の好みそうなオモチャがいいのか、店に入ってからわからなくなって、結局なにも買わずに外に出た。

あかねちゃんの墓は、霊園を見渡すひな壇の区画にある。『パパといっしょに』の本が出来上がったとき以来の墓参りだった。あの頃は色とりどりの花やオモチャやお菓子が供えられていた墓にも、いまは、その名残はない。

悲しい記憶は、静かに薄れ、やがて忘れられていく。「忘れる」という能力を人間が授かったのは、もしかしたら、この世界には「忘れたい」出来事が多すぎるから、と神さまが見抜いていたせいなのかもしれない。ものを書いて残すというのは、それに抗《あらが》う罪深い営みなのかもしれない。

花を供え、線香を立てて、手のひらを合わせた。

「ごめんな……」

詫《わ》びる言葉が、唇から漏れた。

大物女優の自叙伝の仕事が、急にキャンセルになった。インタビューをもとに僕がまとめた原稿が、その女優のお気に召さなかったらしい。

「これじゃあ、ちっとも自分らしさが出てない、ってさ」

本を仕掛けた女性週刊誌の芸能班のデスクは、うんざりした顔で煙草をふかした。すみません、と謝りかけた僕を手で制して、「違うんだよ」と言う。

「進藤ちゃんが悪いんじゃないって。ただのイチャモンだよ。結局、途中でビビっちゃったの、女王さま。ウルトラ暴露本だから。難癖つけて降りちゃおうって、よくあるパターン」

なるほどね、と僕は声に出さずに返す。

途中で状況が変わってキャンセルというのは、決して珍しい話ではない。芸能人や政治家の本を出す場合は、特に。それはそれで、かまわない。キャンセル料とインタビューの内容の口止め料込みの、そこそこの原稿料をもらえばいいだけのことだ。書きかけの原稿は闇に葬られ、二度と陽の目を見ることはない。そんな原稿が、仕事場のパソコンのハードディスクには何百枚分も眠っている。

「自分らしさ、ですか」

「まいっちゃうよなあ。年齢詐称に、整形に、息子の犯罪のもみ消しに、結婚前にハワイで極秘中絶二回……それで自分らしさもへったくれもないっての、まったく」

「でも、まあ、よくある話ですから」

「進藤ちゃんぐらいのベテランだと達観できるよな。でも、俺、けっこう入れ込んでたのよ、マジに。だからさ、進藤ちゃんには悪いけど、ライターを交代させる話まで持っていって粘ったんだけど、やっぱりダメだった」

ライターの代わりは、いくらでもいる。多少の文章の上手《うま》い下手はあっても、どうしても僕でなければ、という仕事などない。

たとえ僕が今夜死んでしまっても、雑誌は来週もいつもどおりに発売されるだろう。いつもの記事がいつものように載って、いつもの読者がいつものようにそれを読む。ライターが一人入れ替わったことに気づく読者は、誰もいないだろう。

思わず苦笑すると、デスクは勘違いして、「ほんと、最低の女だよなあ、あいつ」と笑い返した。

仕事場に戻って、預金通帳の残高と、クレジットカードの引き落とし案内の金額を見比べた。

かなりキツい。女優の自叙伝はそれなりのベストセラーになるのが約束されていただけに、キャンセルはやはり痛い。あと半年もすれば、来た仕事を受けるだけではすまず、いろいろな出版社のいろいろな雑誌の編集部に営業に回らなければいけないかもしれない。

やれやれ、とため息をついた。

こういうのをあと何年つづければいいんだ――？

つづけた先に、なにがあるんだ――？

通帳を机の上に放り投げて、もう使うことのない色鉛筆の並んだペンスタンドをぼんやり見つめていたら、電話が鳴った。

いますぐ会いたい――高橋は、震える声で言った。

4

この前と同じホテルのラウンジで会った。今度は高橋のほうが先に来ていた。椅子に浅く座って、テーブルに両肘《りょうひじ》をついて、頭を抱え込んでいた。向かい側の椅子に座るまで、僕が近づいてくる気配に気づかなかった。顔をハッと上げて、「悪かったな、突然」とかすれた声で言って、力なく笑う。

ベッドが必要だ——と、すぐに思った。それも、自宅ではなく病院の——。

約一カ月ぶりに会う高橋は、いっぺんに数年ぶん歳をとってしまったように見えた。痩《や》せた。髪もずいぶん白くなった。目のまわりのどす黒い隈《くま》は、昨日や今日、できたものではなさそうだった。

「この前の話、覚えてくれてるか？」

「ああ……」

「書く気になってくれたか、俺のこと」

僕は黙って、小さくかぶりを振った。

ホテルまでとばしたタクシーの中で、ずっと考えていた。そう答えることで追い詰められた高橋をさらに苦しめてしまうのは覚悟した。だが、僕はもう、お話の世界で——言葉だけの世界で、誰かを救おうとは思わない。

高橋は驚いた様子を見せなかった。最初からあきらめていたのか、それとも、感情の起伏すら磨り減ってしまったのか、薄笑いを浮かべて僕を見つめるだけだった。

ウエイターが注文を取りに来た。テーブルにはまだなにも載っていない。僕と目が合うと、ウエイターは、困ってるんです、と訴えるように口をすぼめた。

コーヒーを二つ頼んだ。高橋はまた頭を両手で抱え込んで、ウエイターのことなど、なにも気に留めていないようだった。ほっとしたふうに立ち去るウエイターがこのまえと同じウエイターだったのかどうか、僕は覚えていない。誰だろうとべつに変わりはないじゃないか。わざとそう思ってみた。

「二、三年前だったかなあ……」

高橋は顔を上げて言った。なにかの祝賀会が会社でおこなわれたときに、数十人の集合写真を撮った。みんな背広姿で、整列してカメラに収まった。何日かたってプリントが仕上がり、一人ずつに配られた。

「一瞬なんだ。ほんの一瞬なんだけど、俺、自分がどこにいるかわからなかった。自分の顔を見つけられなかったんだ。あれ？　俺どこだ？　って写真をもう一回最初から見直すときの、なんていうか、背中がぞくっとするような感覚……それが最近、ずーっと消えないんだよな……」

通勤の満員電車の中で、自分の体から中身が溶けだしていくのを感じる、という。

「俺が目の前のこいつでも、隣のあいつが俺でも、その隣のあいつが目の前のこいつでも、なにも変わらないだろ？　誰も困らないだろ？　俺の会社が明日から隣のビルの会社になっても、たぶん、それなりに仕事はこなせると思うんだ。俺のやってる仕事だって、別の誰かがやれる。そんなことを考えだすと、なんかもう、果てしなくなっちゃうんだ。進藤にはわからないかもしれないけど、だっておまえ、満員電車になんてふだん乗ったことないだろ？ 俺、思うんだ、俺たちって荷物以下だよ、ああ、荷物以下だ。荷札も貼ってない。小田急線で新宿まで出て、ＪＲに乗り換えて、東京駅で降りて、丸の内のスクランブル交差点を渡って……ずーっと、誰かと一緒なんだよ、ああ、集団登校だ、子どもの。そうなるとな、俺、風景だ、ああ、ニッポンのサラリーマンの通勤風景の、小道具、書き割り、そんなもんだ……」

話していくにつれて、声の抑揚が乏しくなる。僕を見つめるまなざしから感情が消える。

エリートと呼ばれる種類のサラリーマンの背負うプレッシャーは、僕にはわからない。プレッシャーを背負いつづけた果てに、どんな疲れが体と心をむしばんでいくのか、たとえ見当はついても、それを「わかっている」と呼ぶほど、僕は図々しい男ではない。

「でも、家族はどうだ？」僕は言った。「奥さんや子どもさんにとっては、高橋はたった一人の存在だろ」

高橋は僕の問いに答える代わりに、「もしも」と言った。

「もしも、俺が警察沙汰《ざた》を起こしたら、マスコミが取材に来ると思うんだ。おまえにも取材が来るかもしれない。そのときには、俺のことをたくさん、少しでも詳しく話してくれ。頼むよ」

なに言ってるんだ、と僕は目をそらして笑う。

「本気だぞ」

高橋の目は、まっすぐに、まっすぐに、とにかくまっすぐに、僕を射すくめる。

「……だって、警察沙汰って、おまえ、それ、冗談だろう？」

「俺、痴漢だ」――抑揚のない声。

「電車の中で、最近ずっと、ひどいことしてる」

まなざしは、動かない。

「しょうがないんだ、そういうことしないと、俺、ほんとに、溶けてなくなっちゃいそうなんだよ。電車に乗るの怖いんだ、怖くてしかたないんだ」

声が震える。顎《あご》が、わななく。

「どきどきするんだ。絶対にヤバい、捕まったらヤバい、俺、もうおしまいだ……」

凍えるように歯の根をカチカチと鳴らして、テーブルの縁を両手でつかむ。

「でも、それがいいんだ、すごくいいんだ……生きてるって実感……俺がいるっていう実感……指動かすだろ、な、けっこう入れちゃうんだ、俺、最近さ、慣れてきて……女、反応するんだ、泣きそうな顔して、もう、俺がさわってるから、なんだよ、俺なんだよ、俺、俺、俺……」

肩が震える。腕も震える。震えは背中から膝《ひざ》にも伝わって、痙攣《けいれん》するように跳ねる膝小僧が、テーブルを下から叩《たた》く。

「……犯罪だぞ」

僕は言った。「わかってるのか、それ、犯罪なんだぞ」とつづけたとき、コーヒーを持ってきたウエイターが、怯《おび》えたようにその場に立ちすくんでいるのに気づいた。

「伝票だけテーブルに置いといてくれ」と僕は言った。

だが、ウエイターはぼうっとして動かず、高橋はウエイターなどいないかのように、

「犯罪だよ、わかってるさ、痴漢は犯罪だ、警察に捕まるんだ」と言う。

「金は払うから、コーヒーはいらない。伝票だけ、ほら」

トレイに載っていた伝票を奪うように取ると、ウエイターは、あとずさる恰好《かっこう》で席を離れた。

「だから、さっき言っただろ、俺がもしも捕まったら、進藤にも取材が来るよ。そうしたら、俺のこと、ちゃんと話してくれよな。目立たない奴だったとか、普通の奴だったとか、そんなこと言うなよ。ちゃんと俺のこと思いだして、悪口でもなんでもいいからたくさんしゃべってくれよな」

「……そんなの無理だよ」

「なんでだ？」

「そういうときに、べらべらしゃべれるわけないだろ」

「おまえ、俺のこと知ってるって言ったじゃないかよ！　嘘なのかよ、それ！」

高橋は不意に声を張り上げた。怒声よりも細く甲高い、悲鳴のような叫びだった。

周囲のひとたちが驚いて振り向いた。遠くの席から立ち上がってこっちを見ているひともいる。さっきのウエイターが、ラウンジのフロアマネージャーに耳打ちしていた。フロアマネージャーは小さくうなずいて、慇懃《いんぎん》な微笑みをたたえたまま、しかし、二度目はあ

りませんよ、というふうに僕たちを見る。

　高橋は憤然としたまま、立ち上がった。

「とにかく頼んだからな」

　いままでとは一転した、ぴしゃりと封じるような強い口調だった。まともに仕事をしているときの高橋は、きっと、こんな声で話しているのだろう。

　そのままラウンジを出ていく高橋を、僕は追いかけなかった。椅子に座って、腕組みをして、書けなかった絵本のことを、ぼんやりと考えていた。

　高橋はロビーを早足に歩きながら、携帯電話で誰かと話をしていた。途中で腕時計に目をやり、そこからは小走りになって、外に出ていった。

　俺は、あいつのような奴のための絵本を書きたかったのかもな。

　いまになって、やっと気づいた。


　高橋が逮捕されたのは、それからほどない頃だった。JR中央線の電車の中で痴漢行為を受けていたOLが腕をつかみ、四ツ谷駅の鉄道警察に突き出したのだという。

　一流企業の社員が痴漢常習犯——マスコミは大騒ぎするというほどではなかったが、揶《や》揄《ゆ》を含んだ記事やニュースがいくつか流れた。そのうちの一つは、僕がニュースページのまとめを担当している週刊誌だった。

　高橋の人となりを尋ねる取材は、僕のもとには来なかった。高橋に頼まれた約束は果たせなかったことになる。

その代わり、僕は最初の約束を果たした。週刊誌のニュースページで、高橋のことを記事にしたのは、僕だ。

記者が取材したデータ原稿によると、高橋は三年前に奥さんと離婚して、ワンルームマンションに一人暮らしだったらしい。奥さんの不倫が離婚の原因だった、ということまで記者は調べていた。

高橋の会社では大規模なリストラが進められていた。高橋の役職は人事課長。リストラ候補者の名簿作成を任されながら、最近は仕事が滞っていたという。

逮捕される前日、リストラ名簿に自分の名前を加えていたという報告もあったが、裏がとれていないので、記事にするのは見合わせることになった。

こじつける気になれば、いくらでもこじつけられる。それなりに納得することもできるだろう。だが、短いニュース記事だ。事件の経緯と会社のコメントや社内事情を書いてしまえば、もう行数は埋まってしまう。

「実名はやめときましょう」と担当の若い編集者は言った。武士の情け――らしい。

「会社がでかいから記事にするだけで、事件としてはしょぼいもんだし、『四十一歳の人事課長』でいいんじゃないですか？　そのほうが読者も身につまされやすいでしょ、明日は我が身って」

武士の情けで名前を出してやったほうが高橋は喜んだかも、しれない。

記事を書き終えた僕は、仕事場からタクシーで東京駅に向かう。

入場券を買って駅に入り、高架になった中央線のホームに出た。すでに朝のラッシュが始まっていた。階下の通路に降りる階段やエスカレーターは、電車が着くたびにひとであふれ返る。似たような背広姿のサラリーマンが黙々と階段を降りていくのをホームの上から眺めていると、胸の奥がうずいた。

もしもいつか高橋に再会できたら、訊《き》いてみたい。

「ボウ」という漢字で、なにを最初に思い浮かべる――？

持っていたスケッチブックに〈某〉と書きつけて、ため息を呑《の》み込み、まわりの余白を鉛筆描きのクロッキーで埋めていった。スケッチにも至らない、ごく簡単な素描だ。駅の人込みを描いた。一人一人の顔をきちんと描き分けたいと思ったが、ひとの流れが速すぎてどうにもならなかった。

それでも――クロッキーを終えた僕は、鉛筆を携帯電話に持ち替えて、シマちゃんに電話をかけた。

「はい、もしもし……」

画面の発信者番号で電話の主が僕だとわかっているのだろう、シマちゃんの声は、低く沈んで、ふてくされていた。

「新しい絵本のことなんだけど……」

「幻の作品がどうかしましたかぁ？　元・絵本作家の進藤さぁん」

「新しい絵ができそうなんだ」

「……ふうん、そうなんですか」

「冒頭のシーンも、登場人物の一人も、なんとなく見えてきた」

シマちゃんのお芝居は、そこが限界だった。

「ほんとですか！　ねえ、進藤さん、それ、嘘じゃなくて？　ほんと？　マジ？」

はずんだ声に、携帯電話が震えた。

「落とし物をした男の子が出てくるんだ。街の雑踏で、途方に暮れてる」

「なにを落としたんですか？」

「……『自分』だよ」

シマちゃんの返事を待たずに電話を切り、電源も切った。

ホームにまたオレンジ色の電車が滑り込む。ドアが開くと、サラリーマンやＯＬがいっせいに吐き出される。人込みの去ったあとのホームに、落とし物に気づいて立ちつくす少年の姿を置いてみた。

悪くないな。

少年の名前は「ボウくん」にしよう。

ボウくんの顔は、きっと、哀れな友だちの子どもの頃の顔に似ているだろう。

第八章　女王陛下の墓碑

1

混み合ったパブに入ってきたシマちゃんは、こっちこっち、と僕が手を振ると、一瞬きょとんとした顔になった。

勘違いされた。もののみごとに。

「お邪魔って感じですか?」──席に来たシマちゃんは笑いながら、いたずらっぽく僕に目配せして、「ごめんなさい、仕事の用がすんだら、すぐに消えますから」と連れの女性に会釈した。

僕は「いいよ、べつにたいした話をしてたわけじゃないから」と言って、四人掛けのテーブルの空いた席を指差した。「時間があるんなら、ビールぐらいおごるけど」

連れの女性も、隣の椅子に掛けていたコートを膝《ひざ》の上に移して、「どうぞ」と笑う。彼女から僕に、さっきのシマちゃんよりもっといたずらっぽい目配せが来た。

「いいんですか?」

シマちゃんは、かたちだけ遠慮がちに、けれど好奇心いっぱいの顔で訊《き》いてきた。

「いいよいいよ、こっちこそ呼びつける恰好《かっこう》になって悪かったんだから」

シマちゃんを通じて——もしかしたらシマちゃんが売り込んだのかもしれないが、とにかくエッセイの仕事が舞い込んできたのだった。電話がかかってきたのは夕方、僕が外出の支度をしているときだった。スポーツ雑誌の、月替わりのコラム。原稿料は格安で、締切は間近だった。

気乗りのしなかった僕に、「今年は『進藤宏』で書いた仕事、一本もなかったじゃないですか。そういうのって、やっぱりまずいでしょ」とハッパをかけたシマちゃんは、「最低でも年に一度ぐらいは『進藤宏』の文章を書くって、現役の絵本作家の家賃みたいなもんなんですから」とも言った。

確かに、あと十日ほどで暮れる今年は、進藤宏名義での仕事は一本もこなさなかった。使い捨てのペンネームや名無しのライターとして、読み捨てられる週刊誌の記事を書き捨てる——その繰り返しで、今年もまた過ぎようとしている。

「じゃあ、やってみるよ」と答えると、シマちゃんはさっそく「締切とかはまた向こうの編集部から連絡させますけど、いま手元に雑誌持ってるんですよ。それ、お渡ししたいんですけど」と言いだした。

「宅配便でいいよ」

「でも、いいですよ、直接お渡ししたほうが面倒もないし。今日は仕事場ですか？　どこかに出かけちゃいます？　出先まで持って行きますよ、わたし」

「悪いからいいよ」

「なーに言ってるんですか、担当じゃないですか、持っていきますって」

仕事場を出なければならない時間は迫っていたし、エッセイの仕事じたい、やはり億劫《おっくう》ではあったし、「宅配便で送ってくれ」とだけ言い捨てて電話を切ってしまえば、それですむ話だった。

だが、シマちゃんは粘った。

「顔だけ見ればいいんです、進藤さんが生きてるって部長に報告できるじゃないですか」

よく考えてみればひどい言い方だったが、なんとなく、気持ちはわかる。

僕もそれで覚悟を決めた。

「いまから、古い友だちと会って飯を食うんだ。そこに来てくれるかな」

「いいんですか？」

「仕事の話はできないけど、それでかまわないんだったら」

「行きます行きます、ぜーったいに行きます！」

勢い余ってそのまま電話を切ってしまい、一分後に「あのー、すみません、場所と時間教えてください……」とまた電話をかけてくる、シマちゃんのそういうところが、僕は好きだ。

そして、そういうシマちゃんだからこそ——古い友だちを紹介したい、と思ったのだ。ビールが届き、あらためて乾杯をしたあとも、シマちゃんはまだ僕たちのことを誤解していた。

「ほんとうにお邪魔じゃないですか？　だいじょうぶですか？」

僕と彼女を交互に見て、居心地悪そうに、けれど「邪魔だよ」と言われても席を立ちそうもない好奇心を覗《のぞ》かせる。

「友だちだって言ってるだろ」僕は苦笑して言った。「真理さんっていうんだ」

「でも……友だちって、どういう関係なんですか？」

今度は、真理さんが苦笑して「友だちは友だちでしょ」としわがれた声で言った。

「でも、ほら、友だちでもいろいろあるじゃないですか。学生時代の友だちとか、仕事関係とか、ご近所とか」

「友だちっていう関係じゃだめなの？」

「……そんなことないですけど」

べつに真理さんは声を強めたわけではないのに、シマちゃんは気おされてうつむいてしまった。意外と、勘の鋭いところがあるのかもしれない。

「まあ、少なくとも、シマちゃんが想像してるような色っぽい関係じゃないよ」

僕が言うと、真理さんは「あらやだ」とシマちゃんを軽くにらんだ。「あんた、そんなこと想像してたのぉ？　ちょっと発想が貧困すぎなーい？　それに、すごく下品だと思うけど」

「……すみませーん」

シマちゃんは肩をすぼめ、頭を下げて謝った。おとなに叱られた子どもみたいに、しょんぼりとしてしまう。

真理さんはシマちゃんから僕に目を移し、また目配せした。

ちょっと手加減したほうがいい？

僕はスペアリブをかじりながら、そうですね、と笑ってうなずいた。

真理さんはシマちゃんに向き直って、「ねえ」と声をかけた。「ほんとのこと言われたぐらいで落ち込まないでくれない？　お酒飲んでごはん食べてるときに、そばに落ち込んでる子がいるのって、気分悪いのよね」

「……落ち込んでなんか、いません」

シマちゃんは顔を上げ、抗議するように真理さんを見つめ返したが、真理さんはそのまなざしを冷ややかに笑いながら受け止めた。

「じゃ、貧相な顔って、元々なんだ。あんたねえ、太ってるけど貧相だなんて、最低だと思わない？　進藤ちゃんって、作家でしょ？　作家さんの前にこんな子が座ってるなんて、はっきり言って失礼だと思わない？」

「なっ、なっ……ちょっと、なんなんですか、ひどいじゃないですか！」

「ふうん、ほんとのこと言われたら、今度は怒るんだぁ、シマちゃんって、すっごく感情的ぃ。作家さん、かわいそーぅ」

「……ひどい」

シマちゃんは顔をゆがめた。

僕も――ひどい、と思う。だが、それが真理さんだ。手加減すると言って素直に言葉の切っ先を鈍らせるようなひとではない。

真理さんは、知ーらない、というふうにシマちゃんから顔をそむけ、ドライジンのギネス割りという、とんでもないオリジナルカクテルを美味《おい》しそうに飲んだ。

あとはよろしく、ということでもあるのだろう。

僕はしかたなくシマちゃんに言った。

「口が悪いんだ、このひと」

シマちゃんはいまにも泣きだしそうな顔をして、黙って小さくうなずいた。

「でもさ、ほんと、古い友だちなんだ。ぜんぜん変な関係じゃなくて、歳だって、真理さんのほうが俺よりずっと上なんだぜ、若作りしてるけど」

真理さんがじろりと僕をにらむ。まあ、シマちゃんのためには、それくらいの仕返しはしてやってもいいだろう。

「もうすぐ五十だっけ」――真理さんに訊いた。

「ほっとけ、三流作家」

「口が悪いだろ、とにかく。へたな飲み屋に行くと、すぐにマスターや客と大喧嘩《おおげんか》なんだ」――今度は、シマちゃんに。

真理さんは「口じゃなくて、意地が悪いの」と自分から訂正した。「でも、意地汚いひとは大嫌いだからね」

「シマちゃん、このひとの仕事、なんだと思う？」

少し間をおいて返ってきた答えは、「ゴールデン街のママとかに、こういうタイプって多そうだけど……」。

真理さんはすぐに「『こういう』って、なによ、その言い方」と嚙《か》みついたが、シマちゃんの答えは、決して的外れなわけではなかった。

「けっこう近いけど、ちょっと違うんだな。惜しいなあ」

「……じゃあ、なんなんですか？」

「女王さま」

「はあ？」

「女王なんだよ、真理さんの仕事は」

本気には受け取らなかったシマちゃんが「性格的にはそんな感じですよねえ」と笑うと、真理さんはにこりともせずに、一言、低い声で言った。

「ムチでぶってあげようか？」

それでやっと、シマちゃんにもピンと来たようだった。真理さんを振り向き、僕に向き直って、また真理さん、すぐにまた僕、さらに真理さん、と思う間もなく僕……、「え？　え？　え？　え？」と甲高い声と一緒に。

「そういう種類の女王さまなんだ」と僕は言った。

「で、進藤ちゃんは、わたしの忠実なしもべ」と真理さんが言う。

「嘘だぜ、嘘。俺の話は違うから」

「でも、似たようなものじゃない」

真理さんはそう言って、シマちゃんに話を振った。

「女王さまってね、孤独なんだよね。だから、ときどき進藤ちゃんと会って、ごはん食べて、お酒飲んで、どうでもいいことおしゃべりして……で、ちょっとだけ元気になるの」

その言葉を口にしたときの真理さんは、意地悪そうな顔ではなかった。

「ほんと、進藤ちゃんにはいつも感謝してる」

そんなふうに言うようなひとではなかったのだ、昔は。たぶん、ささやかな予兆はあの夜、すでに見え隠れしていたのだろう。あとになってから——すべてが終わってから、僕はそれに気づく。

2

シマちゃんが会社に戻ったあと、真理さんは急に酔いがまわってしまったようで、呂律《ろれつ》が回らなくなり、話もくどくなった。

引退——という言葉を、何度もつかった。繰り返すことで自分自身に確認していたのかもしれない。これも、あとになってから気づいたことだ。

「進藤ちゃんに初めて会ったのって、何年前だっけ。五年ぐらい前？」

「もっとですよ、七、八年前じゃないかな」

「結婚してた頃？」

「……いまでも、ですけど、いちおうは」

「そうだっけ」真理さんは笑う。「おばちゃんになると物忘れが激しくってね」

どこまで本気なのかはわからない。わざと忘れたふりをして、とぼけてこっちの本音を嗅《か》ぎ取る、それくらいのことは女王さまには朝飯前なのだ。

「まあ、どっちにしても、昔だよねえ」

「あの頃の真理さん、いまの僕と同じぐらいの歳ですよ」

「だよねえ……」

ため息をついてうなずくと、一瞬、厚い化粧に隠されていた年相応の老いが目の回りににじむ。

「もうさあ、そろそろいいかなあって。こないだなんてさ、客、二十歳《はたち》だよ。自分の息子みたいな歳の子を責めたって、そんなの虐待みたいなもんだからさあ……」

酔いで間延びした声にも、商売の盛りをとうに過ぎた女王さまの疲れが溶けていた。

「二十歳なんて客いるんですか」

「うん……医大生なんだけどね、お父さんが厳しかったらしいの。で、その親父さんが去年死んじゃってね、寂しいの、その子。叱ってほしくてしょうがないの。おまえなんてクソみたいな奴だ、おまえにはうちの病院は継がせられん、このすねかじりのごくつぶしが……ってね」

「逆のパターンになるんだと思ってたけど、そういうのって」

「うん、まあ、思いっきりSになる子もいるけどね、最近は怖かった親が死ぬとMになる子のほうが多いみたい。なんでだろう、わたしにもよくわかんないけど、そのほうが楽なのかな。Sになるのって、けっこうパワー要るから、いまの若い子って、そのパワーを出すのがキツいのかもね。あと、親が死んでも子どものままでいたほうが楽だから、とか」

真理さんは、あーあ、とため息をついた。「やっぱり、時代変わっちゃったよねえ……」

とつぶやいて、ジンのギネス割りを啜《すす》る。

引退——。

「先月ね、一晩に三回チェンジくらっちゃった。新記録。もう最後は笑うしかなくてね、ほんと、ケータイで車に電話するじゃない、『お客さま、チェンジご希望でーす』って、笑いながら言ってんだもん、もう。女王さまなのに、これってほとんどMの感覚？　まいっちゃうよね、ほんと」

引退——。

「二の腕っていうんだっけ、ここ、ほら、腕の太いところ。ここがさあ、下のほうなんだけど、ぷるぷる揺れるわけよ、ムチ振ると、びよーん、びよーん、って。たるんじゃったなあ、もう歳だなあ、って」

引退——。

「よーく考えたらさあ、進藤ちゃん、聞いてよ、わたしって昭和の頃からやってるんだよね。デビューなんて一九七二年だもん、昭和四十七年。十八のときから女王を張ってるんだもん。進藤ちゃん、その頃いくつ？　小学四年生？　ほんとぉ？　もう、いやんなっちゃうなあ」

引退——。

「ピンヒールの靴、キツいんだ、もう。プレイのときだけなのに、終わるとさ、ふくらはぎが張ってるの。アキレス腱《けん》も痛いし、指の付け根も痛いしで、満身創痍《そうい》なんだもん。肉体労働だよぉ、進藤ちゃん、わかる？　肉体労働プラスめちゃくちゃ頭脳労働なわけだし、頭脳っていうか、心理労働ってあるよね、あると思わない？　いい言葉だったね、いまの。心理労働を三十年以上やってきたんだもん、疲れて、あ・た・り・ま・え」

引退——。

「だってほら、いまだって電話かかってこないでしょ、さっきから全然。お呼びかからないんだもん。だったらもう、さっさと自分から引退しちゃったほうがいいよね。女王には女王のプライドってもんがあるんだから……」

僕と初めて会ったとき、真理さんは、誇り高い女王だった。

取材相手として、出会った。

僕は、自分の仕事にたいして誇りを持っていないフリーライターだった。

その頃出入りしていたのは、有名人の下半身スキャンダルと暴力団情報が売り物の週刊誌。金のための仕事だと割り切っているぶん、そして記者が取材した記事を無署名でまとめるだけのアンカーマンという顔の見えない立場にいるぶん、僕の書く記事はいつも遠慮会釈ないタッチで、それが編集長やデスクには好評だった。「進藤は、書き捨て御免の素浪人だからなあ」——百パーセントの褒め言葉ではないことぐらい、わかっていた。

真理さんとの接点は、キナ臭い噂の絶えない与党の大物政治家の追及キャンペーンを張っているときだった。取材記者の間宮さんが、その政治家が狸穴《まみあな》のSMクラブの常連だということを突きとめた。Mらしい。いつも指名していたSは、「女王」として君臨するクラブで一番の売れっ子——真理さんだった。

「けっこうな歳なんだよ、その女王」

間宮さんはデータ原稿を僕に渡すとき、あきれたように言った。

「ベテランだから女王なんですか?」

「いや、そうでもないみたいなんだよな。実力っていうか、店でも指名ナンバーワンだし、得意客のスジも、かなりの大物が揃ってるらしいんだ」

間宮さんは「裏が取れてないけど」と前置きして、芸能人やスポーツ選手や財界人の名前を何人か挙げた。確かに皆、かなりの大物だった。

「すごいですね……」

「進藤くんは、そっち方面って詳しいのか？」

「いえ、全然」

「俺もなんだけどさ、なんか、SとかMとか、すごいよな。どんな気分なんだろうな。ほんとに気持ちいいものなのかな」

間宮さんはしきりに首をひねり、「俺だったらSかなあ……」と言った。「そっちだったら、なんとなくわかる気もするけど、あ、でも、やっぱりMのほうが解放されるのかなあ……」

「ストレス溜《た》まってるんじゃないですか？」

からかうと、間宮さんは「そうかもな」と苦笑して、話を元に戻した。

一代で叩《たた》き上げたその政治家の半生は、苦労を重ねた美談と、金と地位を得るためのスキャンダルとがモザイクのように入り交じっていた。その気になれば読者が涙ぐむような立志伝を書くのは簡単だったが、もちろん、そんなものが求められるような雑誌ではなかった。

金と女にまみれた売国奴――編集長は取材前から記事のキャッチフレーズをつくっていた。僕の仕事はその言葉にふさわしい記事を書き上げることで、それ以上でも以下でもない。

そういう視点で間宮さんのデータ原稿をチェックすると、随所に甘さが目についた。いつものことだ。取材の対象に同情してしまうというか、寄り添ってしまうというか、間宮さんの原稿には、批判や攻撃の姿勢がうかがえない。むしろ弁護している。かばっている。よく言えば、優しいひと。悪く言えば——編集長やデスクが陰で言っている表現をつかえば、「困った性善説のひと」だった。

本人もそれは自覚していて、コンビを組んで仕事をすると、必ず最後に僕に言う。

「まあ、あとは進藤くんのスパイスで辛口に味付けしてよ」

僕より三つ年上の、だからあの頃は三十代半ばを過ぎていて、記者として脂の乗りかかった時期なのに、仕事の詰めをアンカーマンに丸投げしてしまう甘さのあるひとでもあった。

「SMクラブの話、ふくらませると面白くなりそうですけどね」

間宮さんは「そうかぁ?」とあまり気乗りのしない様子で返したが、数日後の編集会議で、編集長はあんのじょう「別記事で、その女王さまってのを追っかけてみるか」と言いだした。

記事のキャッチフレーズは、いつもどおり、発案した時点ですでに決められていた。

〈政財界、芸能界を陰で操るSMの女王〉

アンカーマンは編集会議には出席しない。記事を書くだけの職人だ。だから僕はその場に立ち会ったわけではないのだが、あとでデスクが教えてくれた。

「じゃあひきつづいて取材よろしくな」と編集長に担当を命じられた間宮さんは、「はあ……」とうなずいたあと、そっと、心底嫌がった顔をしたのだという。


真理さんへの取材を始めてほどなく、間宮さんは記者の仕事を辞めた。やりかけの仕事をすべて放り出して、スタッフへの挨拶《あいさつ》すらなく、姿を消してしまったのだ。

「小説書くんだってさ、あいつ。こんな仕事をこれ以上つづけてたら筆も荒れるし、感性も鈍るし……最後は言いたい放題言ってケツまくりやがった」

春木デスクは苦々しげに言った。同世代の間宮さんとはお互いに駆け出しの頃からの付き合いで、だからこそ逃げるように去られた悔しさもひとしおなのだろう。

「作家を目指してたんですか、間宮さんって」と僕が訊《き》くと、「目指してたんじゃなくて、いまから目指すんだよ」とそっけなく返し、「わかるか?」と逆に訊いてきた。

「……いや、ちょっとよくわかんないんですけど」

「夢見るのと目指すのとは違うんだよな。あいつは昔からずーっと作家になるのを夢見てた。でも、作家を目指してなにかをやってたわけじゃない。うだうだと酒飲んで、酔った勢いで、絶対にいつか作家になるからなあ、芥川賞でも直木賞でもとってやるからなあ、って……言うだけなら誰でもできるんだ。そういう奴って、この業界、腐るほどいるだろ?」

僕は黙ってうなずいた。その頃の僕は、ほとんど反響のなかった絵本を数冊出版しただけの、アマチュアに毛の生えたような絵本作家だったが、署名入りの著書を持っているというだけで、悪酔いした先輩記者やアンカーマンにからまれたことは何度もあった。

「間宮、ミステリー作家を目指すって言ってた。当たればでかいしな」

「生活はどうするんですか？」

「さあ……」

春木デスクは気のない様子で首をかしげて、「とにかくさ」と笑いながらつづけた。

「あいつ、言うわけよ。作家になるにはまず作品を書かなきゃいけない、週刊誌の記者をつづけてたら作品を書く時間がない、だから記者を辞める……スジは通ってるんだよな、いちおう。でも、肝心なことを忘れてるんだ。その作品が全然だめだったらどーすんのよおまえ、って」

「いや、でも、やっぱりチャレンジっていうか……」

「最後まで聞けよ。あいつはさ、もっと肝心なことも忘れてるんだ。作品書きたいんだ、書きたいんだ、書きたいんだ……で、どんな作品を書きたいわけ？　はい、なーんにも答えられません。笑っちゃうだろ、力抜けちゃうよなあ、ほんと」

さすがに僕も苦笑してしまった。「困った性善説」に貫かれた間宮さんのデータ原稿を、ふと思いだした。

「そういうのも性善説っていうんですかねえ……」

「あのな、進藤。いいこと教えてやるよ」

「はあ？」

「性善説ってのは他人にしか向けちゃだめなんだよ。それを自分自身に向けたら、呼び方が変わるんだ」

春木デスクはそこで言葉を切り、たっぷりと間をおいて、つづけた。

「甘ちゃん、ってな」


後日譚《たん》をひとつ。

春木デスクは、いまは週刊誌の編集はしていない。間宮さんが記者を辞めてしばらくたって部内異動で芸能班に移ったのが、大きな転機になった。俗悪週刊誌の芸能班デスクということで、ワイドショーにときどきゲストコメンテーターとして出演するようになり、ウンチクめいた皮肉でクールな言い回しが評判になって……いまは会社を辞めて、ちょっとした文化人タレントの扱いを受けている。本も何冊か出した。皮肉屋の辛口コラムニストとしての評価も高く、おとし初めて書いた小説は、プロを対象とした文学賞の最終候補にも残った。

間宮さんは、あれきり音信不通になった。夢をかなえてミステリー作家としてデビューした、という話は、聞いていない。

3

「間宮さんのこと、いま、ひさしぶりに思いだしましたよ」

「間宮って？」

「忘れちゃいました？」

「ああ……いたね、間宮ちゃんね、いたいた」

「あのひと、いま、どこでなにやってるんでしょうね。元気でやってるのかなあ」

「向こうもそう思ってるんじゃない？」

「なにが？」

「進藤ちゃんのこと。どこでなにやってんのかなあ、元気でやってんのかなあ、もう死んじゃったのかなあ、なんて」

そうかもしれない。少なくとも、絵本作家としては結局モノにならなかったんだな、ぐらいのことは思っているだろう。

「間宮ちゃん、わたしのこと恨んでるかねえ、あんたのせいで俺の人生は台無しになったんだ、ってさ」

「……そんなことないですよ」

「いまにして思えばさ、いまどきの客と間宮ちゃん、似てたよ。うん、すごく近い。間宮ちゃんみたいになっちゃうお客さん、わたしは初めてだったんだけど、よく考えてみたら、あのあたりからちょっとずつ変わってきたのかもしれないねえ、いろんなことが……」

真理さんはため息をついて、そばを通りかかったウェイターにジンのギネス割りを注文した。もう、これで十杯近い。

「だいじょうぶですか？」

「なにが？」

「ちょっと飲み過ぎじゃないですか」

「なーに偉そうなこと言ってんの、女王さまに向かってさあ」

けらけらと笑う。派手に笑えば笑うほど、笑ったあとに一瞬浮かべる顔が、ひどく疲れて見える。真理さんはそのことに気づいているのだろうか——？

間宮さんが編集部を去ったあと、真理さんの記事は僕が取材から記事の執筆までを引き受けることになった。

「悪いとは思うけどさ、もともと間宮とコンビでやる仕事だったんだから、後始末頼むわ。ちょっとこっちも特集で手一杯で、記者が出せないんだよ。周辺取材なしで、独占インタビュー一本でかまわないからさ、女王さまにパッと会いに行って、パッと話聞いて、パパーッと書いちゃってくれればいいんだ」

春木デスクは物事をすぐに簡単に言ってしまう。そのくせ要求はキツい。

「片起こしの三ページ取るから、最低五人だな、芸能界、スポーツ、政財界……とにかく『うそぉ、あのひとも？』って感じの名前、五人ぶん取ってきてくれ。最悪、最低、イニシアルまでは引っ張ってこいよ」

「でも、ああいう世界のひとって、客のことをしゃべったりしないんじゃないですか？」

「それをしゃべらせるのが仕事だろ？　なあ、進藤ちゃん。仕事と趣味の違いはわかるよな？　趣味は『好き』か『嫌い』か、仕事は『できる』か『できない』か。俺はおまえに、仕事を、頼んでるわけだ」

「……はい」

「間宮がどこまで女王さまに食いついてたのかわかんないから、まあ、一から仕切り直しのつもりでやってくれ」

「……わかりました」

「間宮のバカに見せてやれ、週刊誌の根性ってやつを。だいじょうぶ、進藤ちゃんならできる。作家のセンセイを目指すバカにな、書き捨て御免の素浪人の意地を見せてやってくれよ」

気が重かった。取材の現場に行くのはひさしぶりだったし、話してくれるかどうかわからない相手から、しゃべると確実にトラブルになりそうな話を聞き出すことなど初めてだった。

「まずは客になって近づいてみてくれ。一回目の料金は編集部で持つから、がんばっていじめられてこいや」

暗澹《あんたん》とした気分で立ち去ろうとしたら、「ああそうだ」と呼び止められた。

「進藤ちゃんって性善説？　性悪説？」

「……どっちかっていうと、性悪説ですね」

確信を持って答えたわけではなかったが、書き捨て御免のアンカーマンは、きっと性悪説を掲げている男でなければ務まらないはずだ。

ふうん、と含み笑いでうなずいた春木デスクは、僕をじっと見据えて言った。

「いいこと教えてやるよ。性悪説っていうのはな、相手に対して向けなきゃ意味がないんだ。性悪説を自分に向けたときには、別の言い方になるんだ」

なんだと思う？　と訊《き》かれたが、思い当たる言葉はなかった。

「ええかっこしい、って呼ぶんだよ、そういうのは」

春木デスクはおかしそうに笑って、「女王さまの取材、よろしくな」と自分の仕事に戻った。


「こらー、進藤ーっ、寝るなーっ……」

「起きてますよ」

テーブルに突っ伏してうたた寝していたのは、真理さんのほうだ。

「いまね、あんたが初めて狸穴の店に来たときのこと思いだしてたの。ガッチガチにこわばってて、震えてたよね」

「なに言ってるんですか、勝手に記憶つくんないでくださいよ」

「いいの、わたしが決めたら、そうなの。でしょ？」

「……まあ、いいですけど」

「わたし、すぐにわかったんだよねえ、あんたの素性。間宮ちゃんと同じで、取材です取材です、ボク取材で来てるんです、そうでなかったらこんなところに来るわけないじゃないですか……もう、顔にベターッて書いてあるんだもん」

女王さまが勝手に決めた記憶――というだけではないのだろう、たぶん。

「思いっきりやられちゃいましたよね、あの夜」

「なに言ってんの。あんなの全然本気じゃないわよ。本気出すほどの相手じゃないでしょ、あんたなんか」

「……間宮さんも？」

「間宮ちゃんには……ちょっと本気出したかな、よく覚えてないけど」

一瞬――悔しさのような、寂しさのような、微妙な感情が胸に湧く。

真理さんはそれを読みとったのか、ふふっ、と笑って、言った。

「あんたなんかには本気出さないわよ、もったいない……っていう本気もあるんだけどね」

「いいですよ、無理しなくて」

ない。

「……っていうふうに、かえって落ち込ませるのも、女王陛下の芸のうち、ってね」

どれが本音なのかはわからない。観客の心理をうまく利用したカードマジックのトリックのように、どこを本音だと受け止めても落ち込んでしまうようにできているのかもしれない。

「でもね」真理さんは言った。「いまの進藤ちゃんとあの頃の進藤ちゃんだったら、絶対に扱いを変えてるね」

「どんなふうに?」

「いまのほうが、愛しながらいじめてあげられる、と思う。あの頃のあんたって、ほんと、かわいくなかったもん」

ほーんと、かわいげがなかったよねえ、と繰り返して、真理さんはジンのギネス割りを啜《すす》る。

表情は変わらない。気づいていない。うたた寝している隙にウエイターを呼んで、ジン抜きのギネスに取り替えてもらった。また隙を見て、今度はコーラに替えてもらおうか。年老いた女王陛下に仕える忠実なしもべは、それくらいのことはしなければ……なんて。

いきなり上着を床に叩《たた》きつけられたのだった。ピンヒールの靴で上着を踏まれて、汚らわしい汚らわしい、と忌まわしげに言われて、唖然《あぜん》としているうちに、両手を縄で後ろ手に縛られた。乳首を洗濯ばさみのようなもので挟まれて、犬の首輪もはめられて、肩をムチで打たれて、重りつきの足かせを付けられて、それを大きな姿見で見せられて、背中をまたムチで打たれて、前のめりに転んだところに、「おまえがここに来た目的ぐらいわかってるんだ」と吐き捨てられた。

「この臆病者《おくびょうもの》め。卑怯者《ひきょうもの》め。おまえはクズだ、人間のクズだ、言ってみろ、私は人間のクズでございます……ほら、言ってみろ、きさま……」

頭を踏まれた。取材で訪れたのが見抜かれてしまったのだろうか、とつい思ってしまった。

「そういう性根だから、おまえには誰も愛してくれるひとがいないんだ。愛されたいのに愛されない、あわれだな、おい、おまえはほんとうにあわれな男だな、おまえを愛してくれるひとがどこにいる？　どこにもいないだろう？　情けない、おまえは情けない男だ。ほら、情けない男にできることはなんだ？　泣くことだけだろう？　泣いてみろ、わんわん泣いてみろ、泣くまで許さないからな、いいな、早く泣け、情けない子どものように、情けなく泣いてみろ……」

いまにして思えば、誰にでも微妙に当てはまることのある言葉を並べ立てていたのだった。

「ひどい失敗をしたな、どうするんだ、おまえはほんとうに無能だ、能なしだ、どうしておまえのような愚図で愚かな男がこの世にいるんだ。申し訳ないと思ったら死ねよ、死ね、早く死ねと言ってるだろう」

「おまえは嘘つきだ、自分が助かるためなら、ひとを裏切っても平気な男だ。そうだろう？　おまえは卑怯なエゴイストだ。弱いから嘘ばかりつく男だ。泣け、泣け、おまえがこんなにひどい男になってしまったことを、お母さんが知ったら嘆くだろうな。おまえはお母さんにどう詫《わ》びる？　赤ん坊に戻ってみろ、赤ん坊は嘘をつかないぞ、ひとも裏切らないぞ、赤ん坊はきれいだぞ、いまのおまえよりずっと」

「どうして逃げた？　あのとき、どうして逃げた？　どうして立ち向かわなかったんだ？この、弱虫のウジ虫野郎！」

「おまえは誰からも慕われないよ、おまえを慕う奴なんているはずがない、おまえは裸の王様だな、なにも知らずに、おめでたい男だな、笑え笑え。笑ってやろうか？　それともぶってやろうか？」

「わかってるよ、おまえは怖いんだ、いつも怖がってるんだ、虚勢を張ってるだけなんだ、情けない奴だ、一人になったらぶるぶる震えて、誰かの見てる前では恰好《かっこう》ばかりつけて、いつからそうなった？　いつからおまえはそんな男になってしまったんだ？　戻りたいか？　戻れないよ、おまえはもう、あの頃には。あわれだな、情けないな、おまえほどみじめな男は、世の中にはいないよ」

「怒ったか？　笑わせるなよ、おまえごときが。ほら、怒った顔を見せてみろ、顔も上げられないのか？　怒ってみろ、怒ってみろ、おまえは怒ってるつもりでも、ははっ、なんだその顔は、泣きそうな顔だぞ、弱いなあ、弱いなあ、おまえはほんとうに弱い男だなあ、ははっ、ははっ、ははっ、こんなに弱い男がいるなんて、お笑いぐさだな、ははっ、はははっ、はははっ、あはははははっ……」

真理さんのプレイは、ほとんど言葉だけで展開する。しもべを罵倒《ばとう》し、嘲笑《ちょうしょう》し、挑発して、あげつらう。

社会的に地位のある男——その地位に確かなものを感じられず、いつも心の裏側に不安を張りつかせている男には、さぞかし効果的だろう。

いまの暮らしから逃げ出すためのきっかけを待っている男——たとえば間宮さんのような男にも効くのかもしれない。

僕には効かなかった。

真理さんも拍子抜けして、プレイを途中で打ち切った。

「やーめた」

手に持ったムチを放り捨てて、ガウンを羽織って、「遊ぶ気がないんなら、帰ったら？」と言った。

僕もあっさりと素性や目的を明かした。

「つまんない仕事だね」と真理さんは冷ややかに笑って、「情けなくならない？」と訊いてきた。

「なりますよ」と僕は言った。

「辞めちゃえばいいのに。辞める勇気がないの？」

僕は黙って苦笑する。

「お金のため？」

なにも答えない。

「あんた……醒《さ》めた顔してるねえ、ぞっとするぐらい嫌な顔だよ」

「そうですか？」

「こっち見るな！　けがらわしい！」

素直に従って、そっぽを向いた。じつはまだプレイがつづいているのか、やっぱりこれはプレイが終わったあとの本音なのか、よくわからない。そのわからなさが、なんだか奇妙に心地よかった。

「僕は、Mだと思いますよ」

「嘘つけ」

「取材に失敗して編集部に帰って、編集長やデスクに怒鳴られるのが、いいな、って」

「強がるな」

「……まあ、どう思おうと勝手ですけど」

女王陛下は誇り高い女だった。そして、気まぐれな女でもあった。

「ごはん食べに行こうか」不意に言って、「服、早く着なよ」とつづけ、部屋を出ていった。

「ねえ……真理さん、ひとつ訊いていいですか。僕のどこが気に入ったんですか?」

真理さんは、またうたた寝していた。

かまわない。受け取ってもらえない言葉のほうが、言いやすい。

「僕、家庭も壊れちゃったし、友だちもみんないなくなったし……昔から付き合ってるのって、真理さんだけになっちゃいましたよ」

あの夜、女王陛下にぶつけられた言葉のひとつひとつが、ボクシングのボディブローのように長い時間をかけて効いてくる。

「真理さん、引退しないでほしいな。女王陛下が友だちだなんて、ちょっといいじゃないですか」

真理さんは背中を丸めて眠る。

「……帰りましょうか、送っていきますよ」

背中を軽く叩くと、「うう一ん?」と眠たげな声を出して、顔を上げる。疲れて、年老いた女王陛下——耳の上の髪に、白いものがあった。

4

その夜が、真理さんと会った最後になった。女王陛下は、ひっそりと、ひとりぼっちで死んだ。僕と会った一ヵ月後のことだ。

携帯電話にメモリーされていた番号を頼りに、店のひとが連絡してきた。一人暮らしのマンションの部屋の中で倒れ、三日間、発見されなかったのだという。

「……ひょっとして、自殺の可能性はあるんですか？」

僕の問いに、店のひとは「それはないと思いますけどねえ」と、あっさりと答えた。まだ若い男――女王陛下が年老いてからの日々しか知らない。

葬儀の場所と時間を聞いて、電話を切った。不思議なほど悲しみは湧かない。ショックもない。ただ呆然《ぼうぜん》として、仕事場のソファーに座っていた。

部屋の電話が鳴る。のろのろとしたしぐさで受話器を取ると、シマちゃんの声が耳に流れ込んだ。

「進藤さん、年も明けましたし、そろそろ打ち合わせさせてもらえませんか？」

僕はメモに走り書きした場所と時間を、そのまま、棒読みするように伝えた。

「斎場……って、お葬式とかする斎場ですか？」

「ああ、そうだよ」

「ちょっと待ってくださいよ、趣味悪くないですか？　洒落《しゃれ》でそんな場所使ったら、バチが当たっちゃいますよ」

「洒落じゃないよ、葬式に出なくちゃいけなくて、そこで会えばいいだろ」

「だめですよ、そんなの、絶対にだめ。わたし、別の場所で待ってますから、お葬式が終わったあとにしましょう……っていうか、別の日にしてもいいじゃないですか。関係ないひとがお葬式に行くのって、やっぱりバチ当たっちゃいますよ」

「……関係ないわけでもないんだ、シマちゃんと」

「え？」

「暮れに会っただろ、女王さま。彼女が死んじゃったんだ」

自分で「死んじゃったんだ」と言うと、やっと真理さんの死をリアルに受け容《い》れることができた。誰かの死を伝える連絡が、しばしば、たいして付き合いの深くないひとにまで至ることがあるのも、電話連絡をするひとたちが、誰かと話すことで、そのひとの死を実感したいせいなのかもしれない。

「一人暮らしだったからさ……線香の一本でもあげてやってほしいんだ、シマちゃんにも」

シマちゃんは少し考えてから、「わかりました」と言ってくれた。

つてをたどって探してみたが、やはり間宮さんの居場所はわからなかった。新聞に死亡記事が載るような話でもないから、間宮さんが真理さんの死を知ることはないだろう。

真理さんが僕のどこを気に入って友だち付き合いをしてくれたのかも、わからずじまいだった。

わかっているのはただひとつ、僕は古い友だちをうしなってしまった、ということだけだった。そして、僕はおそらくもう「女王」と呼ばれる友だちを持つことはないだろう。

葬儀の日の朝、テレビを点《つ》けると、ワイドショーのゲストコメンテーター席に春木デスクが座っていた。この国の政治家の体たらくを嘆き、すべては首相が悪いんだと断じて、キャスターや他のゲストたちを大きくうなずかせていた。

北風の吹きすさぶ寒い日に、真理さんの葬儀は静かに営まれた。

「寂しいお葬式でしたね……」

斎場の玉砂利を踏みしめて歩きながら、シマちゃんがぽつりと言う。

「参列したり花を出したりできるような立場じゃないひとたちもいるからな」

「受付のひとが立ち話してるの聞いちゃったんですけど、真理さん、最後はお店に出てなかった、って」

「デリだったんだ」

「デリって……配達ですか？」

「そう。デリバリー。客に電話で呼ばれてホテルとかマンションとかに出向くんだ」

電話一本で呼び出されて、あっちに行かされたりこっちに行かされたり……客に気に入ってもらえずにチェンジを宣告されたり……。

悔しかっただろうな、と思う。死ぬ前夜まで、真理さんは客をとっていた。結局、引退はしなかった。最期まで女王のままでいたことが幸せだったのかどうか、僕にはよくわからない。

シマちゃんに誘われて、飲みに出かけることにした。このまま仕事場に帰っても、どうせ仕事は手につかないだろうし、そもそもそれはシマちゃんの待ち望んでいる仕事ではなかった。

「わたし、行ってみたいお店があったんですよ。一人じゃ行きづらいし、女の子同士で入るのもちょっと変なんで、付き合ってもらえませんか？」

「……いいけど？」

「ちょっと雰囲気はあやしいんですけど、そういうことで行くんじゃないですから、誤解しないでくださいね」

「そういうこと、って？」

「行けばわかります」

確かに——ビルの地下にある店に足を踏み入れるとすぐ、シマちゃんの言葉の意味はわかった。雪でつくったかまくらのような形の小さな個室が、照明を極端に落としたフロアいっぱいに並んでいた。

「ほら、個室レストランとか個室バーとか、いま流行《はや》ってるじゃないですか」

「……ああ」

「一人じゃ行きづらいっていうの、わかるでしょ？」

店員は僕たちをフロアの奥まった一角に案内した。中央にあるかまくらよりも一回り小さな、二人で満杯になるかまくらが、あった。四つん這《ば》いにならなければ入れない出入り口は、それぞれ、通路からもまわりのかまくらからも見えない位置に切ってある。窓は、もちろん、ない。

雰囲気があやしい、という意味もわかった。誤解しないでくださいね、とシマちゃんが言った理由も。席は二人掛けのベンチシートになっていた。膝《ひざ》と膝とが触れ合うサイズ――テーブルの下には、ごていねいにブランケットも用意してある。

「……まいっちゃうな」

「まいっちゃわないでくださいよお」

シマちゃんは屈託なく笑って、「取材なんですから、これ」と言った。

僕の新しい絵本のための取材だという。

「進藤さんの書きたい新作って、たぶん寂しさとか孤独とかがテーマになると思うんですよ。なんとなく、ですけど。で、営業からは『暗い』って言われちゃうと思うんですけど……ま、それはそれとして、こういうお店って、どうです？　なにかイメージ広がりませんか？」

担当編集者として一仕事果たしたように得意げに言ったシマちゃんは、僕が黙ったままなのに気づくと、一転不安そうに顔を曇らせて、「すみません……はずしちゃいました？」と訊《き》いた。

僕は、そんなことないよ、と首を横に振った。

「ホテルより割高になっちゃうと思うんですけど……こういう、閉ざされ感っていうのかな、それがいいんですかね」

そうかもしれない。

「でも、こんなところでエッチしても、愛が深まるより、むなしさとか孤独感とか、そっちのほうが強くなるだけだと思うけど……」

こんもりとしたかまくらは、カイコの繭にも似ている。だが、もっと似ているものを見つけた。

「墓みたいだな」

「ええーっ、そうですかあ？」

「ほら、昔の、土葬だった頃の土まんじゅうだよ」

「あ……そっか、それならわかります、なんとなく」

「三好達治だっけ、『太郎を眠らせ、太郎の屋根に雪ふりつむ。次郎を眠らせ、次郎の屋根に雪ふりつむ。』って、そんな詩があったの覚えてないか？」

「知ってます、教科書に出てたんじゃなかったかなあ。お母さんが子どもを寝かしつけてるんですよね」

僕も、ずっと昔、中学の国語の時間にその解釈で教わったのだが、いまはちょっと違うふうに思う。

「それって、墓のことだったんじゃないかと思うんだ。子どもを次々に亡くしちゃったお母さんの話。太郎のお墓に雪が積もって、次郎のお墓に雪が積もって、って」

「……なんか、急にホラーっぽくなっちゃいません？」

「でも、いま、すごくそれがリアルに実感できるんだよな」

「みんなカップルでお墓に埋められちゃいました、って？　すごい発想しちゃいますね、進藤さん」

僕は苦笑して、まだ現役の女王陛下だった頃の真理さんの顔を思い浮かべた。なんとなく、真理さんなら僕のその解釈に納得してくれそうな気がする。

真理さんと最後に会った夜、マンションに送っていくタクシーの中で、「寝ちゃったら起きるのキツいから、なにかおしゃべりしててよ」と真理さんに言われ、性善説と性悪説をめぐる春木デスクの話をした。

真理さんは半分眠ったまま、タイミングのずれた相槌《あいづち》を打つだけだったが、話が途切れ、車がマンションに近づいた頃、不意にはっきりとした声で言った。

「それで言うんだったら、わたしならセイキョウセツとセイジャクセツに分けちゃったほうがいいな」

セイキョウセツ——性強説。

セイジャクセツ——性弱説。

どちらの考えに基づいたほうが、ひとは幸せに生きていけるのだろう。

真理さんは、「決まってるでしょ、セイジャクセツだってば」と言った。

「もともと弱いのに強いふりしちゃうのって、ほんと、悲しいよね。でも、そこがさ……そこがさあ……そこがね、なんていうか……そこ、なのよねえ」

「僕も、どっちかを選べって言われたら、セイジャクセツのほうかな」

「うん、そうだね、進藤ちゃんはそうかもね……」

タクシーはマンションの前で停まり、話は尻切《しりき》れトンボで終わって、もうつづけることはできない。

わからないものをたくさん遺《のこ》して、女王陛下は逝った。しもべは、ずいぶん収まりの悪い思いを背負わされてしまった。

だが、その無責任さも、女王陛下にふさわしい気がして、悪くない。

シマちゃんは手回しよく、小さなスケッチブックと鉛筆も用意していた。

「もしよかったら、使ってください」

スケッチブックを受け取った僕は、手早く鉛筆を走らせた。ほろ酔いと狭さに頬をほんのり上気させたシマちゃんの顔を、クロッキーのように少ない描線で写し取った。

途中でそれに気づいたシマちゃんは、「やだぁ」と手で顔を隠す。「かまくらの中を描くんじゃないんですか?」

「それはあとで描くけど、とりあえず……いつも励ましてくれてるお礼させてくれ」

「お礼なら、本を書いてくださいっ」

頬をふくらませて、ぷい、とそっぽを向いてしまった。

かまわず描きあげて、「ほら、これ、プレゼント」とスケッチブックを渡し、急に照れくさくなってしまったので、トイレを口実にかまくらを出た。

中の照明が透けて、ぼうっと白く光ったかまくらが、いくつも並んでいた。男と女が二人きりでいる孤独が、他のどの孤独ともふれあうことなく、かまくらの中で息をひそめている。

真理さんなら、この光景を見て、なんと言うだろう。

僕はトイレにつづく通路の途中にたたずんで、孤独を包んだかまくらをじっと見つめた。

そのうちの一つから真理さんがひょいと顔を出しそうな気がして、別の一つからは間宮さんも姿を現しそうな気がして……そんなことを思う俺がいちばん孤独なのかもな、と笑った。

終章　哀愁的東京

1

　五年ぶりに再会したビア樽《だる》氏は、もう、腹のふくれた「ビア樽」ではなかった。

「こんなに痩《や》せちまってさあ……」

　僕の後ろで、一年ぶりの再会になるノッポ氏が言う。「これじゃ、コンビにならねえじゃねえかよ、なあ」と無理に笑ってつづけて、洟《はな》を啜《すす》る。

　ビア樽氏は、うつらうつらと眠っていた。付き添いの奥さんが手の甲をさすって声をかけようとしたが、僕は目で制し、見舞いのチョコレート菓子をベッドの枕元の棚に置いた。

　末期ガンだった。肺からリンパに転移して、脳も冒されて……先月、入院した直後に「余命半年」と診断した主治医は、今月になってそれを「一カ月」に訂正した。いまは、ようやく桜の花がほころびはじめたばかりだ。ビア樽氏が昔好きだと言っていた朝顔の花には、おそらく間に合いそうにない。

会わせたいひとがいるなら、いまのうちに連絡するように——。

医者の言葉を承《う》けて、奥さんがノッポ氏に連絡し、ノッポ氏は二、三日迷ったすえ、僕を呼んだ。「あいつもほんとうは会いたいと思うんだ、あんたにさ」——電話口でぽつりと言って、こう付け加えた。「あんたもそうだろ?」

奥さんも初対面の挨拶《あいさつ》を終えると、涙ぐみながら僕に言った。

「進藤さんのことは、主人もずっと気にしていたんです。だから、来てくださって、ほんとうに……」

それは僕の言いたい台詞《せりふ》だった。

会いたかったのだ、ずっと。

「ビア樽は、あんたに謝りたかったんだと思うぜ。あのときは、あんたの娘さんのことは知らなかったんだ。だから、あんたの絵本を、ただの偽善だと決めつけたんだ。娘さんのことを知ってたら、あんなことしないさ」

ノッポ氏はそう言って、「なあ、そうだよなあ」とビア樽氏に声をかけた。返事はない。ビア樽氏は半眼を開けたまま眠りつづけている。すでにモルヒネの投与が始まっていた。ビア樽氏は苦痛から解放されて、静かに、穏やかに、けれど僕にはなにも話すことのないまま、もうすぐ遠くへ旅立ってしまう。

奥さんとノッポ氏が病状について二言三言、言葉を交わしていたら、病室に若い女性が入ってきた。

「娘の純子です」と奥さんが紹介した。ノッポ氏は「親父にぜんぜん似てない美人だろ」と笑う。僕を見て怪訝《けげん》そうに会釈をした純子さんは、「ひょっとして、進藤宏さんですか?」と訊《き》いてきた。「進藤さんですよね? そうですよね?」――うなずくと、表情がぱあっと明るくなった。

「すみません、進藤さん、ちょっと外に出られませんか?」

「……いいですけど」

「父からの伝言を伝えたいんです」

伝言は――残念ながら、あかねちゃんにまつわるものではなかった。

けれど、いかにもビア樽氏らしい伝言でもあった。

入院したばかりの頃、ビア樽氏は何度か僕に連絡をとろうとした。そのたびに、「いや、やっぱりいいや、センセイに悪いもんな」と思いとどまって、そのうちに病状が一気に悪化してしまったのだった。

「こんなこと言ったら、進藤さん、気を悪くしちゃうかもしれないんですけど……脳にガンが転移してからは、ちょっとずつ記憶がおかしくなっちゃって、進藤さんのこと、すっごく売れっ子の作家になったと思い込んでるんです。よかった、よかった、って……要するに、願望がそのまま記憶になっちゃったんです」

純子さんはそう言って、あらためて「すみません、怒らないでください」と謝った。

怒ったりはしない。ただ、悲しいだけだ。ビア樽氏への申し訳なさも、自分の不甲斐《ふがい》なさを叱りつけたい気持ちも、すべて交じった悲しさが、ある。

もしも僕に会えたら、頼みごとをするつもりだったらしい。できるなら外出許可をとって、僕を連れて行きたい場所があった、とも言っていた。

西新宿の公園だった。都庁のすぐ近くの、都心でも有数の広さと緑の濃さを誇る……というより、最近では、ホームレスが多数寝泊まりしていることで知られる公園だ。

大学でボランティアサークルに入っている純子さんは、一年ほど前から、炊き出しや医薬品の配布など、ホームレスのひとたちを支援する活動をつづけている。ビア樽氏もときどき、警備員の仕事の合間に手伝っていたらしい。

「おかしいんですよ、そういうときにもピエロの恰好《かっこう》しちゃうんです、父は。ひとに喜んでもらうことするときって、『素』のままだと恥ずかしくてしかたないんだ、って」

わかるような気がする。ノッポ氏が横にいたなら、「そうだよなあ、あいつはそうなんだよなあ、若い頃から」と何度もうなずいて、また洟を啜るはずだ。

「父は、仲人《なこうど》をするはずだったんです」

「仲人って、ホームレスのひとの？」

「そう。新郎も新婦もホームレスです。どっちも六十歳過ぎてて、昔は家庭を持ってて、公園に来るまでにいろんなことがあったらしいんですけど……昔のことは、皆さん、わたしたちにはほとんど話してくれないし……」

戸籍上、正式な結婚ではない。新郎がエンドウさんで、新婦がミサワさん。その名前だって、本名なのかどうかは誰にもわからない。それでも二人は、決して長くはないはずの残りの人生を、ともに生きることを決めたのだった。

「父は結婚式をずっと楽しみにしてたんですけど、入院しちゃって……告知はしてないんですけど、自分でも病気のことはわかってたと思うんですよ、まだ意識のしゃんとしてた頃は残念だ、残念だ、って……」

話しているうちにうつむきかげんになっていた純子さんは、言葉が途切れるのと同時に顔を上げ、僕をじっと見据えた。

「二人に会ってくれませんか？」

「俺が？」

「そうです。父も絶対にお願いしてたはずなんです、そのことは」

「それは……まあ、いいけど、でもどうして？」

「エンドウさんが持ってるんです、進藤さんのあの絵本を」

「……『パパといっしょに』？」

「そう。エンドウさんって、帰る家をなくしてから新宿に来るまで、いろんな街にいたらしいんです。公園とか駅とか。でも、『パパといっしょに』はどこにいるときも肌身離さず持ち歩いてた、って。ミサワさんと親しくなったのも、エンドウさんが『パパといっしょに』を貸してあげて、ミサワさんもすっごく感動して、それがきっかけになったんです」

ビア樽氏は、エンドウさんの寝泊まりするテントの中に『パパといっしょに』を見つけ、エンドウさんからこの本がいかに素晴らしかったかを聞かされて、すごく嬉《うれ》しそうに、胸を張って、こう答えたらしい。

「進藤宏は俺の友だちだよ。まだ若いけど、いい奴なんだよ。絵本の真ん中あたりを見てみなよ、デブとノッポのピエロがいるだろ。デブのピエロが、俺なんだ。あいつは俺のことも書いてくれたんだ」

だから——と、純子さんはつづけた。

「エンドウさんとミサワさんに会ってあげてもらえませんか？　結婚のお祝いを言ってあげたら、二人とも、めちゃくちゃ喜ぶと思うんですよ」

純子さんはこのまますぐにでも僕を公園へ連れて行きたい様子だったし、僕もできるならそうしたかった。だが、今日はこれから予定が入っている。キャンセルすることのできない予定が、今夜から三日間、ぎっしり詰まっている。初対面のひとに話すようなことではなかったが、純子さんというより、ビア樽氏に伝えたくて、僕は言った。

「娘が東京に来るんだ。一年ぶりに会うから、ちょっと、その間は別の用事を入れたくないんだけど……」

「一年ぶりって？」

「カミさんと別居中なんだよ、もう何年も。カミさんと娘は、いまアメリカに住んでて、なんていうか、やり直すのは難しいと思ってて……」

娘のあかねは、ボストンのインターナショナルスクールに通っている。日本でいうなら小学五年生から六年生に進級するところだ。学校の休暇でもないのに、妻の朋子と一緒に一時帰国する――朋子は「仕事の打ち合わせでどうしても日本に帰らなきゃいけないから」と言っていたが、たぶん、それだけの理由ではないんだろうな、と思う。僕にとって最もつらい宣告を受ける覚悟もできている、つもりだ。

純子さんは「そういう事情ならしかたないけど……」と不承不承うなずいて、「でも、ちょっとでもいいですから、時間に空きができたら連絡してください」と携帯電話の番号が記された名刺を僕に渡した。

「なるべく早く行くようにするよ」

「そうしてください、お願いします」

「結婚式はいつ挙げるの？」

「日にちは決まってないんです、わたしたちにもわからないし、ミサワさんにもわからないんですよ」

「どういうこと？」

純子さんはいたずらっぽく、ふふっ、と笑って、エンドウさんとミサワさんの新しい生活について話してくれた。

聞き終えたとき、僕はほとんど反射的に「娘を連れて会いに行ってもいいかな」と言った。

あかねに見せてやりたい、聞かせてやりたい、そんな素敵な新生活だった。そして、それが――戸籍上の「家族」の一員でいられるうちにあかねに伝えられる最後のことかもしれない、という気もする。

純子さんは満面の笑みで「もちろん」と言った。ちょっと低めの鼻の頭が笑うと丸くなるのは、ビア樽《だる》氏にそっくりだった。

2

朋子とあかねとは、西新宿のホテルで会った。成田空港まで迎えに行くつもりだったが、朋子が「そんなの悪いから」と断ってきたのだった。

ホテルの最上階にある割烹《かっぽう》で食事をした。窓からは東京の西側が一望できる。うんと手前にはエンドウさんとミサワさんの暮らす公園もあるはずだが、フロアの高さと公園からホテルまでの距離の関係で、ちょうど死角に入ってしまっていた。

二人に会うのは毎年一度か二度。そのたびに、あかねの成長を噛《か》みしめ、朋子との距離が広がっていくのを思い知らされる。

シャンパンで乾杯したあと、朋子はてきぱきした口調で、これからの予定を僕に告げた。東京にいるのは明日とあさっての二日間。「わたし、昼間は仕事で身動きとれないから、あかねのことお願いしていい?」――「お願い」という言い方が、寂しかった。

しあさってからは、札幌にある朋子の実家に出かける。

「お義父《とう》さんやお義母《かあ》さん、元気なのか?」

「うん、まあ、だいぶ歳とっちゃったけどね。二人とも七十過ぎちゃったから」

「……古稀《こき》のお祝い、忘れてたな」

「平気よ、そんなこと。日本でお祝いする代わりにボストンにも来てもらったし」

「そうだったっけ?」

「あれ? 言わなかった? おととしなんだけど……言わなかったかなあ、ほら、ナイアガラの滝に行って、お父さん、感激しちゃって泣きだしちゃった、とか」

なにも聞いていなかった。だが、聞いたからといって、それでどうなるものでもない。朋子も「じゃあ、ごめん、忘れてたんだ」とあっさりその話を切り上げて、用件を先に進めた。

ボストンに帰るぎりぎりまで、札幌で過ごす。帰りの飛行機も、新千歳《しんちとせ》空港から成田乗り継ぎになる。つまり、僕が朋子やあかねに会えるのは、今夜と、明日と、あさってだけなのだ。

あなたも札幌に行かない?――とは、朋子は言わない。

お父さんも札幌に行こうよ――あかねも、言わない。

俺、ひさしぶりに札幌に行ってみようかな――と言ったら、二人はどんな顔になるだろう。

用件が終わると、とりとめのない近況報告をしながら食事をつづけた。

あかねはずいぶん大きくなった。雰囲気がおとなびて、そのぶん口数が少なくなり、笑顔にも微妙な感情のひだが覗《のぞ》くようになった。

妻と別居や離婚をしたあとも父親と娘は不思議と仲がいい、というのはマンガやドラマが都合良くつくった嘘だ。朋子がボストンで僕の悪口を言いつのっているとは思わないが、あかねは成長するにしたがって、なにか僕に対してよそよそしくなって、ときどき、ほんとうにときどき、ほんのかすかな敵意のようなものも感じることがある。

デザートを食べ終えたあかねは、ナプキンで口のまわりを拭《ふ》きながら、「わたし、部屋に帰ってるね」と言った。

引き留める間もなく、席を立つ。たとえゆっくりとしたしぐさで席を立っていたとしても、僕にかけるべき言葉はなかっただろう。

「明日の朝、ロビーで会おう。九時でいいか?」——言えたのは、その一言だけ。

「うん、でも時差ボケもあるから、十一時ぐらいが嬉しいけど」

あかねは軽く言った。微笑みも浮かんでいた。それにほっとする自分が、少し悔しくて、情けない。

「じゃあね、おやすみなさい」

「ああ……おやすみ」

朋子もあかねを引き留めなかった。「おやすみ」と声をかけた、その口調や表情からすると、食事がすんだらすぐに部屋に戻るというのは最初から決めていたのかもしれない。

あかねが立ち去ると、僕は「バーかラウンジにでも行くか？」と朋子に言った。

朋子はかぶりを振って、「わたしもちょっと疲れたから」と言った。

「そうか……でも、仕事は順調なんだろ？」

「おかげさまで。秋の初めはキツい時期もあったけど、いまは、まあ、なんとか。あなたのほうは？」

「そこそこ、だな」

「絵本は？」

今度は僕がかぶりを振る。

「あかね、楽しみにしてるんだけどね」と朋子は言った。

ほんとうかどうかはわからない。

「いま一本、新しいのを書こうとは思ってるんだけど……なにもまとまってないんだ」

ふうん、と朋子はうなずいて、近くを通りかかった仲居さんを呼び止めた。

「コーヒー頼むけど……あなたは？」

「もらうよ」

本音では強い酒のほうがよかった。朋子のほんとうの用件はここからだ、とわかったから。

コーヒーが運ばれてくると、僕はブラックで、朋子はミルクだけ入れて、それぞれ一口啜《すす》った。

カップを置いた朋子は、ため息をひとつついて、ためらいを振り切るように言った。

「札幌の両親に会わせたいひとがいるの」

その一言が——すべて、だった。

驚きはしない。勝負はとっくについていた試合に、ようやくタイムアップのホイッスルが鳴ったようなものだ。

「あかねも賛成してるのか？」

「うん……向こうは初めての結婚なんだけど、すごく可愛がってくれて、あかねもなついてるから」

「日本のひと？」

「そう」

「歳は？」

「……取材みたいだね」

朋子は苦笑して、「わたしより三つ下だから、あなたより五つ下になるのかな」と教えてくれた。

名前は？　仕事は？　どこでどんなふうに知り合った？

訊《き》きたいことはまだいくらでもあったが、それはすべて、答えを知ったところでなんの意味もないことでもあった。敗者がすべきことは、静かに競技場から立ち去ることだけだ。

「ずるずる長引かせて悪かったけど……」

朋子は隣の椅子に置いたハンドバッグから、封筒を取り出した。中に入っているものは見当がつくから、僕もバッグを膝《ひざ》に取り、万年筆と印鑑を出した。

「用意してたんだ、なんとなく、こういうことになりそうな気がして」

ハハッと笑うと、朋子は少し困った顔で笑い返して、「お金の問題は全然かまわないから」と言った。

僕はうなずいて、笑顔のまま「助かるよ」と言った。強がろうとすれば、嫌な男を演じるはめになる——不器用なのだ。

離婚届の用紙には、すでに朋子の署名と印があった。僕がペンを走らせている間、朋子はずっと窓の外を見ていた。捺印《なついん》をするときにも、窓の外を見つめたままだった。

僕たちは視線をすれ違わせたまま、夫婦の関係を解消した。

一人暮らしの部屋に帰り着くと、留守番電話にシマちゃんからのメッセージが残っていた。

「留守電に入れる話じゃないと思うので、取り急ぎメールで送っておきます。日をあらためてお目にかかってご挨拶《あいさつ》したいとも思っていますので、近いうちに時間をとってもらえますか?」

声がうわずっていた。原稿の催促ではなさそうだ。

パソコンを起《た》ち上げて、メールをチェックした。フリーライターとしての仕事にかんするメールが数件。〈資料、明日送ります〉〈スケジュールについてのご確認〉〈レイアウトがあがりました〉〈来週は入稿が早まります〉……そんな事務的な件名が並ぶなか、オセロの黒駒に一つだけ白駒が交じったように、シマちゃんのメールの件名があった。

〈お別れです〉

椅子に座り直した。煙草をくわえ、火を点《つ》けて、メールを開いた。

〈ほんとうは直接お目にかかってご報告すべきことだと思うのですが、少しでも早くご報告すべきことだとも思うので（ごめんなさい、ちょっと頭が混乱しているので、変な日本語になってるかもしれません）、取り急ぎメールにてお知らせします。

五月の異動で、児童局を離れることになりました。他の部署でも編集関係なら、まだ進藤さんとのご縁もつなげそうなのですが、五月からは営業で書店さん回りです。

もちろん、進藤さんの新作が刊行されました暁には、営業のパワーでベストセラーにしちゃおうと張り切ってます。でも、やっぱり、作品づくりや本づくりをご一緒できないのは、すごく残念で、悲しいです。

約一年半、ほとんど押し掛けの感じで「担当編集者」を名乗らせていただきましたが、結局一冊もお手伝いできなかったんだなあと思うと、自分の不甲斐《ふがい》なさに恥じ入る気持ちで一杯です。私なんかが担当についたことで、進藤さんによけいな遠回りをさせてしまったかもしれません。ごめんなさい。

でも、私の一方的な思いとしては、学生時代からの憧《あこが》れの（笑）進藤さんの担当につけたことは、ほんとうに幸せでした。

新作のお進み具合はいかがですか？　担当のくせになにも刺激を与えられずに、ほんとうにすみませんでした。

でも、やっぱり、私には「進藤宏」の世界がよくわかっていなかったようにも思います。進藤さんは「シマちゃんは若いから」とおっしゃいますが、私には編集者として絶対に必要なセンスとか感覚とか、そういうものが欠けていたんだと思います。重ね重ねすみませんでした。

担当の引き継ぎのほうは部長に任せてありますが、なにとぞ、今度こそ進藤さんの世界を理解できる担当者でありますように……心から祈っています。

またあらためてご挨拶にうかがいたく存じます。部長もひさしぶりにお目にかかりたいと申しておりました。その際にきちんとした挨拶はするつもりですが、取り急ぎ、ほんとうにお世話になりました。今後ともご健筆を（フリーライターの仕事ではなく絵本のほうの、ですよ）心よりお祈りいたします。だらだらとした長いメールになってすみませんでした〉

謝ってばかりのメールだった。たぶん、シマちゃんは、僕に謝らせまいとして、すべてを先回りしてくれたのだろう。

タイムアップのホイッスルは、ここでもまた鳴り響いた。

朋子が去り、シマちゃんが去り、ビア樽《だる》氏が——いずれ、去っていく。それから、あかねも、きっと。

僕はもうすぐ、ひとりきりになってしまう。

3

約束の十一時より三十分早く、ホテルのロビーに着いた。寝不足気味の顔のあかねがロビーに姿を見せたのは、十一時三十分。

さっき起きたばかりで、シャワーを浴びてようやく少ししゃんとした——低血圧で朝に弱いのは、朋子と似ている。

「朝飯もまだなんだろ？　とりあえずホテルの中でランチにするか」

「うん、でも、朝はいつも食べないから、ケーキぐらいでいいけど」

「なに言ってんだ、健康には朝飯がいちばん大事なんだぞ。飲茶《ヤムチャ》でもどうだ？　あっさりしたものだけ選べばだいじょうぶだろ」

しゃべりながら、思う。なんだかテレビドラマの父親みたいだ。それも、ずいぶんと安手の、コントと間違えられそうなドラマの。

「食欲あるの？　お父さん」

「まあ、ふつうには……」

「朝はなに食べたの？」

「コーンフレークに牛乳入れて、あとは目玉焼きとウインナに、オレンジジュース」

「自炊なんだ」

「まあな……」

「お昼や夜も、そんな感じ？」

「昼飯は抜いちゃうことが多いかな。夜はたいがい外食だけど、仕事の忙しいときは、コンビニの弁当とか……」

あかねは、ふうん、とうなずいて、「ねえ」と顔を上げて僕を見た。

「そういう毎日って、むなしくない？」

確かに言った。聞き間違いではなかった。あかねは——僕の娘は、「寂しくない？」ではなく、「むなしくない？」という言葉をつかったのだった。

笑った。ぎしぎし、と音が聞こえそうなほど、ぎごちない笑顔になった。

「そんなに楽しいことばかりあるわけじゃないからな、世の中」

「世の中じゃなくて、お父さんのこと」

「……むなしくないよ、べつに」

「ま、いいけど。飲茶って何階だっけ、二階？　じゃあ階段でいいよね」

先に立って歩きだすあかねの背中を、思わず呆然《ぼうぜん》と見送ってしまった。

あわててあとを追い、並んで階段を上る。

背が高くなった。もうすぐ、僕の肩に届く。

この子はすでに人生の半分近くをアメリカで——僕と離れて暮らしているんだ、とあらためて噛《か》みしめた。

テーブルをまわってくるワゴンに載った点心の小皿から、あかねは杏仁《あんにん》豆腐と海老《えび》シュウマイと大根餅《もち》だけ取った。

「そんなのでいいのか？」

「うん、だいじょうぶ」

「……お父さん、ちょっと多めにもらっとくから、欲しかったらどんどん食べていいからな」

あかねは、僕の言葉に、やれやれ、というふうに笑う。

「欲しかったら自分で取るよ。わたし、赤ちゃんじゃないんだから。そういうふうに押しつけられても、悪いけど、困る」

さすがにこっちも鼻白んでしまった。

この前会ったのは、去年の五月だった。おととしに会ったときと同じように遊園地に連れていこうとしたら、「そんなところ行きたくないよ、買い物したいから」と断られた。渋谷や原宿の古着屋を半日がかりで見てまわって、結論は——「東京って、たいしたもの置いてないね」だった。そのときも少しむっとしたものだったが、いまよりは少しは物の言い方にかわいげがあったと思うのだ。

　思春期、なのだろう。これがいわゆる「難しい年頃」というやつなのかもしれない。

　しばらく黙って食事をつづけていたら、不意に「お父さん」と呼ばれた。

「なんだ?」

「お父さん、ほんとに今朝、朝ごはんをふつうに食べられた?」

「ああ……」

「ショックじゃなかったの? 離婚のこと」

　妙につっかかってくる理由が、なんとなく、わかった。

　僕は口の中の蒸し餃子《ギョーザ》をウーロン茶で喉《のど》に流し込み、「あかねは?」と聞き返した。

　あかねは、よくわかんないけど、とつぶやいてから少し考え、「やっぱり、よくわかんない」と言った。

「わかんないって、なにが?」

「いろんなこと」

「いろんなことって、どんなこと?」

「……お父さんに訊いてるんだけど」

「お母さんが再婚するひと、あかねとも仲良しなんだってな」

　返事はなかった。

「お父さんが言うようなことじゃないけど、お母さんはやっぱり再婚したほうがよかったんだよ。いまのままだと、すごく中途半端だし、あかねだって、そんなの嫌だろ?」

あかねは黙り込んだままだった。なにかを返そうとして言葉が見つからないのではなく、もうなにも言いたくない、というふうな白けた沈黙だった。

「だから」僕は話を強引に切り上げた。「ショックはあんまりない。幸せになってほしいと思うんだ、ほんとに、お母さんにもあかねにも」

返事は待たない。どうせ返ってこないだろうという見当はつく。

「それより、今日はこれからどうする? 渋谷とか原宿とか、買い物に行くか? それともディズニーシーにでも……」

「部屋で寝てる」

あかねは、ぽつりと言った。

「……怒ってるのか?」

「そんなんじゃないけど、時差ボケ、キツいし」

「お父さん、今日、車で来てるんだ。適当にドライブしてやるから、車の中で寝てるか? それとも、部屋で少し昼寝して、それからどこかに行くか」

あかねはかぶりを振って、「もう、ずっと寝てる、明日も寝てるから」と答え、席を立った。

「ごめん、頭が痛いから、ごちそうさま」

ゆうべの繰り返しになった。さっきのロビーでのやり取りとも同じだった。

遠ざかっていくあかねを引き留めるための言葉が、僕にはない。

呆然と見送るだけのまなざしにも、去っていくひとを引き戻す力は失せている。絵本が書けなくなってからの五年間、僕は誰一人として迎えて来なかった。僕と巡り合ったすべてのひとは、ただ僕の前を通り過ぎていくだけだった。それでいいと思っていたし、それしかできないんだとも思っていた。

僕は五年間の月日を費やして、見送ることばかり上手《うま》くなっていたのかもしれない。

多めに注文しすぎた点心を、最後はうんざりしながら、たいらげた。

食欲は、ある。ほんとうに、悔しいぐらいに。

飲茶レストランを出て、階段の踊り場から純子さんに携帯電話で連絡をとった。

「急に予定がキャンセルになったんで、いまから行ってみようと思うんだけど……いいかな」

純子さんは、ちょうど大学の授業の空き時間だった。郊外にあるキャンパスから新宿に向かうのはちょっと難しいが、僕がエンドウさんを訪ねることじたいは、大歓迎だという。

「じゃあ、わたしのほうからケータイでエンドウさんに連絡しときますね」

「ケータイなんて持ってるの？」

「ええ。プリペイドのやつだけど。意外と多いんですよ、ホームレスでケータイ持ってるひとって」

「……そうなの？」

「あ、進藤さん、ホームレスのひとのこと、バカにしてません？　帰る家がなくたって、人間生きていけるでしょう？　家族と別れたって、人間それで死んじゃうわけじゃないでしょう？　決まった仕事がなくたって、まっとうな生活が絶対にできないってこと、ないでしょう？」

「まあな……」

なんだか、僕自身がハッパをかけられているような気分だった。

「進藤さんは今日、電車ですか？」

「……車だけど？」

「あ、じゃあ、すごく喜ぶと思います、エンドウさん」

「え？」

「いいんですいいんです、あとは本人に訊《き》いてください」

話の流れがよく呑《の》み込めないまま、十分後に行くから、と告げた。待ち合わせの場所は、公園の中央にある噴水にした。

昨日は、あかねと二人で出かけよう、と思っていた。ついさっきまでも、あかねにとりたてて行きたい場所がないのなら誘ってみるつもりだった。なんのために？　と尋ねられると——さっきまでは答えられる自信があったのに、いまはもう、わからなくなってしまった。

エントランスから外に出て、四十階を超える高さのホテルの建物を見上げた。視線を下に滑り落とし、通りを隔てた向かい側に移すと、木立の隙間からテントが見え隠れする公園――。

ホテルの前の横断歩道を渡った。

強いビル風が横から吹きつけてくる。天気は良かったが、そのぶん肌寒い。冬は、まだこの街から立ち去ってはいない。

横断歩道を渡りきったところで、もう一度、ホテルを見上げた。規則正しく並んだ無数の窓のどこかに、あかねはいる。部屋番号も知っている。けれど、窓の縦横の数をかぞえていたら、頭がくらくらしてしまう。

あかねにとって、僕はもう必要のない存在になってしまったのかもしれない。

僕の毎日の暮らしが、あかねのことを必要としてはいなかったように、だ。

おあいこなんだよな、と踵《きびす》を返し、ホテルに背を向けた。そこから先は後ろを振り返らずに、公園の中に足を踏み入れた。

公園には、外から見る以上にテントが多かった。段ボール箱を積み重ねて貼り合わせただけのねぐらもあるし、どこで材料を集めてきたのか、トタン屋根の小屋もある。主《あるじ》が留守の「家」が多い。昼間は皆、街なかに出ているのだろうか。

公園のあちこちに、暴走族の連中がスプレーで書いた落書きがある。子どもを遊ばせている若い母親もいる。犬を散歩させる老人に、デート中のカップル、ベンチに座ってノートパソコンを操作するサラリーマン……そんなありきたりの風景の中に、帰るべき我が家をなくしたひとたちの暮らしも、すんなりと溶け込んでいる。

公園にいるひとびとは、テントの集まっている一角にほとんど関心を寄せていない。好奇心もなければ、同情もないし、嫌悪感めいたものもない。テントは、ただそこにある。家をなくしたひとたちは、ただそこにいる。

空恐ろしいことだろうか？　それとも、この状態こそが、評論家や学者の好きな、成熟した市民社会の姿というやつなのだろうか？

そもそも、僕が一人暮らしをつづける2LDKのマンションと、公園のテントとの違いは、どこにある——？

コンクリートで固められたマンションは、そう簡単にはひしゃげない。ビル風を浴びて、ばたばたと音を立てて揺らいだりもしない。それだけの違いなのだとしたら、僕たちはなぜ、年収の何倍もの借金を背負って、我が家を手に入れようとするのだろう……。

ベンチを兼ねた噴水池の縁に腰かけて、しばらく待っていたら、初老の男女が連れ立って近づいてきた。

僕に気づくと、二人とも嬉《うれ》しそうに笑った。着ているものは古びていたが、思いのほかこざっぱりとしていた——純子さんに言うと、「ホームレスをバカにしてませんか？」と、また叱られてしまうかもしれないけれど。

帰るべき我が家を持たない二人は、その代わり、手をしっかりとつないでいた。

「進藤さん、ですか？」とエンドウさんが言い、「お目にかかれて嬉しいです」とミサワさんが言った。

僕は会釈して、「ご結婚おめでとうございます」と言った。

二人は顔を見合わせて、くすぐったそうに笑いながら、「ありがとうございます」と応《こた》えた。会釈を返すときも、手をつないだままだった。

エンドウさんが僕に言う。

「我が家にご招待しますよ」

ミサワさんもそれを承《う》けて、「まだ途中までしかできあがってないんですけど」と言う。

そして、二人は声を揃えて「車で乗せていってください」と言った。

向かう先は、新宿から遠く離れた多摩川の河原——だという。

4

助手席に座ったエンドウさんは、逆にこっちが恐縮するぐらい何度も何度も、丁寧に礼を言った。後部座席のミサワさんも、エンドウさんの言葉に合わせて、頭を深々と下げる。

いつもはボランティアの学生の車に乗せてもらっているらしい。今週はその学生が友だちとスキー旅行に出かけてしまったので、どうしようかと困っていた。

「しょうがないから、サウナにでも行ってから電車に乗ろうと思ったんですけど、最近はサウナにも入れてもらえないんですよ。きれいにしようと思ってサウナに行くのに、きれいじゃないから入れてくれないってね、おかしいですよねえ、変な話だなあ、ってね、いつも思ってるんですけどね」

確かに、二人とも外見はそれほど不潔には見えないが、こうして窓を閉めた車の中にいると、饐《す》えたにおいがツンと鼻をつく。

「だから、ほんとうに助かりました」

エンドウさんは、また頭を下げた。ミサワさんも、同じように。

「あとちょっと、あと、ほんのちょっとで完成するんですよ。がんばれば今夜中にでも……」

話のあらましは、純子さんから聞いていた。純子さんは「いい話だと思いません?」と言っていたし、僕も、とても素敵な「我が家」だと思っている。

あかねのことを、ふと思う。やっぱり無理やり呼び出してでも連れて来ればよかったかな、と悔やむ。

僕はいつもそうだ。「無理やり」という部分が、ひとよりも弱い。強引にことを進められるのも、ある種の資質や才能によるのかもしれない。「無理やり」ができないぶん、人間関係でもなんでも、ものごとが一瞬にして破綻《はたん》してしまうということはない。その代わり、あとになってから、もやもやとしたものがいつまでも胸に残ってしまう。

車は初台ランプから中央自動車道に乗って、八王子インターチェンジで降りたあとは、羽村《はむら》方面へ向かった。道すがら、エンドウさんは、これもまた、こっちが恐縮するぐらい大仰に『パパといっしょに』への思い入れを語った。

古本屋で買った。一冊五十円均一の、店頭にワゴンを並べたセールで、だった。

「表紙ですよ、表紙の絵が可愛くってねえ、うん、なんていうか、いきいきしてるんですよ、あの女の子。一目惚《ぼ》れっていうんですね、ああいうのは。思わず買っちゃったんですから」

ほんとうにそれだけの理由だったのだろうか。物書きの端くれとしての想像力は、たとえば、表紙に描いたあかねちゃんの絵がエンドウさんの娘さんに似ていた、というような筋書きを勝手に考えてしまう。だが、それを訊いたりはしない。訊いても答えてはもらえないだろうと思うし、とにかく僕は「無理やり」ができない性分なのだ。

「ストーリーのほうは、どうでした？」

訊けるのは、それくらいのものだ。

父親と娘の冒険譚《たん》——ふだんのパパはおっちょこちょいで、さえなくて、いつもあかねちゃんにあきれられているが、二人で迷い込んだ不思議の国では勇気凛々《りんりん》、大活躍を見せるのだ。

「うん、まあ、そうですねえ……」

エンドウさんは言葉を濁し、「もともと本を読むのが趣味なわけでもなかったしねえ、まあ、ど素人だから、子ども向けの本は、ちょっとね、魔法とか不思議の国とか、よくわかんないんですよ」と、いかにも苦しそうにつづけた。

正直なひとだ。後ろの席でにこにこ微笑むミサワさんも、その正直さを、しょうがないですね、と受け容《い》れているようだった。

「でも」エンドウさんは言った。「あの本は一生、肌身離さず持っていきますよ」

「……ありがとうございます」

「あなたは優しいひとなんですよねえ。優しくなかったら、あんな女の子の顔は描けませんよ」

ひとによっては、それを「弱い」と言い換えるだろう。

「あなたにあやかろうと思ってね、私も、名前をね……」

そこまでしか、言わなかった。はははっ、と笑った。

シンドウとエンドウ――冗談と本気の境目を探るのはやめておくことにした。

車は幹線道路からはずれて、倉庫や工場の建ち並ぶ区域に入った。都心に近い工業地帯とは違って、建物はゆったりと間隔を空けて建っている。駐車場もグラウンドのようにだだっ広い。

「暴走族がね、多いんですよ、このあたりは」

「そうなんですか」

「夜になるとほとんど誰もいませんからね、悪いことするにはちょうどいいんです。ナンバープレートはずして捨てた車もたくさんあるし……ちょうどいいんです、ほんとに」

今度は、へへへっ、と笑う。

僕も肩をすくめて含み笑いを返した。

エンドウさんがこんな辺鄙《へんぴ》な場所で「我が家」をつくっている理由も、それ──なのだろう。

多摩川の河原に出た。河川敷が公園のようになっている下流とは違って、このあたりの河原はひとの手があまり入っていない。車を降りて河原に足を踏み入れると、僕たちの姿は枯れ草の中にすっぽりと包み隠されてしまった。

「いまの季節はいいんですよ。夏だったら、ヤブ蚊やらなんやら……ヘビもいますからねえ、マムシも出るんじゃないかな」

エンドウさんはミサワさんとまた手をつなぎ、小柄なミサワさんの頭上に覆いかぶさる枯れ草の先を手でなぎ払いながら、川に向かって進む。最初はでたらめに歩いているように見えたが、よく確かめてみると、けもの道のような細い道をたどっていた。

「ここに来るのって、お二人だけなんですか？」

「だいたい俺たちだけなんだけど、夏にはさ、ちょっと先に広場があるんだけど、そこでガキどもが騒いでるよ、花火したり爆竹鳴らしたり……女の子なんかも、いたずらされちゃってるんじゃないのかなあ、あれだと……」

エンドウさんは足を止めた。

「我が家」が、あった。

エンドウさんとミサワさんが二人で暮らす「我が家」は、古びたワゴン車だった。

「……これ、ですか」

「ああ、ここで見つけたときはほんとに錆《さび》だらけで、スクラップ同然だったんだ。エンジンも使い物にならなかったし、シャフトもいかれてた。半年がかりでここまで直したんだ」

いつのまにか、僕に対する敬語は消えていた。声に張りが出た。エンドウさんは、街の中の「我が家」を失うまでは自動車整備工だった。純子さんが知っているエンドウさんの過去は、それだけ、だった。

「フランケンシュタインって知ってるか？　死体を集めて、使えるところをつなぎ合わせてつくった化け物だ」

「ええ……」

「この車もフランケンシュタインだ。捨ててある車から使える部品はどんどんいただいて……それこそ、ハンドルから、メーターから、ネジの一本まで、集めてきたんだ」

「もう走るんですか？」

「ああ、今夜中に最後のチェックをして、ガソリンを入れて……」

ほら、これ、とエンドウさんは車の下に隠してあったポリ容器を取り出した。

「ガソリンですか？」

「ああ。そこいらに停めてある車から、ちょこちょこっとさ、分けてもらった」得意そうに言った。ミサワさんは「わたしも手伝ったんですよ」と、嬉しそうに僕に言った。

「明日の朝には、この車で新宿まで帰ってくるよ。それで、みんなとお別れの挨拶《あいさつ》をして、二人で出発だ。アメリカのトレーラーハウスほど豪華じゃないけどな、そのぶん小回りが利くから、行きたいところに、行きたいときに行けるんだ」

二人の「我が家」は、どこにも根を下ろさない。さまよいつづけ、漂いつづけ、流れつづける。

「東京からどこかに行くんですか？」

エンドウさんは迷うそぶりもなく「どこにも行かないよ」と答えた。「俺もこいつも東京が好きだからな、くたばるまで東京にいるよ。東京の街や道路がぜんぶ、俺たちの家になるんだよ、これからは」

ミサワさんの肩を抱いて、「最初は東京タワーの見えるところに行こうって決めてるんだ」と言う。

ミサワさんはおだやかに微笑んで、エンドウさんの胸に頰を寄せたまま、目をつぶった。

「進藤さん、送ってくれてありがとう。これから二人で夜っぴいて仕上げだ。よかったら、明日の朝、公園に来てくれよ」

必ず行きます、と約束した。

その夜、あかねと二人で食事をした。「やっぱり、朝はちょっと態度かわいくなかった、って思って」――決まり悪そうにホテルから電話をしてきたのだ。

たんに機嫌を直した、というだけではなかった。

「こういうお店のほうが気楽だから」とホテルの近くのファミリーレストランに入ったあかねは、テーブルにつくと「明日、札幌に行っちゃうことになったから」と言った。「お母さん、今夜中に必死で仕事を終えて、明日の朝、行くことになったの」

三人で、発つ。僕の知らない三人目のひとのことは、あかねはなにも言わなかった。僕も訊《き》かなかった。ただ、この子に「お父さん」がたった一人しかいないのは、今夜が最後になるんだろうな、と噛《か》みしめた。

食事中のとりとめのないおしゃべりの話題は、すべてあかねが仕切った。

「それでね」話題はすぐに切り替わる。「いま、中国語にハマってるの。本格的なやつじゃなくて、ほら、『熱烈的歓迎』とか、そういう言い方あるでしょ。それが面白くって」

朋子とよく二人で遊んでいるのだという。いろいろなことを「〇〇的××」で言い換える。そうすると、ふつうの言い方では照れくさいこともすんなり伝えられるのだという。

「たとえばね、お母さんに叱られて謝るときは、『猛烈的反省』。で、お母さんは『寛大的和解』とか、そんな感じ」

「けっこう面白いな」

「でしょ？　ちょっとやってみようよ。なにか書くものある？」

テーブルの紙ナプキンを抜き取ろうとするあかねを制して、スケッチブックを出した。あかねは「さすが絵本作家」と笑ったが、絵を見たいとは言わなかった。『パパといっしょに』も読んでいるはずだが、自分と同じ名前のヒロインが活躍する物語の感想は、まだ一度も聞いたことはない。

「お父さん、わたしね、ボストンで……これ」

明朗的奮闘。

「そうか。じゃあ、お父さんは東京で、これだ」

孤独的日常――とはさすがに書けなかったので、〈惰性的毎日〉にした。

そんな調子で、言葉がいくつか並ぶ。

あかねが書いたのは、自由的米国、冷蔵庫的寒冷、困難的数学、得意的調理……そして、〈困惑的再婚〉と書いたあと、苦笑いで、〈祝福的再婚〉に直した。僕はあかねから鉛筆を受け取って、〈祝福的〉の隣に〈幸福的〉と書いた。あかねは少しだけ意外そうな顔になって、「ありがと」と小声で言ってくれた。

「あとね、最近、ときどき、こうなの」

〈回想的東京〉

「お父さんは、どう？　東京ってやっぱりにぎやかで、面白いでしょ？　ボストンってだめなの、そういうの、ほんと地味だから」

僕はしばらく考えて、鉛筆を走らせた。

〈哀愁的東京〉

「えーっ？　哀愁って、メランコリーだよね。哀愁、哀愁、哀愁的東京ねえ……そういうものなの？」と首をかしげるあかねに、「おとなになったら、わかるよ」と言ってやった。

今度会えるのはいつだろう。そのときには、もう、あかねはおとなになっているだろうか。

「哀愁的東京……よくわかんないけど、いいね、ちょっと」

つぶやいて肩をすくめる、そのしぐさに、すでにおとなの予感は漂っていた。


エンドウさんとの約束どおり、翌朝六時に公園に行った。朋子とあかねの泊まっているホテルをぼんやりと見上げながら、二人が来るのを待った。

待ちつづけた。

ホームレスの仲間や純子さんたちも、八時前にはみんな集まってきた。

だが、九時を過ぎても二人のワゴン車は姿を見せなかった。

十時少し前――純子さんの携帯電話が鳴った。

エンドウさんとミサワさんの死を伝える電話だった。

5

作業中に散った火花が、ガソリンに引火して燃えあがった。警察は二人の焼死の原因をそう断定した。

「違う」――純子さんたちボランティアの学生は、あのあたりで遊びほうけている若者グループの仕業ではないか、という見方をしていた。二人に暴力をふるって死に至らしめてしまい、証拠を隠すために火を点《つ》けた、と。かなり飛躍した推理ではあったが、エンドウさんがガソリンを抜き取った車の中に、そういう連中の車があったかもしれない。ずっと犯人を捜していて、真夜中に懐中電灯の明かりで作業をするエンドウさんたちを見つけたのか。それとも、ただ面白半分に殴りつけて死なせてしまったのか。あるいは、最初から、生きている二人にガソリンを浴びせて、火を点けたのか……。いずれにしても、二人の遺体は真っ黒に焼け焦げていて、外傷の痕《あと》を見つけだすのは困難な状況だった。

「あと、こういう可能性ってないですか、進藤さん」――三つめの推理をしたのは、シマちゃんだった。

「車は完成したんですよ。あとはもうガソリンを入れれば走るんです。ね？　そこまでがんばってきて、できあがったんだねって二人で確認して……それで……」

心中した、というのだった。

「理屈としてはめちゃくちゃかもしれないんですけど、進藤さんからその話を聞いたとき、最初に浮かんだんですよ、心中のことが」

「でも、二人はすごく楽しみにしてたんだぞ、車が完成するのを」

「だから、理屈は全然通ってないって言ってるじゃないですか。勘っていうか、ほんと、一瞬パッと浮かんだだけなんですから」

「嬉《うれ》しそうだったんだよ、エンドウさんも、ミサワさんも……」

「わかりますよ、わかるけど、でも……っていうか、すみません……無責任なこと言っちゃって……」

シマちゃんはしょんぼりして肩を落とした。「最後の最後まで、わたし、ダメでしたね」と半べその声で言う。

仕事の引き継ぎは、結局なにもできなかった。シマちゃんが児童局に来る以前のように僕の担当を引き受けた部長が、急な会議が入って顔を出せなかったからだ。若手の編集部員に任せず、部長が自ら担当をする――それは、よほどの期待を寄せられている作家か、現役としては半ば見捨てられた作家にかぎられる。かつて前者だった僕はいま、あらためて考えるまでもなく、後者だ。

「今度、ちゃんとセッティングし直しますから、すみません、すみません、すみません……」

ちょっと世間知らずなところはあるけれど、明るくて元気な子だった。そんなシマちゃんに、ここまで謝らせちゃいけないよな、と思った。

「シマちゃん、今日これから時間あるかな」

「……ええ、だいじょうぶですけど」

「行ってみないか？　東京タワーに」


特別展望台から見渡す東京の街は、遠くのほうがぼうっと白くかすんでいた。真冬の澄み切った空ではない。四月の半ば——少しずつ、少しずつ、季節は変わろうとしている。

「十八で東京に来て、もう二十三年なのに、東京タワーに登るのって初めてなんだ」

「わたしも十七、八年ぶりぐらいですよ。東京タワーって、小学校の社会科見学で来たきりだったから」

「ロウ人形館なんてのもあるんだよな」

「そうそうそう、けっこうリアルで怖いんですよね、あれ」

「俺たちは、東京タワーっていったら、『努力』とか『忍耐』とかの字の入った置物だったな」

「あ、それって、もうシャレの世界ですよね」

エンドウさんやミサワさんの世代にとっての東京タワーは、僕たちが感じるのとはまったく違う重みや輝きがあったのだろう。僕の世代にとっての、たとえば大阪万博の太陽の塔がそうだったように。

東京タワーの見える場所に行きたい——その夢をかなえることなく、二人は逝った。

東京の街を眺めながら、いくつか、推理にもならない考えを頭に浮かべた。

あの車は、ほんとうに走ることができたのだろうか。もしも、どんなに修理をしても走らないんだということを、エンドウさんが知っていたら。逆に、ミサワさんのほうがそれを知っていたら。二人とも車は走るものだと信じきっていたのに、実際にはエンジンをかけても動かなかったのだとしたら……。

真実は、エンドウさんとミサワさん以外の誰にもわからない。

遺《のこ》されたひとたちは、二人が死んでしまったんだという事実をただ受け止めるしかなくて、けれど、どうにかして自分が納得できる真実が欲しいから……ひとは、去っていった者たちについて繰り返し繰り返し物語りつづけるのかもしれない。

空を、飛行機が飛ぶ。羽田に向かって高度を下げていた。

朋子とあかねはアメリカに帰った。新しい暮らしを始めた。あかねがおとなになるまで、あと何度会えるのか、なにを話し、なにを聞けるのか、僕にはわからない。

そもそも僕はあの日、あかねをなぜ公園に連れて行きたかったのだろう。なにを伝えたかったのだろう。

ホームレスのひとたちの姿を見せて、自分の幸せに感謝しろと言いたかった？——まさか。

車を「我が家」にしたエンドウさんとミサワさんから、人間の夢や希望を感じ取らせたかった？――違うよな、たぶん。

展望窓に沿って、ゆっくりと歩いた。東京は広い。ほんとうに、うんざりするほど広い。母親に連れられた幼い男の子が、踏み台に乗って、コイン式の双眼鏡を覗《のぞ》き込んでいた。後ろを通り過ぎようとしたら、男の子が「あったーっ」と弾んだ声をあげた。

「あった、あったよ、お母さん、ぼくんち見えたよ！」

母親は笑っていた。そんなはずないでしょう、と顔で応《こた》え、けれど、声では調子を合わせて「見えた？　すごい！　じゃあ、幼稚園も探してごらん、見えるかもよ」と言う。

「すごい！　すごい！　マジだってば、ウチが見えるよ！　ほら、お母さん！」

その声を背に何歩か歩いたとき、不意に胸が熱くなった。あれ？　と思う間もなく、目から涙があふれ出た。

展望窓の向こうに広がる東京が、揺らぎながらにじむ。

「進藤さん、どうしたんですか？　具合悪いんですか？」とシマちゃんが驚いて、僕の顔を覗き込んだ。僕は顔をそむけなかった。シマちゃんに見られるまま、涙を流しつづけた。

あかねに伝えたかったことが、ここにある。確かに、ほら、ここに、ある。

新しい絵本で書きたかったことも、胸の奥の、ここの、ここに、こんなふうに、こうして、ちゃんとある。それがどうして言葉にならないのだろう……。

シマちゃんは、やーれやれ、というふうに大げさな身振りでそっぽを向いて、「進藤さん、花粉症なんですかぁ」と言った。

そうなんだよ、まいっちゃうなあ——と応えてやるつもりだったのに、シマちゃんはその前に言った。

「新作、何年かかっても、絶対に仕上げてください。わたし、ぜーったいに最初の読者ですからね」

怒った声で言うものだから、僕の頬を、新しい涙がまた伝い落ちた。

よく来てくれたな。

ビア樽《だる》氏が言った。

いよいよ俺もおしまいみたいだぞ、とつづけて、でもまあ進藤ちゃんに最後に会えてよかったよ、と言った。

僕は黙って、ベッドに横たわるビア樽氏を見つめる。僕に留守番を頼んで売店に買い物に出かけた奥さんは、たぶん——ビア樽氏と僕の対話が終わるまで、病室には戻ってこないだろう。

酸素吸入器のシューシューという音は途切れることなくつづいているのに、ビア樽氏の声はくっきりと僕の耳に届く。

あの子に向こうで会えるかなあ、とビア樽氏は言う。

あかねちゃん、ですか？

ああ。かわいい子だったからな、向こうだと、もっとかわいいんじゃないかな。

ビア樽さんはピエロの恰好《かっこう》ですか？

たぶんな。俺はひとの喜ぶ顔を見るのが大好きだし、喜んでるひとに顔を見られるのが苦手だし、ピエロがいちばんだ。

痩《や》せさらばえたビア樽氏の寝顔が、白塗りのピエロに変わる。ビア樽氏の腕とチューブでつながれた点滴の袋が、風船に変わる。

『パパといっしょに』をあの子に持っていってやるから、棺桶《かんおけ》に入れといてくれ。女房はどうせ忘れちゃうと思うから、あんたが入れてくれ。

わかりました。

新しい絵本ができたら、墓に持ってこい。忘れるなよ。

わかってます。

僕は持ってきたスケッチブックを開いて、ビア樽氏に見せた。この一年半で描きためたスケッチの、いちばん新しい一枚——河原で真っ黒焦げになったワゴン車。

自分の泣き顔を描けばよかったのによ、とビア樽氏は言った。あんたの泣いてるところ、俺も見たかったよ。

苦笑してスケッチブックを閉じると、ビア樽氏は、でもよく泣いたぞ、と子どもを褒めるように言ってくれた。泣けるうちは、あんたはまだやっていける、俺はそう思うよ、ほんとに。

風船が消えた。ピエロの顔が、土気色の肌をした寝顔に戻る。

「すみません、お待たせしちゃって」

奥さんが部屋に入ってきた。

酸素吸入器の音が、さっきより少しだけ大きくなった。


病院を出ても、仕事にすぐには戻りたくなくて、近くの公園に向かった。

小さな児童公園だった。遊んでいる数人の子どもたちはブランコと鉄棒に分かれ、あとの遊具は静かに夕陽を浴びてたたずんでいた。

回旋塔があった。地球のような円い形をして、真ん中の軸から回るジャングルジムだ。最近ではグローブ・ジャングルと呼ぶらしい。

幼い頃――まだ家族三人で暮らしていた頃のあかねは、回旋塔が大のお気に入りだった。いつも一人で格子をくぐり、軸に抱きついて、「お父さん、回して、回して」とせがんでいたものだった。

スケッチブックを開いて、描きためたスケッチを一枚ずつ、丁寧にリングから破いていった。

格子に四隅がうまくひっかかって留まるよう、回旋塔に絵を貼りつける。同じ高さで一周するよう、等間隔に。

中年になった覗き部屋の女優がいる。ピエロがいる。おとなになりかけの少女が、小さな乳房を見せている。時代遅れのモーテルの部屋。虹《にじ》もある。泣き顔のトランプの絵札もある。駅で迷子になった男の子、繭のような個室、そして最後に、黒焦げのワゴン車……。

遠くの空から、幼い女の子の笑い声がかすかに聞こえた。

回旋塔をゆっくりと回した。

僕が出会い、見送ってきた「東京」が、目の前に現れては消えていく。

これが——僕の、新しい絵本だ。

文庫版へのあとがき

タネ明かしから始める。

主人公が共通する短いお話を九編、ゆるやかな形の「長篇」になるように微妙に重ねながらつづけた本作は、「哀愁的東京」という言葉に導かれて書き継がれていった。まだ「長篇」のお話がどんな形になるのか自分でもわからず、それどころか、最初の一編がどう始まり、どう締めくくられて、どう次のお話へとつながっていくのかも決まっていない段階から、とにかく「哀愁的東京」という言葉だけ、僕の目の前に転がっていた。九編のお話は、「哀愁」と「東京」——磁石の二つの極に引き寄せられた砂鉄のようなものだったのだ。

モティーフでもなければプロットでもなく、タイトルに冠した言葉の持つ求心力だけを頼りに一作の「長篇」を仕上げる。そんなスタイルで作品をつくったのは本作が初めてで、なんとなく、これで最後だろうな、という気もする。

なにしろ、僕にとっての「哀愁的東京」は年季が入っている。昨日や今日思いついた言葉ではない。一九七〇年代終わりから一九八〇年頃——山口県の片田舎でうだうだと毎日を過ごしていた高校時代から、胸の中にあった。もちろん、当時はまさかそれを自分の書いたお話の題名にするなどとは夢にも思っていなかったし、自分がお話の書き手になるということさえ冗談にもならないような「もしも」の話だったのだが、ちょっとカッコつけた言い方をさせてもらうなら、それは、あの頃の僕の「東京」観や「おとな」観にも通じるものだったのかもしれない――と、いまは思う。

＊

「哀愁的東京」のもともとの原点は、ジャパニーズ・ロックの歴史に詳しいひとならすでにピンと来ているとおり、近田春夫＆ハルヲフォンが一九七八年にリリースした歌謡曲のカバーアルバム『電撃的東京』である。そこに、郷ひろみの『よろしく哀愁』と、遠藤賢司の『哀愁の東京タワー』(細かく言うならアルバム『東京ワッショイ』に入っていたテクノ・バージョンではなく、『宇宙防衛軍』収録の平山三紀とのデュエット歌謡バージョン)が加わって、「哀愁的東京」が生まれた。まったくもって歌謡曲テイストあふれる言葉なのである。

だが、あの頃の僕にとっての「東京」のイメージは、まぎれもなく歌謡曲によってかたちづくられていた。フォークやロック、ニューミュージック(って結局なんだったんだろうね)は「東京で暮らす若者の姿」を等身大の感覚で教えてくれたが、きらびやかなアレンジで彩られた歌謡曲は、「東京」という街そのものの姿を教えてくれた。むろん、そこで描かれた「東京」は、男と女の愛憎織りなす「おとな」の街である。華やかでありながら、だからこそ、ものがなしさもまた色濃い「哀愁」の街である。

僕は歌謡曲の好きな少年だった。マイナーコードの歌謡曲でうたわれた「東京」や「哀愁」にむしょうに心惹《ひ》かれていた。

ただし、田舎町の高校生には「哀愁」など実感する機会もない。実感できていたら、それはそれで怖い。老け顔の子役俳優のようなものである。

「哀愁」とは、「おとな」にならないと味わえない感覚である——と、あの頃の僕は思っていた。なるべくなら、それは歌謡曲のうたの世界にとどめておいて、自分自身の人生では味わいたくないものだ、とも。

哀愁的東京。それは、おそるおそる物陰から覗《のぞ》いて、目が合いそうになるとあわててうつむいてしまう種類の「あこがれ」と同義だったのかもしれない。

そして時は流れ、一九九九年——東京に出てくるまでの年月と上京後の年月がちょうど同じになった。三十六歳。おとなである。

「東京」を描きたい、と思った。

「哀愁」を描きたい、と思った。

そのときに物語の舞台として選んだのが、フリーライターという仕事そのものだったというのは、ある種の必然だった。僕は「おとな」の日々を、ずっと——いまに至るまで、フリーライターとして生きている。「ノンフィクション作家」というような大仰なものではなく、いわゆるギョーカイの隅っこの、下っ端の、通勤電車の中で読み捨てられる週刊誌の記事を書きつづけてきた男である。自嘲《じちょう》しているわけではない。むしろ誇りを持って、いま、思うのだ。「東京」を知りたければ、「哀愁」を感じたければ、この仕事が一番なんだぜ。

＊

「東京」も「哀愁」も、僕はフリーライターの仕事を通じて垣間《かいま》見てきた。フリーライターを主人公にした『哀愁的東京』の九編の物語は、具体的なエピソードはすべてフィクションである。けれど、「つくりもの」ではないお話を書いたつもりだ。本作は、だから、フリーライターとしての僕が見てきた「東京」と「哀愁」についての報告書でもある。

＊

フリーライターの仕事のかたわらフィクションのお話を書きはじめた頃——一九九〇年代半ば、ときどき思っていたことがある。「夢」や「野心」と呼ぶには茫漠《ぼうばく》としすぎていて、なにより強い執着もなく、ただぼんやりと頭の片隅に思い浮かべていただけの「ねがい」である。

いつか、フリーライターを主人公にした長いお話を書こう。どの組織にも属すことなく文章を売って生活するというフリーライターの存在じたいを題材に、できるなら、その根っこにあるものや、逆にその存在を突き抜けたところにあるものに触れられるような、いわば「フリーライター」から始まって「人間」に還《かえ》ってくるようなお話を書いてみたい……。

一九九九年春から二〇〇三年春まで四年をかけて、その「ねがい」は形になった。そもそもの出発点の曖昧《あいまい》さや腰の据わらなさを象徴するように、一九九九年春に書いた最初の短篇は単行本化にあたって収録を見送り、代わりに二〇〇三年春に書き下ろした最後の短篇が第一章になるという、なんとも不細工な舞台裏ではあったのだが、とにもかくにも、本書は僕にとって初めての、そしておそらく唯一になるはずの、フリーライターを主人公にした長いお話である。

もっとも、一九九〇年代半ばの時点での「ねがい」がストレートに物語になったわけではない。書き手のひそかな自意識を抜きにして物語と向き合うなら、本作は「フリーライターの物語」ではなく「新作を書けなくなった絵本作家の物語」になるだろう。一九九〇年代半ばの僕は「ときどきフィクションを書くフリーライター」だったが、連作を書きはじめた頃には「フィクションの原稿が仕事の半分を占めるフリーライター」になっていて、書き下ろしの短篇を仕上げた頃には「フリーライターの仕事もつづけている作家」と呼ばれるようになり、今日に至る。本作の主人公・進藤宏が絵本作家としての顔も持っているのは、書き手自身の仕事の比重が変わっていったことが大きく影響しているわけだ。

ただし、本作の物語——進藤が作中で経験するさまざまな出会いと別れは、彼がフリーライターだからこそ生まれたものである、という背骨は崩さないようにしたつもりだ。僕自身の「作家」としての背骨が、ルポルタージュやインタビュー、読み物記事といったフリーライターの仕事で支えられているのと同じように。

本作では「家族」の物語を最小限に絞って遠景に追いやり、「ニュータウン」も「学校」も舞台に選ばなかった。その意味では、僕がこれまで書いてきたお話の中では異色、異端になるのかもしれない。それでも、いや、だからこそ、最も深く僕自身が投影された作品なんじゃないか、とも思っている。

*

それにしても「哀愁」とは、いったいどういう感覚なのだろう。「東京」とは、いったいどういう街なのだろう。

ほぼ半年おきというゆったりとしたペースで書き継いだ連作は、結果として、「なにかが終わろうとしている日々」を繰り返し描くことになった。強く意図していたというわけではないのに、「プロ」や「仕事」についての物語が繰り返されることにもなった。

三十六歳から四十歳にかけての日々に書いたこのお話が、「哀愁」「東京」をめぐる僕の最終的な答えになった——とは、断じて思わない。これはあくまでも、その当時の僕が自分なりにベストを尽くしてアプローチした途中報告にすぎず、その報告書は、僕が生きて歳を重ねるにつれて、限りなく上書き更新されていくものなのだろう。

ただ、本作を書いてわかったことがいくつかある。

「哀愁」は、なにかを喪《うしな》うことでしか感じられない。「東京」は、もしかしたら、なにかを得ることよりも喪うことのほうに向いている街なのかもしれない。そんな「哀愁」や「東京」が、僕は嫌いではない。だから——書きつづけていきたい、と思う。

＊

本書は、さまざまな事情によって、単行本とは違う版元から文庫版が刊行されることになった。単行本の版元のご理解に、心から感謝する。

雑誌初出時には田中省吾さんに、単行本刊行にあたっては伏見美雪さんに、それぞれたいへんお世話になった。文庫版の編集担当は、角川書店出版事業部の吉良浩一さんである。

吉良さん、お世話になりました。

もちろん、その謝意は本書にかかわっていただいたすべての方々に捧《ささ》げられるべきだし、なにより読んでくださったひとに最も深く頭《こうべ》を垂れなければならないだろう。

ありがとうございました。

二〇〇六年十一月

重松　清

本書は、二〇〇三年八月に光文社より刊行
された単行本を文庫化したものです。

哀《あい》愁《しゅう》的《てき》東《とう》京《きょう》

重《しげ》松《まつ》 清《きよし》

角川文庫 14509

平成十八年十二月二十五日　初版発行

発行者――井上伸一郎

発行所――株式会社角川書店
東京都千代田区富士見二―十三―三
電話　編集(〇三)三二三八―八五五五
　　　営業(〇三)三二三八―八五二一
〒一〇二―八一七七
振替〇〇一三〇―九―一九五二〇八

印刷所――暁印刷　製本所――BBC

装幀者――杉浦康平

し 29-4　　ISBN4-04-364604-6　C0193